書下ろし

TACネーム アリス
デビル501突入せよ（下）

夏見正隆

祥伝社文庫

目次

主な登場人物

■海上自衛隊

鴨頭《かもがしら》多聞《たもん》　第一護衛隊群司令。海将補（口癖は「いいね」）

島本《しまもと》雅人《まさと》　ＤＤＨ１８３護衛艦〈いずも〉艦長。一等海佐

川尻《かわじり》義一《よしかず》　同飛行長（エアボス）。二等海佐。ＳＨ60Ｋのパイロット

箕輪《みのわ》賢太郎《けんたろう》　同哨戒長（ＣＩＣの責任者）。三等海佐

山根《やまね》一馬《かずま》　同船務士。Ｆ35Ｂ搭乗員の身辺担当

織島《おりしま》三郎太《さぶろうた》　ＤＤ１０７〈いかづち〉艦長。二等海佐

■防衛省

見岳《みたけ》玲《あきら》　防衛省情報本部課長。秘密任務のため〈いずも〉に乗艦

ジェラルド・Ｆ・下瀬《しもせ》　防衛省技術顧問。Ｆ35のエキスパート

■人民解放軍（中華人民共和国）

学寵臣《がくちょうしん》　人民解放軍上級政治士官。『演習指導』のため巡洋艦〈南昌〉に座乗。現最高指導者の甥にあたる

第Ⅴ章　地獄の空のハイウェイ

1

●東シナ海　上空
F35B　デビル編隊二番機

八週間後。

ピッ

来た。

（――――）

茜《あかね》が前にしているPCD——パノラミック・コクピット・ディスプレーの左半分、『戦術航法マップ』を選択している画面の中に、文字メッセージが浮き出た。

——ENTER TRFC PTRN

着艦パターンへ入れ。

(いよいよ、か)

操縦席で、舞島茜《まいじま》は目を上げる。

洋上を飛んでいる。

HMDのバイザー越しの視界。

眉間《みけん》のすぐ先に、緑色の小さな円が浮かんでいる。

小さな緑の円——機の三次元の進行方向を示すベロシティ・ベクターのシンボルは、まっすぐ前方の水平線にぴたりと重なり、機首姿勢を示すピッチ・ラダーの〇《ゼロ》度の横線が水平線のすぐ下にくっついている(機首上げ二度の姿勢で水平に飛んでいる)。そのさらに下方は海——五〇〇〇フィート(約一五〇〇メートル)下が蒼黒《あおぐろ》い海原だ。

視野の下側中央には、分度器のような方位スケールがあり、真ん中に『LNAV』という小さな文字と共に『２４０』の数字（針路二四〇度――南西だ）。

右手の水平線に、逆光になって島影が見えている。

あれは。

（与那国島《よなぐにじま》、か）

この辺りは……？

航法マップへ視線を戻すと、画面中央に置かれた自機のシンボルを中心に同心円の距離スケールが描かれ、右前方・約四〇マイル（約七四キロメートル）の位置に楕円《だえん》形の島が浮かんでいる。

あれが、この島――

一方、左真横の位置にもう一つ。やはり四〇マイルの間隔で別の島――こちらは一本の角を生《は》やしたような独特の地形だ。

こっちは石垣島《いしがきじま》――

二つの島の間を、抜けて行くのか。

先島《さきしま》諸島か……

「…………」

岐阜《ぎふ》基地を出発する前に、あらかじめインプットした航路に沿って、ここまで飛んできた。航路——航法マップの自機シンボルからまっすぐ前方へ伸びている、ピンク色の線がそれだ。

しかしピンクの直線は、二つの島——与那国島と石垣島の間を抜けた先の洋上で、途切《とぎ》れて終わっている。終点の表示は〈WPT12《ウェイポイント》〉。

ウェイポイント12から先は、マップと目視を頼りに飛べ。

出発前のブリーフィングで、そのように言われた。

君たちの〈目的地〉である母艦は、洋上を常に移動している。だから航路の引きようがない。

しかも今回の任務では、音声による無線通信は極度に制限される。母艦——護衛艦〈いずも〉へ接近し着艦するにも、航空管制にボイスで誘導してもらうことは出来ない。進入許可も着艦許可もデータリンク経由の文字《テキスト》メッセージで伝えられる。

〈いずも〉はどこだろう。

「レンジ、ワン・シックス・ゼロ」

酸素マスクの中でつぶやくように言うと。

ボイス・コマンドが茜の声に反応し、航法マップの表示範囲を『自機から八〇マイル』から『一六〇マイル』へ広げた。

二つの島が、自機シンボルへぐっ、と近づき、遥《はる》か前方——マップの上端部分に複数の舟形シンボルが現われた。

艦隊は、これか——

一二〇マイルくらい、前方だ。

この高度では、まだ水平線上に見えては来ないだろう。


長距離航法で洋上の護衛艦〈いずも〉へ向かえ。

今回の飛行任務について知らされたのは、今朝のことだ。

「えっ」

茜は、思わず訊《き》き返したものだ。

任務を告げて来たのは番匠義明《ばんしようよしあき》一佐——飛行開発実験団《ADTW》の司令だ。自身もテストパイロットであり、制服の胸には『桜に鷲《わし》』の航空徽章《きしよう》をつけている。

「もう、実際に着艦を？」

「そうだ」

（——）

慌《あわ》ただしいな。

操縦席で、オートパイロットに機のコントロールを任《まか》せながら、茜は思い出す。

考えてみれば、二か月前からだ。

何もかも慌ただしい――

二か月ほど前、小松《こまつ》基地の会議室で、防衛部長から辞令――第六航空団から岐阜基地の飛行開発実験団へ『出向』を命ずる辞令を受けた。

それから、ずっとだ。

岐阜基地に居《きょ》を置く飛行開発実験団において、F15JからF35Bへの機種転換訓練を受けること。

近い将来、ロッキード・マーチンF35Bの飛行隊が宮崎《みやざき》県の新田原《にゅうたばる》基地に開設される。

F35Bは、最新鋭のステルス機であるのと同時に、STOVL《ストーヴル》――短距離離陸／垂直着陸が可能な艦上戦闘機だ。

海上自衛隊の護衛艦〈いずも〉および〈かが〉への搭載が予定されている。護衛艦は海自だが、搭載機であるF35Bは空自による運用を予定している。

しかしF35Bは、母艦である〈いずも〉、〈かが〉に常時搭載されるわけではなく、必要に応じて出張し、艦上オペレーションに供される構想だ（〈いずも〉、〈かが〉両艦には対潜ヘリコプターを運用する任務があり、いつも戦闘機を載《の》せるわけではない）。

したがって、F35Bの本拠は陸上基地に置かれる。ただし、すでにF35Aの飛行隊が設置されている青森《あおもり》県三沢《みさわ》基地に同居させると、南西方面での活動が見込まれる〈いずも〉と〈かが〉へ行き来するのが面倒になる。九州の南端で待機させておくのが適当——というのが統合幕僚本部の判断らしい。

新鋭機であるF35Bは、まだ数機が輸入され、岐阜基地の飛行開発実験団において運用評価試験を受けている段階だ。新田原の新しい飛行隊が出来るのは少し先になる。

舞島茜は、今のうちに岐阜の実験団でF15からの機種転換訓練を受けておき、F35Bの飛行隊開設と同時に、同飛行隊で操縦教官の任に就《つ》くよう命じられた。

私が、教官——!?

驚いた。

まだ、早いのではないか。

私の飛行経験で、教官になるなんて。

人を教えられるのか……?

だが、思わず口から出かけた『まだ早いのではないですか』という言葉を、『最新鋭機に乗ってみたい』という気持ちが抑え込んだ。

茜は、驚いたが不安は口にしなかった。辞令を承諾した。

訓練は、すぐに始まるという。辞令を受けた翌日に引っ越しをして、翌週には岐阜へ着任してトレーニングに入った。

茜を教える〈教官〉は、飛行開発実験団のテストパイロットの一人――F35Bの運用評価試験主任を務める音黒聡子《おとぐろさとこ》一尉だった。防大卒、茜よりも四つくらい年上だ。

音黒一尉自身は、ロッキード・マーチン社の開発担当パイロットから教育を受けたらしい。飛行服の上に白衣を羽織《はお》った音黒一尉から『これを読んでね』と渡されたテクニカル・オーダーは、まだ翻訳が出来ていなくて、すべて英語だった。

機体システムを解説する自習教材もすべて英語（これには閉口した）。

機種転換訓練のプログラムは八週間、大半が自習教材による学習と、岐阜基地に新設されたシミュレーターでの模擬飛行だ。F35には訓練用の複座タイプは無く、転換して来るパイロットはシミュレーターで操作法を学んでから、いきなり単独で実機に乗るのだった。八週間の最後の七日間が、実機による飛行訓練だった。音黒一尉の機と編隊を組み、岐阜基地の場周経路から始めて、最後には太平洋上の訓練空域まで出て、一通りのメニューをこなして『修了チェック合格』の判定を受けたのが昨日のこと。

そして『〈いずも〉へ行け』と命じられたのが、今朝だ。

いくら何でも――

「いきなりで、驚くのは分かる」

実験団司令の番匠一佐は、うなずくようにして続けた。

「実は私も驚いている。君たち二人を」

「――」

「――」

茜は、司令執務室のデスクの前に立ったまま、横の音黒一尉をちら、と見た。

命令を伝えられたのは、二人一緒だ。出勤するなり『二人で司令の部屋へ出頭しろ』と言われた。

ストレートの黒髪に、色白の横顔の音黒聡子は、あまり表情を変えない。

ふた月の短い付き合いだが。

音黒聡子の印象は、理知的でいつも冷静――

いいわね、可愛い名前で。

初対面で、自己紹介し合った時に、言われた。

交信に使うTACネームを訊かれ、茜が「アリスです」と答えた時だ。

「わたしは『ベラ』よ」

音黒聡子は面白くもなさそうに、自分の顔を指《さ》して言ったものだ。

「初級課程の時に、教官から無理やりつけられた。顔が濃いから、だって」

シミュレーター訓練を監督する時も、聡子は白衣姿で、茜に操縦をさせながら自分は教官卓でタブレットを出して何か作業をしていた。「あなた出来るから、自分でメニュー通りにやって」「分からなかったら訊いて」それだけだ。

実際、茜は実家の道場で師範代をしていた頃から、技を『型』で身体《からだ》に覚え込ませることに慣れている。

加えて、F35は自動化の進んだ機体で、パイロットに課される操作手順などは極めて少ない。例えば旧型のF4ファントムでは、エンジンスタートひとつとっても『マニュアルに書かれていない、口で教わらないと分からない細かいコツ』のようなものがたくさんあったらしいが、F35にはそのようなものはない（エンジンスタートなんて本当に簡単だ。コツなんか、特にない）。

通常形態の離陸・着陸に続き、STOVLモードでの短距離離陸と短距離着陸、そしてSTOVLモードにさらにHOVER《ホーヴァー》モードを噛《か》ませて、垂直の着陸。

同じ垂直離着陸が可能なハリアー攻撃機では、ホヴァリングはすべてマニュアル操作だったので極度に難しかったらしい。しかしF35Bでは、HOVERモードに入るとオートパイロットが機をコントロールするので操作は易しい。一度、空中のある位置でホヴァリングに入ると、風が吹いて来ても流されることは無く、『地球の表面のある一点の位置を保つ』という。テクニカル・オーダーに、英語でそう書かれていたので、本当か？　と思ったら、本当だった。

「通常飛行は易しい。要はオートシステムに何が出来て、何が出来ないか。何が得意で何が不得手《ふえて》か。この機体と付き合うのに一番大事なのは、そこ」

ある日の訓練のデブリーフィング（終了後の講評）で、聡子は言った。

「わたしはそれを知らなくて、生命《いのち》をおとしかけたわ」

「？」

何があったのですか。

経験したことを教えてくれているらしいので、詳しく訊こうとすると。

「そうね」聡子は顎《あご》を反《そ》らせると、オペレーションルームの窓の外を見た。「そのうち話す」

「君たちを二人とも」

番匠一佐は茜と聡子を前にして、続けた。

「今日から〈いずも〉へ行かせ、さらにその先の任務――」

しかし司令はなぜか一瞬、口籠った。

（――？）

茜は我に返る。

そうだ、思い出している場合ではない。

今、なんと言われた。

その先の任務……？


また、横の音黒聡子をちらと見た。

聡子は表情を変えない。

今日、いきなり洋上のどこかにいる〈いずも〉へ行き、着艦するだけでなく、さらに何かの任務に就くのだろうか。

自分は転換訓練を終えたばかりだ。

何をさせられる……？

「──あぁ、とりあえず」

番匠一佐は口を開いた。

「洋上に展開中の〈いずも〉を基幹とする艦隊の位置、航法計画、空中給油を受ける空域などについては試験実施幹部から説明を受けてくれ。準備出来次第、出発してもらう」

（────）

そして準備を済ませ、岐阜を離陸したのは昼過ぎだった。

茜は操縦席から、前方空間の西日の中に一番機――音黒聡子のF35Bのシルエットを捜した。

午後の傾いた陽光も、HMD《ヘッドマウント・ディスプレー》のバイザーのおかげで眩《まぶ》しくはない（防眩《ぼうげん》機能がある）。

正面からやや右――同高度に、黒っぽい影がポツン、と浮いて見えた。

岐阜で出発前にインプットした航路データは二機とも全く同じものだったが。F35Bのラテラル・ナビゲーションモードには『オフセット機能』があり、タッチパネルを使って設定してやると、航路から〇・一マイル横にずらして飛ぶことが出来る。

四国の佐田岬《さだみさき》沖でKC767からの空中給油を受け、東シナ海へ向かう航路に乗ってからは、茜は聡子の一番機から左へ六〇〇フィート（約一八〇メートル）、前後に五〇〇〇フィートの間隔をあけた緩《ゆる》めの編隊を組んだ。

F15では、二機で遠方へ向かう場合は密集編隊を組んで、二番機のパイロットは常に一番機の姿が自分のすぐ右前方に浮いているように操縦桿《かん》を使った（もちろんマニュアル操縦だ）。航法は一番機が行ない、二番機はただついて行くだけだ。

しかしF35Bでは、編隊のそれぞれの機がインプットした航路に沿ってオートパイロットで飛行する。F15では密集編隊を組まないとたちまち二番機が迷子になるが、F35ではそんな心配はなく、むしろ互いの索敵センサーをデータリンクで活用し合うために編隊は広く取るのが普通なのだった。

ピッ

——ENTER TRFC PTRN DVL500

戦術航法画面に、もう一つ、メッセージが出た。

デビル五〇〇——一番機のコールサインだ。搭乗している音黒聡子が、データリンク経由で応答をしたのだ。

同時に

『寄って』

ヘルメットのイヤフォンに、短く無線のボイスが入った。

低いアルトは聡子の声だ。

「————」

寄れ——間合いを詰め、密集編隊にしろ。

茜は、打ち合わせた通りに左手の親指を使い、スロットルレバーの横腹についた無線送信ボタンをカチ、カチと二度クリックした。

極力、音声通信は使用しないこと。

編隊の指揮のため、やむを得ない時は、短く日本語で指示する（正直に航空英語を使うと、傍受《ぼうじゅ》している中国人にも意味が分かってしまう）。『了解』を伝えたい時は、音声ではなく送信ボタンを二回クリック。指示に疑問があり、もう一度言って欲しい時には三回クリックする。

東シナ海は。

現在、大変な情況になっている――

（――――）

茜は無線のボタンをクリックした左手で、スロットルレバーを前方へ押し進めた。

一番機に近づこう。

レバーを押し進めると自動的にオートスロットルが解除され、背中でタービンの唸《うな》りが大きくなり、ＰＣＤ右半分に表示させているエンジン計器画面で〈ＲＰＭ〉の円グラフがぐうっ、と角度を拡げる。

エンジンは単発だが推力は大きい。加速Ｇが上半身をシートに押し付け、キャノピーを包む風切り音が増して、ＨＭＤ視野左側の速度スケールが増加し始める。するするとスピードが増える。三五〇ノットの経済巡航速度から三七〇、四〇〇、四三〇――

操縦桿は、前へ押さなくていいんだ。

Ｆ15では、水平飛行中にエンジン推力を増加させ加速すると、主翼の揚力《ようりよく》も同時に増加するため機体は浮き上がろうとする。だから左手でスロットルを前方へ出す時には、右手の操縦桿で同時に機首を押さえ込み、高度が上がらぬようにしなければいけない。推力を絞《しぼ》って減速する時は、逆だ。高度を保ちたければ操縦桿を引く。

長年、そのようにして来た。だからこのような時、何となく右手がむずむずする。意識しないと、操縦桿を押してしまいそうだ。

Ｆ35はフライバイワイヤなので、加速しても減速しても一定の高度を保つ。パイロットが揚力の影響を抑え込む操作は必要ない。

（第一）

今は、オートパイロットにやらせているじゃないか。

茜は、自動操縦というものに慣れていない（あまり使ったことがない）。Ｆ15にも一応、簡単なオートパイロットはついていた。高度や機首方位は手を離しても維持してくれる。でも小松にいた頃は、自動操縦を使うのは訓練空域への行き帰りに、航空図を参照して無線や航法援助施設の周波数を確認したい時とか、どうしてもちょっと手を離したい時に使うくらいで、ほとんど自動に任せた経験は無かった。

楽でいいけれど――

（――!?）

その時。

視野の右側で、黒いシルエット――二つの尖《とが》った尻尾《しっぽ》を持つコウモリのような後姿が急速に大きくなったので茜は目を見開く。

えっ……!?

近づくのが速い。

ハッ、として速度スケールに注意を向けると『590』を超えてさらに増えていく。

（やばい）

あっと言う間に、こんなに増速した……!?

F15の時の感覚で、先行機と編隊を詰めるスロットル操作をしたら、推力が出過ぎた――PCDのエンジン計器画面へ目をやって『しまった』と思う。F／F（フューエル・フロー）――燃料流量のデジタル値が『11000』――一時間当たり一一〇〇〇ポンドを超えようとしている。

慌てて、左手でスロットルをカチン、とアイドルまで戻す。

スピードをおとさなければ。

タービンの唸りが低くなり、加速感は消える。でも一番機の黒いシルエットは急速に近づいて、茜の右の真横に並ぼうとする。

いけない。

追い抜いてしまう。スピードブレーキ――アイドルに絞ったスロットルレバーの横についたスピードブレーキのスイッチを親指で引く。

途端に、機体のすべての舵面《だめん》が抵抗を増す角度へ自動的に展開し、減速のGがかかる。上半身が前のめりに、ハーネスが両肩に食い込む。

「くっ」

2

●東シナ海 与那国島沖 上空

F35B デビル編隊二番機

「すみません」

茜は酸素マスクの中でつぶやきながら、右手の親指でオートパイロットを解除、操縦桿をそのまま右へ倒す。

無線で謝りたいところだが。

交信は制限されている。デビル五〇〇とデビル五〇一というコールサインが、実験団のF35B導入試験零《ゼロ》号機と初号機を指すことも、半《なか》ば公開の情報だ。

洋上の〈いずも〉へF35B二機が飛んで行ったことを、極力、知られてはならない。

岐阜基地では、飛行場のフェンスのすぐ外側に、航空無線ラジオとカメラを携《たずさ》えて、航空マニアを装《よそお》った外国工作員が張り付いている。試験機の出入りはすべて監視され、記録されている。中国ならば、民間人が軍の基地へカメラを向けただけでスパイ容疑により逮捕されるが、わが国にはそのような法律が無いので仕方がない。

試験や訓練のために離陸した最新鋭のF35B二機が、そのまま帰って来ないと怪《あや》しまれるから、今日は三沢からF35Aを二機呼び寄せ、業務終了時刻に合わせて着陸させる、という。マーキングも実験団の機体のものに描き替えるという。通常の着陸形態をとれば、A型とB型は見分けがつきにくい。よほど疑いの目を持って注視されていなければ気づかれないだろう。

出発前に、試験実施幹部からそのように説明され、茜は目をしばたたいた。

そんなに秘匿《ひとく》するのか。今日の飛行任務を――

「今、東シナ海――いや台湾《たいわん》を取り囲む海域は大変な情況だ」

オペレーションルームで、二人並んでブリーフィング用の椅子《いす》に収まり、試験実施幹部から説明を受けた時。

例によって、隣の音黒聡子は表情を変えなかったが。

茜は面食らったように見えただろう。

飛行開発実験団という組織は、新型機や新しい装備の試験を行なう。つまり防衛機密と日常的に関わっている。

秘密を守る、隠す、ということがここでは日常なのか。

岐阜基地でテストしている新装備や技術は、わが国の明日の安全保障に関わる。

防大を出て、テストパイロット養成コース《TPC》を修了して飛行試験の任についている音黒聡子が、何を言われてもあまり驚いたように見えないのは、普段からそういう任務に就いているからか——？

「舞島二尉」

実験団で、飛行試験を計画して実施の段取りを調整する役目であるらしい、試験実施幹部の二佐は言った。

「アメリカ合衆国の下院議長が、四日前に台北《タイペイ》を訪問した。この事実は、知っているな」

「——え」

世情に疎《うと》い、と見られただろうか。

でも修了チェックを受ける前の週——機種転換訓練の最後の一週間は、F35Bの機体システムと様々なミッションの実施要領を勉強して憶えてイメージトレーニングして、まるで毎日が学生時代の定期テストの前日みたいな忙しさだった（おまけに教材が全部、英語だ）。

詰め込み勉強で精一杯だったから、独身幹部宿舎の休憩室に置いてあるTVも新聞も、見る暇は全く無かった。

仕方ない。

「すみません」

知りません——という意味で、正直に頭を下げると。

試験実施幹部は「そうか」とうなずき、説明してくれた。

「二人とも、これを見てくれ」

十数名のパイロットが着席できる、岐阜基地の飛行隊オペレーションルームには茜と聡子だけで、がらんとしている。

任務を説明するための演壇に立った実施幹部の二佐はリモコンを使って、背後のプロジェクターに画像を呼び出した。

（———？）

浮かび上がったのは、地図だ。

台湾……？

茜は眉《まゆ》を顰《ひそ》めた。

スクリーンに現われたのは。

九州の南端から、南西方向に連なる島々――先島諸島と、その西側の海に浮かぶ種子のような形をした陸地――台湾だ。

台湾の北側には海峡を隔《へだ》てて、中国大陸の南岸がぎざぎざの海岸線として見えている。

そして――

「見ての通り台湾と、その周辺の海域図だ」

試験実施幹部は、指揮棒を伸ばしてスクリーンを指した。

「見てくれ。その周囲に三か所」

「――」

「――」

茜と、隣の席の音黒聡子は、台湾の周囲をぐるりと指し示す棒の先に注目する。

赤い縞模様《しまもよう》の長方形……？

それが三つ。

何だろう。

陸地を取り囲む海――台湾の南側と、北側、そして東側――わが国の領土である先島諸島との間にもある。斜めの細長い長方形が三つ、台湾を取り囲むように置かれ、それぞれが赤い縞模様に染められている。

制限空域かな。

茜は思った。

自衛隊やアメリカ軍が訓練や演習を行なう時。

戦闘機が飛び回るし、模擬弾や実弾を使用する場合もある。演習実施エリアに民間機がうっかり進入してくると危険なので、『制限空域』の告知をしたうえで、航空図には赤い縞模様の図形で示す（小松沖の日本海上空のG空域などがその例だ）。

でも、三つの長方形は斜めに長く、ずいぶん範囲が広い。

（まるで）

茜は思った。

何だろう、まるで台湾を囲んでしまうように――

そう考えかけて、ハッとした。

これは。

「政治的な説明は」

試験実施幹部は続けた。

「あまり突っ込んではしないが。四日前のことだ。アメリカのタリア・シャイア下院議長が台北を訪問して台湾の総統と会談し『アメリカは台湾を共に自由と民主主義を守るパートナーとして認識し、支援していく』と表明した。下院議長は副大統領に次いで、アメリカではナンバースリーの地位にある。これだけの人物が台湾を訪問するのはここ半世紀以上、無かったことだ」

「――――」

「――――」

台湾――

わが国とも関係の深い、民主主義の国（国際社会では必ずしも〈国〉と認められてはいないが）だ。しかし中国共産党と、そのトップである国家主席が台湾を『中国の一部』と主張し、「独立は許さない」と表明し続けている。「言うことを聞かないならば武力による統一も辞さない」としている。

茜が生まれる前から、ずっとそうだという。

「中国の国力が高まり」

二佐は続けた。

「軍事力が加速度的に増強されつつある中、わが国に対してもだが、中国がまず真っ先に軍事侵攻を行ないそうな地域として台湾があげられる」

「――――」

「――――」

「台湾がもし、中国のものとなれば」二佐は指揮棒で、大陸南岸からサッ、と太平洋方向を指す。「中国がこうして外洋へ出る際の障壁は無くなり、太平洋は一気に、ハワイの手前まで中国の勢力圏となる。もちろん、わが国も完全に中国の勢力圏下となってしまう。アメリカはこの情況を憂慮《ゆうりょ》し、台湾の支援に傾いている。下院議長の訪台に合わせ、上下院では台湾へ武器を売却して支援する法案が可決され、続いて、大統領が会見でTV局の記者から『台湾が軍事侵攻されたらアメリカは介入するか』と訊かれた際、明確に『イエス』と答えている」

「――――」

「――――」

「この動きに対して中国政府はただちに反発、『アメリカと台湾による挑発に対しては厳正なる抑止力を発動する』と表明して、台湾周辺海域で人民解放軍による大規模な演習を開始した。二日前のことだ」

（――――）

前方視界で、右横にいた一番機――F35Bの黒いシルエットが引き寄せられるように近づいてきた。

茜は横目で捉《とら》えながら、右へ倒していた操縦桿を中立へ戻す。

バンクが戻る。

自分が減速し続けているので、一番機の黒いコウモリのような姿は茜の右の真横から右斜め前方へ出て行く。

今だ。

頃合いを見切り、左の親指で引いていたスピードブレーキのスイッチを放す。同時にスロットルレバーを前方へ。

背中でタービンの唸り。

今度は慎重にパワーを出し、スピードを維持――一番機の斜め後ろ一〇〇フィートの位置をキープできるようにする。

速度は――三五〇ノット。これでいい……

肩で息をすると、酸素マスクのレギュレータがシュッ、と鳴る。

イーグルより、推力が大きいんだ。

スロットル操作は慎重にやらなくちゃ——

F35のスロットルレバーには、F15のようにアフターバーナーを点火させるノッチもついていない。スロットルはシームレスに、最前方まで出せる。アフターバーナーは、必要なところで自動的に点火するのだった。

（——よし）

密集編隊の二番機の位置についた。

右手の指から力を抜き、サイドスティック式の操縦桿は中立位置でフリーにする。

操縦桿から指を離した瞬間の機体の姿勢を、フライバイワイヤの操縦システムは自動的に維持する。

右手が、ちょっとむずむずする。

F15の頃は、密集編隊を組む時はまず顎を引いて左右の両耳で水平線の両端を摑《つか》み、水平線が動かないようにしながら右斜め前方に浮いている一番機が視野の中で動かないようにした（茜が水平線を動かないように維持しているのに、一番機がふらふら動くと「しょうがないなぁ」と思う）。一番機との相対位置を保つよう、操縦桿は右手でいつも握っていた。

でもＦ35では、機を動かないようにするには手を離したほうがいい（むずむずするのだが、慣れるまでは仕方ない）。

もう一つ問題なのは、Ｆ35が小さいことだった。Ｆ15よりも、機体サイズが一回りも小さい。

遠州灘《えんしゅうなだ》上空での訓練で、初めて実機で密集編隊にジョインナップする時、Ｆ15の時と同じ見え方になるまで近づこうとして一番機にぶつけそうになった。一番機を操縦していた音黒聡子が珍しく「きゃ」と悲鳴を上げ、逃げて行った。

さすがに一度失敗したら、もう大きさの感覚は摑めたけれど――

（――――）

茜は視野の中で、右前方の一番機を見る。

コクピットのキャノピーの下に、音黒聡子の黒い飛行服の肩と、同色のヘルメットがある。

斜め後方から見る、双尾翼の黒いシルエット――イーグルよりも小さめの二枚の垂直尾翼は外向きに開いていて『悪魔の割れた尻尾』という印象だ。

無線は使えないけれど。

私が二番機の位置についたことは、操縦席風防枠のミラーで見えているだろう。たとえ間隔を離した編隊で飛んでいても、僚機の位置は分かる。

F35はレーダーには映らない、しかし自機の位置情報は二秒間に一度、データリンク経由で送信している。味方である自衛隊やアメリカ軍の戦術ディスプレーには『中抜きの緑』のシンボルとして表示される（自機の位置を送信しない選択も出来る）。PCDの左半分のエリアに表示させた戦術航法マップには、中心の自機シンボルの右横に重なる形で、中抜き緑の菱形《ひしがた》〈DVL500〉が浮かんでいる。

一番機のコクピットでも、同じように見えているはず――

そう思うのと同時に、視野の右前方に浮かぶ一番機のコクピットで黒い飛行服の左腕が上がり、人差し指で下方を指す合図をした。

降下する。続け。

「――――」

茜は『了解』の意味で右手を上げ、親指を立てて見せた（相手のミラーの中で見えているはず）。

――『攻めて来るのではないですか』

ふいに、声が蘇《よみがえ》る。

低いアルト。

音黒聡子の声だ。

――『演習と称して艦隊を展開させ、そのまま攻めて来るのではないですか』

また思い出す。

出発前のブリーフィングだ。

台湾を取り巻く海域での人民解放軍の〈演習〉――アメリカが台湾を支援する動きを見せたことに中国が反発し、対抗する動きとして実施しているらしい。大規模なものだ。

エリアは大きく分けて三か所。

台湾の北西側、中国大陸との間の台湾海峡。同じく南側、台湾とフィリピンとの間のバシー海峡。そして東側、与那国島との間の与那国海峡の三つの海域に〈演習区域〉が設定され、海域図には赤い縞模様の巨大な細長い長方形として表示されている。

「〈演習区域〉では人民解放軍空軍と海軍が実弾を使って戦闘訓練しているから、近づいたら生命の保証はしない」

試験実施幹部の二佐は、海域図を指して説明をした。

「いきなり、広範囲な〈演習区域〉が勝手に決められ、中国政府からはそのように宣告されてしまった。台湾では現在、外部との物流が極端に滞《とどこお》っている」

「台湾へは行けない——と？」

音黒聡子が訊いた。

「航路が塞《ふさ》がれているのですか」

物流——

そうか。

茜は、種子のような形の陸地を囲む海を見て、理解した。

台湾は大きな島だから、食料や資源は、たぶん多くを輸入に頼っている。あのように〈演習区域〉によって海路や空路が塞がれたら、貨物船やタンカー、民間航空機などは入って行けるのか……？

「現在、日本方面からの海路・航空路は〈演習区域〉によって塞がれてはいないから、日本方面との行き来は出来る。しかし、見てくれ」

二佐は、台湾の北西側と、南側を指揮棒で指した。

「問題は台湾海峡とバシー海峡だ。中東方面からやって来たタンカーは、〈演習区域〉に航路を塞がれ、高雄《たかお》や台北に入れない。赤い縞模様の区域を避け、大きく迂回《うかい》して行くしかないが、〈演習区域〉の外側の海面にも中国大陸から発射された弾道ミサイルが次々に着弾しているから、危なくて近づけない」

「――――」

「この演習がいつまで続くのか、正式な発表は何もない」

「演習だけで済めばいいのですが」

聡子が口を開いた。

「演習と称して艦隊を展開させ、そのまま攻めて来るのではないですか」

えっ。

茜は驚くが

「その通りだ」

二佐はうなずく。

「可能性として、考えなくてはいけない」

(――――)

視野の右前方で、一番機が身じろぎをした(ように見えた)。

オートパイロットを外したのだ。

同時に一番機のテールノズルが、広がる気配を見せる。

茜はそれを見て、左手でスロットルをアイドルまで一気に絞る。視野の中で一番機のエレベーター（昇降舵）が機首下げ方向へふわっ、と動きかけるのを捉え、右手の操縦桿を前方へ。

ぐうっ
水平線が、目の高さから額《ひたい》の上へせり上がり、HMDの視野が海だけになる――茜のF35Bは一番機にぴたりとついた形で降下に入った。

3

●東シナ海上空
F35Bデビル編隊二番機
（与那国は真っ先に占領される――か）
パワーをアイドルまで絞って、一番機に続いて降下する。
額の少し上に水平線、こめかみの右前方に一番機。位置関係が動かないようにし、茜はまた右手の指の力を抜く。

すると一番機の機体の向こうを、島影がゆっくりと後方へ動いていく。

あの島——

台湾有事となった場合。

今、演習として行なわれているように、人民解放軍は三方から台湾を包囲する、と見られている。

その際、台湾本土へ侵攻する前にまず真っ先に狙《ねら》われる——人民解放軍に占領されるのが与那国島と尖閣《せんかく》諸島だ。

説明を聞いて、茜は驚いた。

台湾よりも先に、日本の領土が侵攻されるのか……!?

(————)

視野の右手に見えている、あの島がか。

また思い出す。

「実は」

岐阜基地のオペレーションルームで、試験実施幹部の二佐は海域図を指し、重ねて説明した。

「台湾本土よりも先に侵攻されるのが、わが国の領土なのだ。三方面から襲う人民解放軍のうち、台湾の東側に展開する部隊は、まず真っ先に与那国島と尖閣諸島に上陸して占領する――そう見られている。

与那国島には住民がおり、ライフラインが整っていて飛行場もある。台湾本土侵攻のための基地としてすぐに利用できるからだ。尖閣諸島は、沖縄《おきなわ》本島と台北とを結ぶ直線上に位置しており、魚釣島《うおつりしま》にレーダーサイトとミサイル陣地を構築すれば、嘉手納《かでな》基地からアメリカ軍が来援するのを阻止《そし》することが出来る」

（――中国の、艦隊……）

茜は機の姿勢が変わらないよう気をつけながら、酸素マスクの内蔵マイクへ「レンジ、スリー・ツー・ゼロ」と告げた。

ＰＣＤの画面の切り替えは、音声コマンドで行なえる（Ｇのかかる空中戦のさなかでも、左手をスロットルから離すことなく画面表示を切り替えられる）。

戦術航法マップの表示範囲が『一六〇マイル』から最大の『三二〇マイル』へ広がり、画面上端に見えていた海自の護衛艦隊が手前へぐっ、と近づく。

同時に

「――うわ」

思わず声が出る。

何だ。

無数のシンボルが現われた。

茜は目を見開く。

何だ、これは――

一面、オレンジの群れ。

現われた多数の舟形シンボルは艦船、菱形は航空機だ。

画面上端には、茶色の地形が現われている（ぎざぎざの海岸線は台湾の東岸か）。

手前に展開する自衛艦隊の向こう側――与那国島と台湾の海岸線との間に、多数の艦船と航空機がぐしゃっ、と集まっている（それらがすべてオレンジ色だ）。

多数の舟形と菱形が横並びに、まるで〈壁〉でも造るかのように、台湾の海岸線に沿って展開している――

画面に現われるそれらのシンボルは、データリンクで送られて来る、リアルタイムの情報だ。

中国の演習の動きに合わせ、わが国も自衛艦隊と、哨戒機《しょうかいき》や早期警戒機を展開させて護《まも》いるのか。緑色の舟形〈DDH183〉を中心とする自衛艦隊は、与那国島を背にして護《まも》るように、これもまた中国艦隊に対して〈壁〉を造るよう布陣している。

演習をしていると見せかけて、いきなり襲ってくる可能性がある。

与那国島と台湾東岸はわずか六〇マイルの距離だが、沖縄本島からは二八〇マイルも離れている。いきなり襲われたら手も足も出ない。岐阜基地で受けた説明では、政府は海自の第一護衛隊群を急きょ出動させ、警戒と監視に当たらせている。Ｐ１、Ｐ３などの哨戒機、空自のＥ２Ｄ、Ｅ７６７も出動している。

よく見ると、味方の航空機を示す緑の菱形シンボルもいくつか、散在している。茜の戦術航法マップに現われるオレンジのシンボルの群れ——中国艦隊の陣容は、自衛隊の哨戒機や早期警戒機、護衛艦のレーダーで捉えた情報が統合され、データリンク経由で送られて来る。茜は自分の機のレーダーを全く働かせていない（働かせても、水平線の向こうの艦艇の様子など分からない）。

（中国側にも、ＡＷＡＣＳ——早期警戒機はいるのか）

四国沖で給油を受けた後、洋上をはるばる飛んできたが。

沖縄本島の真横を通過する辺りから、高度を下げた。

本来、ジェット機は三〇〇〇〇フィート以上の高い高度を飛行しないと燃料を食う。

しかし中国が演習を実施する空域へ近づく前に、低空へ降りることを計画した。

「いいか」

航法計画を説明する段になって、実施幹部の二佐は告げた。

「確かにF35はレーダーに映らない。しかし、この世には『ステルス機を探知する方法』というのがある」

「探知する方法――ですか？」

茜が訊き返すと。

「そうだ」二佐はうなずき、指揮棒でまた海域図を指す。「F35がレーダーに映らないのは、〈敵〉のレーダーのパルスを吸収してしまうからではなく、あさっての方向へ跳ね返す――つまり、飛んできたパルスを、来た方向へは返さず、パルスを放ったレーダー・アンテナとは違う方向へ反射してしまう。そのように造られているからだ。この効果により〈敵〉のレーダーには探知されずに済む。しかしだ」

実施幹部の説明を思い出していると。

「――――」

茜のこめかみの右前方に浮いている一番機が、フッと機首を上げる気配を見せた。

同時にＨＭＤ視野の右側で、高度のスケールが『１０００』を切り、さらに減って行く。

よし。

茜は右手で操縦桿を握る。右前方の一番機の姿が、視野の中で位置を変えないように手首を起こす。

ゆっくり機首が上がる。

ＨＭＤの視野でピッチ・ラダーが下向きに動き、小さな円が水平線に重なり、降下が止まる――同時に左手でスロットルを（慎重に）前へ。

ゴォオオッ

高度三〇〇フィート。

水平飛行に入った一番機の斜め後ろのポジションを、ぴたりとキープ。

（――――）

低い。

すぐ下が海面だ――

右手の力を抜き、高度スケールが動かないことを確かめてから、ちらとＰＣＤ右側のエンジン計器画面を見やる。

そうだ。

気になるのは燃料。

燃料流量のデジタル表示は『6500』――

（一時間当たり、六五〇〇ポンドの消費か）

さっきまで、五〇〇〇フィートを経済巡航速度で飛行していた時は、一時間当たり五五〇〇ポンドの燃料消費だった。

食うなぁ……

唇を噛む。

PCD右側には、エンジン計器画面の外側に燃料画面を出している。

今、残燃料の表示は『2200』――二二〇〇ポンド。

四国沖で空中給油した時には、一三三〇〇ポンドあったのに。

そう思うのと同時に、戦術航法マップでは航路を示すピンクの線が終わってしまい、編隊は何もない空間へ出た。

ここからは、マップ上の艦隊の位置を目指して、有視界で飛んで行くのか。

「レンジ、エイト・ゼロ」

茜は音声コマンドで、航法マップの表示範囲を『八〇マイル』に戻す。

遥か前方に中国艦隊と、中国の航空機がうじゃうじゃいるのは分かった。

ここからはマップ表示を拡大して、母艦の位置をしっかり見たい。

PCD左側の戦術航法マップから、遠方の中国艦隊は外れて見えなくなり、画面の上端に緑の舟形シンボルが並ぶ。中央にいる〈DDH183〉が母艦――〈いずも〉だ。

その前方に〈DDG179〉、後方には〈DD107〉。ほかにも何隻か。

（母艦は、八〇マイル前方――上空到達まで十二分）

茜はマップ上で目測して、かかる時間を暗算した。

毎時六五〇〇ポンドの燃料消費では、母艦上空まで一三〇〇ポンド食う。

着艦パターンに入ってSTOVLモードにして、艦の真横に並んでHOVERモードに入れたらさらに燃料を食うから――

「――うわ、ぎりぎり」

ずっと高い高度を維持して来られれば、こんなに食いはしなかった。

しかし。

「複数レーダーによるステルス機の探知――〈対ステルス機立体探知〉というやり方が最近、研究されている」

蘇るのは、試験実施幹部の言葉だ。

「わが実験団でも研究をしている。ステルス機の接近が予想される時に、まず、高空にE767など複数のAWACSを配置。海面にはイージス艦を配置して、三基以上のパルスドップラーレーダーを立体的に連携させて索敵《さくてき》する。一つのレーダーから発せられたパルスが、ステルス機に当たり、あさっての方向へ反射させられても、そのパルスを別のレーダーでキャッチ出来れば、パルスの跳ね返り方と角度から演算して『この辺りにステルス機がいる』と割り出すことが可能だ。我々が研究しているのだから、当然、中国も研究していると見なければいけない」

だから。

中国艦隊に近づいたら、出来るだけ高度を下げろ――

(言うのは、簡単だけれど)

ステルス機を探知するには、三基以上のレーダーを連携させ、立体的に索敵をしないといけない。

通常の攻撃機――F2戦闘機などが対艦攻撃ミッションをする際には出来るだけ高度を下げ、海面近くを這《は》うようにして敵の艦隊へ接近して行くが、それに近い飛び方をすれば〈対ステルス機立体探知〉には引っかからない。与那国海峡で演習中の人民解放軍が複数の早期警戒機とミサイル巡洋艦を連携させて立体索敵をしていても、気づかれることは無いだろう。

「君たちは中国艦隊の索敵圏内へ入る前に、低空へ降りておけ」

「――はい」

音黒聡子が、また表情も変えずにうなずいた。

「F35Bでの海面匍匐《ほふく》飛行は、先日、実際にやりましたから。出来るでしょう」

聡子さんは、実際に海面すれすれの飛行テストもしたのか――

飛行開発実験団は秘密が多いせいか。

一緒に機種転換訓練に付き合ってくれていても、音黒聡子は、あまり自分の体験談は話してくれない。

プライベートのこともそうだ。

初対面で自己紹介した時。

「舞島二尉。あなた、福島《ふくしま》だそうね」

茜の身上書のようなものは、すでに渡されていたらしい（教官役をするのだから、当然だろう）。

音黒聡子は確認するように、訊いてきた。

「浜通《はまどお》りの方ね」

「はい」

「わたしもよ」

しかし、それ以上は立ち入った話をせず、すぐに訓練内容の説明に入った。

音黒一尉は、実験団ではF35B導入に関わる運用評価試験主任を任されていて、本来の業務が忙しいらしい。茜の転換訓練は『片手間に見てくれている』感じだった。

「あなた、できるでしょ。分からないところだけ訊いてね」

「は、はぁ」

教官と言えば、これまでは「俺にしっかりついて来い」というタイプの、世話好きの熱心な先輩ばかりだった。

ところが、飛行服の上に白衣を羽織った音黒聡子は、茜に教材を渡して最低限の説明をして「ここでこれだけ、とりあえず読んでみて」とだけ言うと、自分はデスクの上に資料と計算用紙を拡げ、整った顔の眉間にしわを寄せてシャープペンで何か殴り書きし始めた。

そういえば。

冷静な語り口に、ほんのわずか、東北弁のイントネーションが交《ま》じっている。

不思議な人だなぁ……。

（…………）

海面上三〇〇フィートを維持し、三五〇ノットで直進しながら茜はまたちら、と一番機のコクピットを見やる。

だが、考えている暇はなく。

一番機のシルエットの向こう、水平線の上に何か灰色の影が見え始めた。

同時に

ピッ

——DECK　CLR　DDH183

デッキ、クリア。

着艦を許可する意味のメッセージが、航法マップの右上に浮かび出た。

4

●与那国海峡　上空

F35B　デビル編隊二番機

ゴォオオオッ

(――――)

低空で、さらに突進して行く。

顎を引いて上目遣《うわめづか》いに見る、HMDの視野右端の高度スケールは『300』。その横に並ぶ電波高度計のデジタル数値も『300』(波濤《はとう》の影響で細かく増減している)。視野左端の速度スケールは『350』を指している。海面との間合い三〇〇フィート、速度三五〇ノット。視野の中央では、ベロシティ・ベクターの緑の小さな円が水平線にぴたりと重なり、円の中にグレーの細長い影がある。海面は逆光にきらきら光りながら茜の足下へ猛烈な勢いで流れ込んで来る。

あそこへ向かっている――

円の中の影。

防眩機能が働いていても、水平線の上に目を凝《こ》らし続けるのは辛《つら》い――

それでも右前方に浮いている一番機の黒いシルエットが微《かす》かに身じろぎして右へ傾く挙動を茜は見逃さず、同時に右手の操縦桿をじわっ、と外側へ倒す。

ぐら

小さなバンク。

水平線がわずかに左へ傾き、茜は一番機にしたがって右へ機首を振る。

わずかに針路を変え、一番機がバンクを戻す。

茜も機体の傾きを戻す。

(この針路だと――)

ベロシティ・ベクターの円は、今、何もない水平線上にある(細長い特徴的な影は、やや左へずれた)。

代わって円の少し右側に、別のグレーの影がある(こちらは少しスリムで、シャープな形状をしている)。

茜は視線を下げ、戦術航法マップを視野に入れる。

つい今まで、針路のまっすぐ先――マップの自機シンボルの前方に〈DDH183〉の舟形シンボルがあったのだが――

母艦の少し右――後方を狙うのか……?

聡子さんは――

(そうか)

このまま進むと。〈DDH183〉の三マイル後方に続いている〈DD109〉――後方護衛艦の直上を通過することになる（護衛艦も前進しているから、こちらが進んで行った時にちょうど交差する)。

どのような方角から母艦へ接近するにしても、必ず後方護衛艦の直上を通過するようにする。『後方護衛艦直上』の位置を出発点に、着艦パターンへ入ること——確か、アメリカ海兵隊から提供してもらったというデッキオペレーション・マニュアルにはそう記されていた。全文英語だったので、ざっと読んで図解だけ目に焼き付け、シミュレーター訓練に臨んでいた。

今回の場合は。後方護衛艦の直上を飛び越したらただちに左へ旋回、艦隊主軸を左に見るように並行して飛んで、いったん母艦の右横を追い越すのだ。

聡子さんは、そういう計画か。

(パターンへの進入は)

一番機に、ついて行けばいい。

考えているうちに、水平線上の鋭いグレーの影は右から少しずつ、ベロシティ・ベクターの円に重なって来る——同時に(逆光の中だが)形状がはっきりしてくる。

大きくなる。

海自の汎用護衛艦だ。鋭い艦首。

(——確か、〈いかづち〉って言ったな)

艦首に〈１０９〉の白いナンバーを描き込んだ護衛艦がはっきり見えた——と思った瞬間には、シャープな艦影は機首の下側へ潜り込んで隠れてしまう。

直上を飛び越す。

（『下』を見るか——？）

一瞬、そう思うが。

いや。

一番機に、ただついて行けばいい。

Ｆ35では、パイロットは自分の機の腹の下を『見る』ことが出来る。

ただ、その機能は岐阜基地のシミュレーターでは再現できなかった。

実機に乗ってから、初めて自分で使ってみるしかない。

「でも気をつけて」

音黒聡子は、シミュレーターで茜にＨＭＤの使い方を説明しながら、注意した。

「初めて使うと、酔うから」

わざわざＨＭＤの視覚モードを変えて、真下を見る必要も無かった。

護衛艦の姿が機首の下へ隠れて数秒後、右前方の一番機がフワッ、と左へ傾く気配を見せたので茜はすかさず操縦桿を左へ倒す。遅滞なく思い切って倒した（自分は編隊の左側に居て、旋回の内側となるのでコンパクトに回らなければいけない）。

ぐっ

機体は小気味よく反応し、水平線が瞬間的に右へ傾いて流れる。

一番機とそろって左旋回、一番機から目は離さず、バンクを戻す気配を捉えて操縦桿を戻す。水平線の傾きが戻る。編隊は、傾く西日を右手に見ながら水平飛行に入る。

日を反射する海面。

（あれが）

茜は目をすがめる。

〈いずも〉か――

視野の左手前方から、大きくなってくる全通甲板《かんぱん》の艦影（後方から追い越す形だ）。三〇〇フィートの低空だから艦尾から艦首まで、形状がはっきり見える。

（――甲板は）

着艦スポットが五つあるはず――四番と五番は、どれだ。

――『これが〈いずも〉だ』

出発前に受けた説明の声を、思い出しかけた時。

『ゴー・トゥ・チャンネル3』

ふいにヘルメットのイヤフォンに声。

無線だ。

左前方へ目をやる。

音黒聡子が、無線をチャンネル3――〈いずも〉の航空管制周波数へ切り替えるよう指示してきた。

茜は送信スイッチをカチ、カチとクリックしてから、その左手をPCDのパネル上部へ伸ばしメニュー画面をタッチする。無線の周波数を、〈いずも〉の管制指揮周波数へ切り替える（確か、コールサインは『ストライク83《エイティスリー》』だ）。

『フューエル』

続いて、切り替えた周波数で聡子がコールして来た。

短い言葉の意味は分かる。フューエル――『残燃料量を申告せよ』。

「――！」

そうだ、燃料。

●与那国海峡　護衛艦〈いずも〉上空
F35B　デビル編隊二番機

「ワン・タウザンド」

PCD右側の燃料画面で残燃料――もう左右主翼タンク内にしか残っていない――のデジタル数値を読み取って答える。

合計一〇〇〇ポンド――いや見ている間に減って九九〇。

エンジン計器画面に表示されているF/F（燃料流量）は『六五〇〇』。毎時六五〇〇ポンドのレートで消費している。六〇分で六五〇〇ポンドだから六分で六五〇、およそ一分間で一〇〇ポンドちょっとを食う計算か。

残り一〇〇〇ポンドを切った、もう十分間も空中に浮いていられない――

（――いや）

そうじゃない、この後でSTOVLモードに入れれば燃料流量は毎時八五〇〇ポンド、さらにHOVERモードを噛ませれば毎時二〇〇〇〇ポンドのレートで燃料を食うのだ。

「…………」

暗算して、目を見開きかけた時。

視野の左下で、全通甲板のシルエットが近づき、上部構造物が茜のちょうど真横に差し掛かる。

いけない。

「タイム、スタート」

酸素マスクの中に告げると、音声コマンドでストップウォッチが起動して、ＰＣＤの左上にタイムカウントのデジタル表示が現われて秒数を加算し始める。

母艦の艦橋（アイランドと呼ぶらしい）の真横でタイムカウントを始めて、一番機は十五秒で着艦パターンへの旋回を開始。二番機はさらに三十秒直進してから、待機旋回パターンへ入る（そのまま高度を維持、一番機の着艦を見届けてから着艦態勢に入る）。

だが

『先に降りて』

（……え!?）

何と言われた。

今の聡子の声は『先に降りろ』――？

どういうことだ。先に着艦しろ、というのか？

（――――）

そうか。

目をしばたたき、茜は「そうか」と思う。

私はスロットル操作が適当でなくて、余計に燃料を食っているんだ。

多分、聡子の一番機の方が手持ち燃料は多い。ここまで同じ経路、同じ飛び方をしてきても、自分は無駄にパワーを出し入れしていた。その分、余計に燃料を使ったのか。

慣れていない私を、先に行かせてくれる――

「――はっ」

有難《ありがた》い、と思っている暇はない。

PCD上のタイムカウントが十五秒になる。

着艦パターンへ入ろう。

「行きます」

短く音声で告げると、茜はHMD視野下側の方位スケールで現在の機首方位をちら、と確認する。二一〇度。「よし」と思い、操縦桿を左へ。

ぐうっ
水平線が右へ大きく傾き、右前方に浮いていた一番機のシルエットが吹っ飛ぶように消えてしまう。

代わりに前方視界は傾いて流れる水平線だけだ。

（反方位は〇三〇度——）

——『着艦パターンというものがある』

頭に浮かぶのは、出発前のブリーフィングだ。

台湾周辺海域で、人民解放軍が大規模演習を実施。これに対し、領土への接近を警戒したわが国政府は海上自衛隊の第一護衛隊群を急きょ派遣し、八隻の艦隊を与那国島を背にするように展開、警戒と監視に当たらせている。

第一護衛隊群の基幹となるのが〈いずも〉だ。

「これが〈いずも〉だ」

頭に蘇るのは、出発前に説明をしてくれた試験実施幹部の声だ。

「この図の通り」

「——」

「——」

「全長は二四〇メートル余り。海自最大の護衛艦となる。すでに飛行甲板を改装され、F35Bの運用が可能な状態とされている。しかし見たまえ」

実施幹部の二佐が、スクリーンに投影した全通甲板の大型護衛艦――DDHというのは『ヘリコプター搭載駆逐艦』を意味するらしい――の平面図を指すと。図面がぐっ、とバックして艦影の周囲に飛行経路図が現われる。

経路は、前後に長い楕円形――ちょうど陸上競技場のトラックのようだ。選手たちが走る楕円形のレーストラック。

「母艦に降りるのは、簡単ではない。まず着艦パターンというものがある。〈いずも〉の周辺には、多数のヘリコプターが常時飛行しており、また陸自のオスプレイも飛来する場合がある。輻輳《ふくそう》を避けるため、着艦を希望する航空機は必ず、ここに示すように母艦のすぐ右横をいったん追い越してから楕円形の着艦パターンへ進入し、母艦の前方で左旋回、母艦とすれ違ってからもう一度左旋回をして、艦尾へ廻《まわ》り込み、着艦体勢に入る。この要領はシミュレーターで練習してあるな」

「はい」

音黒聡子がうなずく。

「実際に行なうのは、わたしも初めてですが」

反方位は、〇三〇度だ。

(――――)

暗算をしながら、茜は右手を戻し、バンク角を六〇度で止める。二Gの旋回――右手首でピッチ姿勢をわずかに起こし、ベロシティ・ベクターの円が流れる水平線に重なるようにしてから指の力を抜く。

高度を維持、三〇〇フィート。

よし、減速だ。

左手のスロットルレバーを引き戻し、カチンとアイドル位置へ。

背中でタービンの唸りが低くなるのを感じながら、続いて左の親指でスピードブレーキのスイッチを引く。

ぐんっ

●護衛艦〈いずも〉　航海艦橋

「来ました」

〈いずも〉航海艦橋。

ここは、ゼロスリー・レベル――アイランドと呼ばれる上部構造の三階部分にある。海面からの高さ約三五メートル、傾斜した展望窓からは飛行甲板と、航行中の東シナ海の水平線が見渡せる。

左舷《さげん》側の舷窓《げんそう》に立ち、外へ双眼鏡を向けたまま、副長の南場《なんば》二佐が言った。

「F35Bです。艦首前方で旋回、着艦パターンへ入ります」

「――そうか」

航海艦橋の左端には、黄色いカバーを掛けた展望席があり、航海用キャップを被《かぶ》った五十代の将官――第一護衛隊群司令の鴨頭《かもがしら》海将補が着席している。

紺色の艦内戦闘服。

キャップの下がスキンヘッドであることは、はた目からもすぐ分かる。目尻にしわのある細い目を凝らし、水平線上の小さな黒い影を追った。

「到着した、か」

そこへ
『飛行長より』

天井スピーカーから声が入った。

『全艦に達する。デビル五〇一、着艦パターンへ進入』

「見岳《みたけ》課長」

鴨頭海将補は、前方の空間を左舷側へ横切って行く影を追いながら、しわがれた声で言った。

「君たちの頼んだ〈運び屋〉は、間に合ったようだな」

すると
「間に合うのかどうかは」

黄色いカバーの群司令席の横に、南場副長と並び、ダークスーツの男が立っている。

四十代か。男は、つなぎタイプの海上自衛隊艦内戦闘服ではなく、スーツにネクタイという普通の服装だ。

上背を屈《かが》めるようにして、すれ違って行く機影を追う。

「あれが、無事に〈目的地〉へ辿り着けるかどうか。それにかかっています」

●護衛艦〈いずも〉上空
F35B デビル編隊二番機

「くっ」

上半身がのめるような減速感。

推力《すいりょく》をアイドルに絞ったうえ、スピードブレーキを展開した。HMD視野で、速度スケールの数値が減る。傾いて流れる水平線に重なって二九〇、二八〇、二七〇――

そのまま旋回を続ける。視野下側の分度器のような方位スケールが廻り、〇三〇度になろうとするのを目で捉え、右手の操縦桿を叩《たた》くように右へ。

小気味よい反応で、水平線の傾きが戻る。

反方位へロールアウトした。

母艦は。

（――――）

いる――左前方、十時の位置。

計算通りだ。幅一マイルですれ違う着艦パターンへ入った。

速度が減り、二四〇ノットを切る。

よし。

左の親指でスピードブレーキのスイッチを放す。その手を前へやり、着陸脚のレバーを摑む。

引き出すようにして、レバーを下へ。

「ギア・ダウン」

ゴンッ

足の下で、前脚格納ドアが油圧の力で弾《はじ》かれるように開き、前車輪が下りる。

背後で左右の主車輪も下がる。

風切り音が増し、さらに速度が減って行く。

左前方の母艦〈いずも〉は、今度はすれ違う格好だから近づくのが速い。グレーの艦影が自分の左真横、幅一マイルの位置を通過する瞬間を捉え、再び「タイム、スタート」とコールする。

ストップウォッチがリセットされ、再び画面で秒数のカウントが始まる。

今度は、真横位置から二十秒飛ぶ――

母艦を一辺とする楕円形パターンを描くように、二十秒後にもう一度一八〇度旋回、最終的に〈いずも〉艦尾へ廻り込むのだ。

頭の中に飛行パターンを描き、左手を計器パネルの左横へ伸ばし、〈ＳＴＯＶＬ〉と表示されたボタンを押す。

ＳＴＯＶＬモード。

ピッ

ＰＣＤ右側のエンジン計器画面に『ＳＴＯＶＬ』という赤色の表示が出て、明滅する。

同時に背中で、リフトファンの吸入口が風圧の中へ開く。ぶわぁっ、という凄《すさ》まじい風切り音と共に機首が上がろうとするが、何もしなくてもフライバイワイヤの操縦系は姿勢変化を抑え、ベロシティ・ベクターの円は水平線から外れない。

（有難い）

もしもF15だったら、こんな時は高度を一定に保つため、右手を激しく使わなくてはならない――

ピピッ
エンジン計器画面で、機体を真横から見た模式図が現われ、機の背中にリフトファン吸入口が開き、メインノズルが斜め下を向いたことがグラフィックで表示される。同時に〈STOVL〉の文字が赤から黄色へ変わる。

●護衛艦〈いずも〉航海艦橋

「そうか――そうだな」

司令席で鴨頭海将補はうなずくと、眼下の甲板を見やった。

見下ろす、長大な飛行甲板。

後部の航空艦橋から、たった今、飛行長の川尻《かわじり》二佐の声で『着艦パターンへ進入』が告げられたばかりだ。

数十名の甲板要員たち――任務の種別により色違いのウインドブレーカーを着用してい

る――が、初めての空自F35Bの着艦に備え、それぞれの持ち場へと駆け散って行くところだ。

甲板には艦首方向から一番、二番、三番、四番、五番と五つの着艦スポットがあり、後部の四番と五番には『特殊耐熱処理』が施《ほどこ》されている（F35Bの着艦には四番または五番スポットを使用する）。

だが
「君たちの持ち込んだ『あれ』は」

鴨頭海将補が視線をやるのは、艦首に近い方の二番スポットだ。

少し前に着艦したのか、停止している機体が一つ――〈いずも〉の搭載する対潜ヘリコプターではない。それは飛行機の主翼のようなアームの両端に、一基ずつのターボプロップ・エンジンを装着し、無骨な黒い二つのプロペラが真上を向いている。

後部胴体に〈陸上自衛隊〉の文字。

「『あれ』は、あとどれくらい、生きていられるんだ？」

「何とも言えません」

四十代の黒服の男は、唇を嚙むようにして床を見る。

「厚労省の技官が、下で、つききりで面倒を見ていますが――」

そこへ
『左舷前方監視員より』
天井スピーカーに、別の声が入った。
速い呼吸の声だ。
『緊急』

●護衛艦〈いずも〉 戦闘指揮所（CIC）

「レーダーに映らない、というのは」

窓のない、密閉された空間――

暗がりの中、艦首方向の壁に四面の大型情況表示スクリーンが並び、蒼白い照り返しが照明の代わりになっている。

空調の音（電子機器の冷却が強制的に行なわれている）。

大型スクリーンの下には多数のサブ・ディスプレーを横並びに置いた管制席が、四席。

左右の壁際にも多数の情報席が並ぶ。

空間中央で一段高くなっているのが、この指揮所――〈いずも〉の頭脳であるCICを束ねる哨戒長席《しょうかいちょう》だ。

「管制する側からは厄介だな」

　つぶやくのは、哨戒長の箕輪《みのわ》三佐だ。

　哨戒長席のコンソールに肘《ひじ》をつき、上目遣いに正面スクリーンの一枚を見る。

　畳二畳ぶんの大きさがあるスクリーンの中、中央に置かれた〈いずも〉を示す舟形シンボルの左側を、緑の三角形が一つ、尖端《せんたん》を下に向けてすれ違って行く。

　緑の三角形はもう一つある――艦のずっと前方で、左旋回に入ろうとしている。

　どちらも三角形は『中抜き』で、艦のレーダーでじかに捉えた空中目標ではない、と知らせている。

　レーダーに捉えられない飛行物体が、自分から位置情報をデータリンク経由で送って来ている。それがスクリーン上に表示されているのだ。三角形の脇にはそれぞれ高度と速度を示す数値、そしてコールサイン――艦とすれ違う三角形は〈DVL501〉、前方で左旋回し着艦パターンへ入ろうとしているのが〈DVL500〉。

「おまけに三〇〇ノットから、十秒かからずに一〇〇ノット以下か」

　箕輪三佐はぎょろりとした目を上目遣いにしたまま、三角形〈DVL500〉の脇に現われる数値の変化を追った。

凄《すご》い機動性だ……

「これがF35Bか」


「本当なら」

哨戒長席の横に立って、並んでスクリーンを注視する艦内戦闘服姿が言った。

先任電測員の押井《おしい》曹長だ。

「空自から要撃管制官を出向させてもらう予定だったのですが。うちの管制員は、ヘリしかコントロールしたことがありません」

「まぁ、今回は」

箕輪は腕組みをする。

「急だったからな。仕方が――」

箕輪がつぶやきかけた時。

「哨戒長」

正面スクリーンに向かう水上目標監視席から電測員が振り向くと、声を上げた。

「左舷前方、民間の小型船が急転舵。本艦の針路へ割り込んで来ます」

「何」

5

●護衛艦〈いずも〉上空
F35B デビル編隊二番機

(──見えた)

茜は、傾いて右へ流れる水平線の端──旋回方向へ上目遣いに視線をやり、グレーのシルエットが見えてくるのを待っていた。

着艦パターンの最終旋回、母艦の後尾へ廻り込む機動だ。

二G──さっきと同じ六〇度バンクだが。

速度は減って、いま八〇ノットを切ろうとしている。速度が小さいので、旋回半径もコンパクトだ。

計算通りならば。

母艦の左舷側、一〇〇〇フィート横の位置へ出るはず──

「よし」

流れる水平線の上、角ばった影が視野の左端から現われ、自分の正面よりも右の方へ滑《すべ》って行くのを確かめて、茜はうなずく。

計算通りだ。

岐阜基地でのシミュレーター訓練で、〈いずも〉型護衛艦へアプローチして着艦する手順と操作要領は、練習してある。

シミュレーターには、実際の〈いずも〉と同じ精密な3D船体モデルがあって、着艦の練習をすることが出来る。

基本は、母艦の左舷の横へ並ぶように空中停止して、ゆっくりと右へ寄せながら降下して行く。垂直降下だ（HOVERモードを使う）。

シミュレーター訓練では、初めは母艦の前進速度をゼロにして着艦し、手順に慣れてきたところで母艦速度を少しずつ増やして練習した。固定翼の艦載機を発着させる航空母艦では、母艦は常に風上へ全速力で走るが、HOVERモードでヘリコプターと同じように着艦できるF35Bに対しては、前進速度は必要ない。

また横風があったとしても、HOVERモードはパイロットの決めた三次元の位置をキープするので、基本的に流されることは無く、影響を受けない。

ただし。

（——ＥＯＤＡＳ、使ったことがないんだ……）

左舷の横にいったん空中停止してから、飛行甲板の着艦スポットの位置を目で確かめ、スポットの真上へ寄せて、垂直に降りる時。

ＳＨ60Ｋ哨戒ヘリコプターならば、コクピットのパイロットの足下に小窓があって、下方の様子をチェックできる。

戦闘機にはそのようなものは無い。

代わりに、茜の被っているＨＭＤには、バーチャルに『全周囲』を目視できる機能が備わっている。機体の六か所に埋め込まれたカメラによって、Ｆ35は常に機体の全周を監視している（死角はない）。システムはＥＯＤＡＳと呼ばれ、パイロットには後方や下方を捉えたカメラの映像をＨＭＤ越しに提供する。視覚モードを切り替えて、後ろを振り向いたり下方を見たりすれば、機体構造を透かしたようにそちらが『見える』。

カメラは可視光線だけでなく、赤外線センサーも兼ねているから、暗闇でも見えるし、熱を発する空中や地表の目標は遠距離からでも見つけ出して脅威《きょうい》を自動的に評価し、パイロットに知らせる（レーダーを全く使わなくても赤外線で探知した敵機や地上目標を攻撃できる）。

ただし、このバーチャル視覚モードは、シミュレーターでは再現できなかった。岐阜基地での訓練では、茜は真下を『見る』代わりに、コクピットから見える〈いずも〉の上部構造――アイランド後部の航空艦橋のアンテナや窓との位置関係を覚えて、自分がスポット四番または五番の真上にいることを掴めるようにしていた。

「この方が、万一、EODASが故障したって平気で降りられるのだから、いいでしょ」

茜を指導しながら、白衣姿の聡子は言った。

「それにね。あれ、使うと酔うのよ」

「――――?」

いけない、思い出している場合じゃない。

傾いた視界の下側で、方位スケールが廻って『210』を指そうとする。

前方を滑って行く母艦の後姿が、茜のやや右前方に。

(今だ)

右手を外側へ返す。

バンクが戻る。

同時に、〈いずも〉の後姿が茜の右前方、約一マイルの位置でぴたり、と止まるように見えた。

(母艦の速度は)

視線を下げ、PCD左側の戦術航法マップを見やる。中央の自機シンボルの右上に、ほぼ重なって〈DDH183〉の舟形シンボル。その脇に『15』の数字。

一五ノットか。

視線を戻す。

母艦の艦尾は、前方から引き寄せられるように近づいて来る。

みるみる大きくなる。

視野の左端では速度スケールが六〇ノットを切ろうとする。

（よし、HOVERモードだ）

茜は左手をPCD画面へ伸ばし、戦術航法マップを指でつついて、FCS（操縦システム）画面に切り替える（母艦が目で見えるから、マップはもう要らない）。

画面には機体を上から見た模式図と、横から見た模式図が現われ、胴体中央部でリフトファンが廻っている様子、尾部メインノズルが斜め下を向いている様子が表示される。

画面の左上に、赤い〈HOVER〉のボタンが表示されている。

指先でタッチする。

ピッ

〈ＨＯＶＥＲ〉

赤い文字が明滅を始め、ＦＣＳ画面でメインノズルが真下を向いていく。

同時に背中でリフトファンが回転を増す。ぶわぁっ、と凄まじい音と共にコクピットが震え始める（まるで背中で脱水機が廻っているみたいだ）。

ピピ
〈ＨＯＶＥＲ〉の文字が赤から黄色に。

ふわっ
身体が浮くような減速感と共に、前進速度がさらに減る。茜のＦ35Ｂは〈いずも〉の左舷の横へ、並ぶように近づく。

寄せよう。

茜は右手で、操縦桿を右横へ。

（――――）

操縦感覚が変わった。

もう、舵《かじ》が利くような対気速度では無い。

ＨＯＶＥＲモードでは、機軸周りのコントロールは舵面ではなく、主翼下面から噴出する高圧空気――反動コントロールに切り替わる。

茜の右手のインプットに反応し、機体はゆっくり右へ傾く――右前方から近づく全通甲板の艦体が、寄って来て、機首のすぐ右下へ。

操縦桿を戻す。右の中指で、操縦桿横腹についたエルロン・トリムスイッチを細かく引き、前進速度を一五ノットにセット。同時に右手を前へ押す。

ゆっくり、機体が下がり始める。

●護衛艦〈いずも〉航海艦橋

『報告。民間小型船一隻、左舷前方より針路へ接近』

天井スピーカーから声。

艦橋外側のウイングブリッジに立ち、外周を目視監視している監視員の一人が大声で知らせてきた。

『艦首前方に来ますっ』

「――！」

「――！」

航海艦橋の中央に立っていた航海長、右端の赤いシートに着席していた艦長が同時に反応して、双眼鏡を目に当てる。

さらに

『CIより艦橋』

スピーカーに別の声が入る。

『緊急。本艦針路前方に民間の小型船』

●護衛艦〈いずも〉戦闘指揮所（CIC）

「民間船、左舷より針路へ割り込みます」

哨戒長席で、箕輪三佐はインカムのマイクに告げた。

艦の周囲の水上をレーダーで監視し、報告するのもCICの役目だ。

視線は、正面の水上目標監視スクリーンへ向けたままだ。

スクリーンでは、中央の〈DDH183〉の舟形シンボルのすぐ前方――艦首の先、半マイルの辺りへ、左前方から急速に旋回して割り込んで来る小さな白い舟形シンボルが一つ。

尖端はまっすぐ右を向く。

前を横切るのか。

何のつもりだ──

その動きを睨《にら》みながら、マイクへ続ける。

「緊急。衝突回避行動を上申します」

「おい、あれは漁船か⁉」

艦橋へ通報をしたマイクを切ると、箕輪は水上目標監視席の電測員へ問うた。

「どこの船だ」

「漁船ではありません」

電測員はコンソールから振り向いて言う。

「所属は特定できています。マスコミのチャーターしたボートのようです。早朝から、本艦隊の左舷側一マイル付近を並走していましたが」

「何」

「どういうわけか、急に」

●護衛艦〈いずも〉　航海艦橋

「航海長」

双眼鏡を覗《のぞ》きながら、右端の展望席で艦長の島本《しまもと》一佐が言う。

「ただちに衝突回避」

「はっ」

艦橋中央に立つ航海長の出崎《でざき》二佐がうなずき、双眼鏡を顔につけたまま声を出す。

「操舵員、回避運動。転舵面舵《おもかじ》――いや」

「――」

「――」

左端の司令席の鴨頭海将補、その横に立つ副長の南場二佐も自分の双眼鏡を顔に当て、前方の海面を注視する。

針路前方、何か小さなものが左側から割り込んできた。

それぞれの双眼鏡の視界には、横向きになって進む小型船の姿がすぐに拡大される。

二階建てのデッキを持つクルーザーが、白い波を蹴《け》立《た》てている――

急速に近づく。

「操舵員、訂正」

航海長・出崎二佐は、〈いずも〉の艦首前方二分の一マイル——約九〇〇メートルの間合いで左舷側から正面へ割り込んで来ようとする小型船の動きを読み、命じた。

「転舵取舵《とりかじ》いっぱい、両舷逆進をかけよ」

こうしている間にも〈いずも〉は一五ノットで前進している。

すぐに

「転舵、取舵いっぱい」

航海長の後方の操舵コンソールに着いた操舵員が指示を復唱、ハンドル式の舵輪を素早く左へ回すと同時にレバー式の推進指示器を引いて〈逆進〉へ入れた。

チン

「両舷、逆進いっぱい」

「緊急っ」

同時に操舵コンソール横の副操舵員が、素早く艦内放送マイクへ告げる。

「緊急、緊急。回避運動、転舵取舵」

●護衛艦〈いずも〉　航空艦橋

発着艦管制所

「来ます」

アイランド後部にある航空艦橋。

その三階部分に、傾斜の付いた展望窓を突き出させた発着艦管制所がある。

二七〇度の視界を有する窓に面した管制卓にはLSO（発着艦管制士官）が着席、その後方に一段高くなって飛行長席がある。

LSOは無線のヘッドセットをつけ、〈いずも〉飛行甲板で発着しようとする全ての航空機を管制する。

「デビル五〇一です」

「うむ」

青いシートカバーに〈AIR BOSS〉の文字を染め抜いた飛行長席で、飛行長の川尻二佐がうなずく。

口ひげのある日焼けした顔を、左舷後方の空中へ向ける。

鋭い目を細める。

「あの五〇一のパイロットは、確か――」

「は？」

ＬＳＯの一尉が、怪訝《けげん》そうな表情で振り向くが
「あ、いや」

川尻二佐は軽く手を挙げて打ち消した。

「何でもない」


打ち消す間にも、黒いコウモリのような機体は背中にリフトファンの吸入口を開き、尾部メインノズルを真下へ向け、斜め後ろから近づいて来る。前輪と主車輪が出て、腹部のウェポンベイも開いている（ＨＯＶＥＲモードになると、気流を受け止めるために自動的に開くらしい）。

たちまち、黒い機体は舞い降りてきて川尻二佐の目の高さに並んだ。

空中に停止。

キャノピーの下の黒いヘルメットが見える。

「うぅむ」

自身も艦内戦闘服の胸に航空徽章——中央に錨《いかり》を置いた海自のウイングマーク——をつけた川尻二佐は、唸った。

一度でぴたりと、本艦の前進速度に合わせ、四番スポット真横につけたか。
こいつは。
評判通りか。
(よし)
そこからだ。
そこから右へ寄せ、真下へ下げるのだ――
「いいぞ、初めてにしては――」
だが
『緊急っ』
川尻二佐のつぶやきに被さって、天井スピーカーから声が降った。
『緊急、緊急。回避運動、転舵取舵』
「何」

●護衛艦〈いずも〉上空
F35B デビル編隊二番機

(よし)

ここだ。

茜は、海面上八〇フィート――HMD視界左側の電波高度計のデジタル値が『80』になるところで、右手を少し返した。

背中でタービンの唸りが増し、リフトファンの回転音がさらに大きくなって、機体は推力に支えられるように宙に停止する。

ふわ

同時に、機体は減速し終わり、設定した前進速度の一五ノットになる。

偶然だろうか、ちょうど茜の右肩の真横に、〈いずも〉アイランド後部の航空艦橋の窓がぴたり、と並んだ。

一五ノットで航走する〈いずも〉の、真横だ。

「はぁ、はぁ」

どうにか、ここまで来た――

あの航空艦橋の窓の真下が、四番スポットだ。

シミュレーターの通りだ、前後の位置はちょうどいい。

一度でぴたりと並べたのはビギナーズラックか。

しかし

ピピピピ

喜んではいられない、燃料がもう無い。

HMD視野の右下、電波高度計のデジタル値の下に〈LOW FUEL〉という赤い文字が現われ、明滅を始めた。

警告メッセージと共に、燃料量もデジタルで小さく表示される。

さっき、着艦パターンへ入る時には一〇〇〇ポンドあったのに。

赤い文字の下の数字は『220』――

二二〇ポンド……？

ピピピッ

（嘘《うそ》）

こんなに、食ったか。

今、HOVERモードにしているから、エンジンは毎時二〇〇〇〇ポンドのレートで燃料をばか食いしている――六〇分で二〇〇〇〇ポンドだから六分で二〇〇〇ポンド、三分で一〇〇〇ポンド、つまり一分で三三〇ポンド。

「うぇ」

あと四〇秒しか、宙に浮いていられない……!?

やばい。

エンジンが止まる前に、四番スポットの直上へ寄せ、機を降ろさなければ――

「――――」

息を殺し、再び右手を握る。

だが
『ボルター！』

横目で航空艦橋の窓を捉え、それが視野の中で動かないよう気をつけながら静かに操縦桿を右へ倒そうとした、その時。

『ボルター、ボルター！』

えっ――!?

ふいにヘルメットのイヤフォンに声が響いた。

6

●護衛艦〈いずも〉上空
F35B　デビル編隊二番機

『ボルター、ボルター！』
イヤフォンに、ふいに入った声。
何だろう。
無線か。
だが
(何を叫んで——)
操縦席で茜は、ふいに入った大声に構っている暇はない。
あと三十秒でエンジンが止まる。

ゆっくり右だ。
顎を引き、視野の右端で、航空艦橋の窓を摑む。
(あの窓が、視野の中で動かないように)
目印は、あの窓だけだ。
あの展望窓の真下に四番スポットがある。
窓が視野の中で動かないようにしつつ、右へ寄せるんだ。
自分に言い聞かせ、息を殺し、右手をじわっ、と外側へ倒す——

しかし
動かさないようにしよう——そう思っていた航空艦橋の窓が次の瞬間、うわっ、と大きくなった。
「えっ⁉」
同時に
『ボルター！』
無線の声が重ねて叫んだ。
『デビル・ファイブゼロワン、ボルターせよっ』

●護衛艦〈いずも〉航空艦橋
　発着艦管制所

「デビル・ファイブゼロワン、ボルター！」

着艦管制士官がインカムのマイクへ叫んだ。

「本艦は転舵中。離脱し、やり直——うわ」

ぐらっ

アイランド三階の高さにある発着艦管制所の床は、ふいに右へローリングするように傾いた（艦船は航空機とは逆に、旋回する時は外側へ傾く）。

左へ、急転舵している――遠心力で身体を持って行かれる。

身体は右へ持って行かれようとするが、艦全体は急速に、左へ向こうとしている――

「は、離れろ」

飛行長席で、肘掛けにつかまって身体を支えながら川尻二佐は窓へ怒鳴《どな》った。

聞こえるはずも無いが。

宙に浮く黒い機体が、引き寄せられるように窓に大きくなる。

艦が左へ急転舵している。

まずい。

川尻は目を見開く。

ぶつかる……！

「離れろ、離脱するんだっ」

●護衛艦〈いずも〉上空
F35B　デビル編隊二番機

「……………！」

航空艦橋の窓が、向こうから近づき、茜の視野の右側で膨張するように見えた。

やばい。

(翼端《よくたん》が)

翼端が当たる……！

とっさに、茜は操縦桿を叩くように左へ倒す。

ゆらっ

F35Bの機体は左へ傾くと、滑《なめ》らかに横移動に入る。

傾いたせいで、視野の右側が空だけになり航空艦橋が見えなくなる。

機体はゆっくりと、左へずれていく。

茜が思い切り操縦桿を左へ倒していても、横移動はゆるやかだ。

(当たるな、当たるな……！)

ピピ

何が起きた。

〈いずも〉が、急に左へ──私に近づく方へ旋回を始めた……!?

急に舵を切ったのか。

目印にしていた航空艦橋が、右の翼端へ刺さるみたいに――

『ボルター』

無線の強い声は繰り返す。

（そうか）

ボルター――海軍用語だ。空自の基地では『着陸やり直し』はゴー・アラウンドって言うんだ……

私に向かって言っていたのか。

確かに無線の周波数は〈いずも〉の着艦管制に合わせていた。でも、ほかにヘリとか、たくさん飛んでいるらしいから。

操縦桿をフルに左へ倒したまま、一瞬、言い訳のように考えた。

ピピピピ

●護衛艦〈いずも〉　航空艦橋

発着艦管制所

「デビル・ファイブゼロワン」

川尻二佐は飛行長席を降りて、管制卓のマイクをひっつかむと叫んだ。

展望窓で、Ｆ35Ｂは宙に浮いたまま機体をやや傾け、左へ――艦の旋回方向へ逃《のが》れようとしているが。

ＨＯＶＥＲモードのままだ。

「離脱しろ、やり直せっ」

展望窓の中で、機体の大きさが変わらない。

避《よ》け切れていない。

艦は急転舵を続けている。

このままでは――

「ファイブゼロワン、通常飛行へ戻せ。やり直せっ」

●護衛艦〈いずも〉上空

Ｆ35Ｂ　デビル編隊二番機

『やり直せっ』

別の怒鳴り声が、ヘルメット・イヤフォンから響く。

『ぶつかる、やり直せっ』

だが

(——くっ)

茜は一瞬、計器パネル左側の〈ＳＴＯＶＬ〉スイッチへ視線をやるが。

計器パネルに重なり、ＨＭＤ視界では赤い『ＬＯＷ　ＦＵＥＬ』の警告メッセージが明滅し、その下の数字が『１００』に。

駄目だ、あと二十秒でエンジンが止まる。

通常飛行モードに戻して、やり直していたら——

『離脱できていないぞ』

声は続けた。

『通常モードへ戻して逃げるんだ』

離脱——できていない。

目印の航空艦橋は、視界のどこかへ吹っ飛んでしまって、自分がどこにいるのか——

(——!)

はっ、として茜は下へ目をやる。

自分の膝《ひざ》が見えるだけだ、機体の真下の様子はわからない。

いや。

方法はある。

「ＥＯＤＡＳ」

茜は口を開き、酸素マスク内のマイクへ告げた。

「ＥＯＤＡＳ、ＶＲモード」

途端に
ぱっ

「――!?」

茜の音声コマンドに反応し、ＨＭＤ視界が切り替わった。

黒い飛行服の膝が消え、代わりに、傾きながらぶれている飛行甲板の様子が真上から俯《ふ》瞰《かん》するアングルで『見えた』。

巨艦の甲板が真下に――

見える。

着艦スポットの放射線状のマーキング、黄色いセンターラインを描き込んだ甲板は、右へやや傾きながら、もがくように左手へ移動している。

声が言うように、自分は離脱できていない、まだ甲板の上にいる——

白いしぶき。艦は急転舵を続けている。このままではアイランド上部構造に右側からぶつけられる、やはり通常飛行モードへ戻して離脱するしか——

(いや)

あそこだ。

茜の目は、グレーの甲板上の放射状マーキングの一つに吸い寄せられた。
四番スポット。
ピピピピッ
赤い『LOW FUEL』の文字が、見下ろす白い放射状マーキングの横で明滅する。
残り燃料『050』。
十秒で止まる。
ピピピピピ
「くっ」
こうするしかない。
とっさに、操縦桿を左へいっぱいに切ったまま、叩きつけるように前方へ押し込んだ。

カチン
ぐんっ
下がる感覚。
機体が沈降する。
茜は下を見たままだ、スポットの放射状マーキングから目を離せない。
あそこだ。
あそこへ降ろせ。
しかし〈いずも〉は急転舵で速度が減りつつあるのか。甲板のマーキングは茜の真下の位置からずるずるっ、と後方へずれようとする。
反射的に、右手の中指で操縦桿のエルロン・トリムスイッチを激しく右クリック、機体の前進速度を減らす。
（あそこへ降りろ、あそこ——！）
ピピッ
ピピッ
ピピピピ
HMD視界の電波高度計のデジタル値が急速に減り、茜の視野の中で放射状のマーキングがうわっ、と手前に迫った。

「うっ」

どしぃんっ

次の瞬間、甲板の放射状マーキングの中央が目の前に迫ったかと思うと、叩きつけるような衝撃が襲った。

「きゃあっ」

真下を『見た』ままだった。

身体が跳ね上がる。

それだけで終わらない、着艦スポットの放射状マーキングは、いったん突き放されるように離れると、ふわっ、と浮くような感覚がして、また目の前に迫った。

もう一度、衝撃。

ずだんっ

●護衛艦〈いずも〉　航海艦橋

「な」

艦橋左舷側の窓枠につかまるようにして、飛行甲板を振り返って見ていた副長の南場二佐が声を上げた。

「なんて奴《やつ》だ」

「ボルターさせなかったのか？」

司令席から鴨頭海将補も振り返って問う。

「発着艦管制所は」

「いえ」

南場は頭《かぶり》を振る。

「そんなはずはありません、艦が急転舵をする場合は、ＬＳＯが必ず着艦機をボルターさせ、やり直させる手順です」

「では、あのパイロットが――」

鴨頭は上半身を捻《ひね》るようにして、後方の様子を見やる。

艦は左への急転舵のため右へ傾いていて、艦橋でも、何かにつかまっていないと傾きと遠心力で立っていられないほどだ。

だが、飛行甲板後部では放射状マーキングの一つ――四番スポットに、黒い戦闘機が主脚と前脚を叩きつけ、一度バウンドしてから落下して止まったところだ。

白いしぶきを被る飛行甲板で、停止した機体へ色とりどりのウインドブレーカー姿の甲板要員たちが駆け寄って行く。

「──無理やり？」

同時に
『民間ボート、ただいま艦首前方を通過っ』

天井スピーカーから声が被さった。

前方監視員の声だ。

『艦首直前方、右舷へ抜けます』

「民間ボートは、かわした」

艦橋中央に、バランスを取って立っている出崎航海長が、双眼鏡を見たまま命じた。

「操舵員、急転舵やめ。舵戻せ」

「急転舵やめ。舵、戻します」

操舵員が復唱し、操舵コンソールのハンドルを逆回転させる。

そこへ
「おいっ」

艦橋右端の艦長席から、双眼鏡を右舷側へ向けていた島本艦長が声を上げた。

「あの民間プレジャーボートは」

その声に被さり
『民間ボート、本艦の横波を受け、転覆っ』

監視員の声が響いた。

『転覆しました、右舷の横』

●護衛艦〈いずも〉 CIC（戦闘指揮所）

『艦橋よりCIC』
ぎしぎしぎしっ
艦の構造全体が、急転舵の遠心力できしんでいる。
ぎしぎしっ
CICは、飛行甲板の一層下——ギャラリーデッキと呼ばれる階層にあり、堅固に密閉されていて窓は無い。
艦がこのように急回頭すると、外の景色は見えないのに、床は傾き、遠心力で身体が横向きに持って行かれそうになる（卓上に置いたボールペンなどは転がって飛んで行ってしまう）。

二十数名の電測員、管制員たちが着席し、それぞれのコンソールに向かっているが。慣れない者はひどい船酔いになる。

『艦橋よりCIC。本艦右舷にて民間プレジャーボートが転覆』

「────⁉」

天井の低い暗がりの中央で、哨戒長席についていた箕輪三佐は、座席の肘掛けを両手で掴み、こみ上げる吐き気をこらえていた。

「──て、転覆──？　うっぷ」

口を開くと、何か出そうだ。

やばい。

今の艦橋からの声は。

何だ。

転覆──そう言ったのか……⁉

『繰り返す』

天井スピーカーは繰り返した。

声は、艦橋に詰めている連絡幹部か。

『本艦右舷、三分の一マイル。民間プレジャーボートが横波を受け転覆した。艦長命令を達する。ＣＩＣはただちに哨戒ヘリを差し向け、当該ボート乗員を救助せよ』

何だって。

「ボートが転――」

箕輪は正面スクリーンへ目をやろうとするが。

その時

ぎしししっ

艦が急転舵をやめ、舵を戻したのか。

床の傾きが戻り、一瞬、身体がフワッ、と浮くような感覚が襲った。

「う――うっぷ」

「大丈夫ですか、哨戒長」

紺色戦闘服の押井曹長が歩み寄って来ると、覗き込んだ。

箕輪は右手を上げ『大丈夫』と手振りで示す。

「だ、大丈夫だ。それより、転んだのか？　あのボート」

箕輪賢太郎《けんたろう》は今年で三十一歳。防衛大では数理分析学科でトップの成績だったが、自分が船に弱い、などということは海自の幹部候補生として任官するまで気づかないでいた。

小さい頃から、船になんか乗ったこともない。

本来、情況を分析して護衛艦隊の戦闘指揮を執《と》る、というのが自衛隊で一番やりたい仕事だったのだが。このＣＩＣの環境はきつい（やはり外の景色が見える航海士コースにするんだったか――と思っても遅い）。

正面スクリーンへ目をやると。

中央の〈ＤＤＨ１８３〉の舟形の真横、すぐのところに、白い小さな舟形シンボル。

止まっているように見える。

「レーダーには映っているようだが」

「まだ沈んではいないのでしょう」

押井曹長もスクリーンを見やる。

しょうがないな――と言いたげな表情。

「本艦の急転舵の横波を食らったら、プレジャーボートなんて」

「うん」

箕輪はうなずき、右横を振り向く。

ＣＩＣの一方の壁に向かって、航空管制のセクションがある。

広域管制席に、三名の管制員が着席し業務に当たっている。

飛行甲板での発着艦をコントロールするのは航空艦橋だが。広範囲の空域を飛行する航空機を管制するのは、CICの空域管制セクション（ストライクと呼ばれる）だ。

「空域管制、近くに使えるSHは居るか」

すると
「はい」

右舷側の壁に向かった航空管制セクションから、先任管制員が応《こた》える。

「対潜警戒任務中のSHのうち、一機――スナイパー・ゼロスリーが間もなく交代時刻です。向かわせられます」

「そうか」

もう一度、正面スクリーンを見ると。

艦隊の周囲を取り巻くように、緑の三角形シンボルがいくつか滞空している。

五つ。

それぞれ〈SNPR01〉、〈SNPR02〉……とコールサインの表示がある。

「よし、ゼロスリーを向かわせろ」

箕輪はうなずいた。

指示を出すと、ヘッドセットのマイクを口元へ引き寄せる。

「CIより、艦橋」

●護衛艦〈いずも〉飛行甲板

「はぁ、はぁ」

茜は、静止した機体の操縦席で前かがみになり、計器パネルのグレアシールドに両手をついて激しく呼吸していた。

降りた——

どうにか、降りた。

酸素マスクのレギュレータがプシッ、プシッと鳴るので、うるさい。

右手でマスクをはぎ取るように外す。

「はぁっ——う」

気持ち悪い。

ぐぐっ、と機体が持ち上げられる。

(えっ)

機体は、止まったんじゃないのか……?

目を上げると。

黒い機首の先には黄色いセンターラインが伸び、フラットな灰色の平面――飛行甲板の先の方にもう一機、左右のプロペラを上に向けたオスプレイらしき機体がいる。

その向こうに水平線。

艦首の向こうの水平線が、見ているうちに下がり、また上がって来る。

同時に今度は身体がフワッ、と浮くような感覚。

「うっぷ」

そうか。

これがＤＤＨ――これだけの巨艦が、どういう理由か知らないけれど、私が着艦する直前に、急回頭をした。

急だったのだろう、航空艦橋からの無線の声も、慌てた感じだった。

今は、もう艦は旋回を止めたようだが。

これだけの巨大な艦体が海を掻《か》き回したのだから、旋回を止めても、自分の起こしたうねりで上下に揺れているのか。

でも。

「う」

身体が浮いてから沈むような感覚に、吐き気が込み上げる。

どうしたんだ——

顔をしかめる。

私は、乗り物酔いなんか、したこと無いのに。

(どうしたんだろう)

機首の前方で、何か動いている。

黄色のウインドブレーカーを着た甲板要員が、手信号を送っているのだ。

こちらへ——という合図。

「——あぁ、駄目」

茜は、その時になってエンジンがすでに停止しているのに気づいた。

道理で、静かだ。

背中で強力脱水機みたいにブルブル回っていたリフトファンも停止し、計器パネルのPCDも右半分が黒くなっている(バッテリー電力のみになっている)。

「駄目です」

声に出すが、外へは聞こえないと気づき、右手でキャノピーの開放レバーを引く。

プシュ

「駄目ですっ」

風が吹き込む（潮風だ）。

前向きに持ち上がった風防越しに、声を張り上げた。

「動けない、エンジン止まりまし――うっぷ」

7

●護衛艦〈いずも〉飛行甲板

「――うぅ」

何だろう、この船酔いみたいな――

停止したF35Bの操縦席で、茜は顔をしかめる。

いや。みたいじゃなくて、船酔いか。

胃の辺りから、何かこみあげてくる。

でも

（今、自力走行できないんだから）

整備員に牽引車《けんいんしゃ》を頼まないといけない。

エンジンは止まってしまった。この機体にはもう、燃料が一滴も残っていない。

言わないと。

声で伝えるため、風防の外へ顔を出そうとすると

「うっぷ」

思わず、また屈みこんでしまう。

何だ。

下を向いて吐き気をこらえる。

どうしたんだ、私——

すると

コンッ

いきなり、ヘルメットの頭を上から小突《こづ》かれた。

（——!?）

慌てて、顔を上げると。

「おい」

同時に頭のすぐ上から、声がした。

しわがれた男の声だ。

「しょうがねぇな。姉ちゃん」

●護衛艦〈いずも〉航海艦橋

『CICより艦橋』

天井スピーカーから声。

『スナイパー・ゼロスリー、民間ボート救助のため指向。二分で到着します』

「――あれは転覆しているが」

数分前に逆進をかけたので、〈いずも〉は今、ほぼ停止している〈いずも〉を中核とし輪形陣を組む他の七隻も、揃《そろ》って停船しているはずだ)。

艦は、自ら起こしたうねりに乗って、上下に揺れている。

艦橋右端の展望席で、島本艦長が双眼鏡を覗きながら言う。

「乗員は、投げ出されて海面に浮いているようだな」

「全員ではないでしょう」

南場副長が傍《そば》に寄って来ると、自分の双眼鏡で右舷側の海面を見た。

二階建てデッキを持つプレジャーボートだったが。

今は、船底部分だけが波間に見える（完全に転覆している）

「まだ船内に閉じ込められている者があると、厄介です。哨戒ヘリでは救命浮舟《ふしゅう》を投下するのがせいぜい、後続の〈いかづち〉に内火艇《ないかてい》を出させ、ダイバーに潜《もぐ》らせましょう」

「うむ。頼む」

島本一佐は、年齢よりも若く見える、とよく言われる顔で艦橋を振り返る。

左端の黄色いシートカバーの席は、空《から》になっている。

「司令と、情報本部の男は？」

「早速、甲板へ降りました」

南場副長は床を指す。

「〈運び屋〉が来ましたから。一応、船務士の山根《やまね》一尉を案内につけています」

「そうか――」

島本が何か言いかけると
『飛行長より』

天井スピーカーに、別の声が入った。

『デビル・ファイブゼロゼロ、着艦パターンに入った。飛行甲板、着艦に備えよ』

●護衛艦〈いずも〉　航空艦橋
　発着艦管制所

「繰り返す」

管制卓の後ろに立ったまま、川尻二佐はマイクへ繰り返した。

「甲板要員は着艦に備えよ」

展望窓からは、黄色いウインドブレーカー姿の要員たちが駆け散る様子が見渡せる。

川尻二佐はマイクを置くと、腕組みした。

「しかし」

つぶやく。

見下ろす視線の先には、飛行甲板四番スポット——航空艦橋のすぐ前の甲板上に停止しキャノピーを開放した黒い機体がある。

「大した玉だ」

「大したタマですよ」

管制卓で、LSOの一尉が息をつく。

一尉は顔につけた双眼鏡を、左舷後方から接近して来るもう一つの機影に向けながら言う。

急速に大きくなる黒い機影は、たった今、五番スポットへ降りるよう無線で指示を出したF35Bの一番機だ。

「こちらのボルター指示を無視して、無理やり降りました」

「いや」

川尻は四番スポットのF35Bを見下ろしたまま、頭を振った。

「機体を失わずに済んだ」

●護衛艦〈いずも〉　飛行甲板

「姉ちゃん」

頭上から、しわがれた声。

何だ。
声質がざらついているだけでなく、巻き舌になっている。
「真下、見たまま降りたのか？」
（――？）
誰だろう。
巻き舌の声は、まるで外国人が話す日本語のようだ――
そう思いながら顔を上げると。
「え」
茜は、ＨＭＤのバイザーの下で目をしばたたく。
自分を見下ろしているのは銀髪の男だ。
彫りの深い、しわの刻《きざ》まれた顔。
この人は。
海上自衛隊の整備員……？
日本人ではあるのだろう、でも年齢は、かなりいっている――
おまけに、他の甲板要員のようにヒアリング・プロテクター付きヘルメットを被っていないし、黄色いウインドブレーカーも着ていない。茶色の作業服と短い銀髪が潮風に吹かれている。

「──う」

茜はバイザーを右手で上げようとして、またこみ上げる吐き気に顔をしかめる。

「そら」

男はしわがれた声で「言わんこっちゃない」とつぶやくと、コクピットの外側から手を差し入れ、茜のみぞおちのバックルを回して五点式ハーネスを外し、腰のGスーツのチューブを外し取った。

両肩を上からぱんっ、と叩かれた。

「いいから。下を向いたまま降りるんだ。吐くなよ、掃除が大変だ」

「────」

仕方ない。

この人が誰なのかは、置いておいて。

茜は言われるまま、バイザーを上げ、コクピットの右舷フレームにつかまって上半身を起こした。

前方へ跳ね上がった一体型キャノピーを、くぐるようにして中腰で外へ。

頬がひやっ、とする（潮風が吹き付けている）。

すでに機首右側に、車輪付きの乗降ラッタルが付けられていて、茶色の作業服の男はコクピットの縁の部分に器用に腰かけ、茜が降りて行きやすいよう身をよじって空間をあけてくれた。

「――あ」

そう言えば。

シャットダウン・チェックリストをやっていない。

シャットダウン手順――パイロットが機を降りる時の措置《そち》だ。エンジンを止めたならば、コクピット内のすべてのスイッチ類がＯＦＦ、レバー類が安全な位置にあることを、チェックリストを使って確認しないといけない。

「あ、あの。チェックリスト――」

しかし

「いいから」

しわがれた声の男は、茜に手で『降りろ』と促《うなが》し、自分はコクピットの縁から上半身を入れて操縦席周りのスイッチ類を手早く操作した。

「俺がやっておく」

「？」

慣れている……？

いったい、誰なのだろう。


通常は、戦闘機は機体左舷から乗り降りをするが。

〈いずも〉では、アイランドが飛行甲板の右舷側にそそり立っている。機体左舷側の内蔵乗降梯子《ばしご》を使わず、可搬式ラッタルを右舷側につけることで搭乗者を素早く降ろし、艦内へ入れようということだろうか……？

すでに（茜が頼まなくても）牽引車が機首前方の位置へ来ていて、前脚に牽引バーを装着する作業が始まっている。黄色いウインドブレーカー姿の要員が三名、立ち働いている。

「はぁ」

茜は、甲板表面へ降り立つと、ラッタルにつかまるようにして息をついた。

足が、硬い表面についている。

よく降りられた……。

「はぁ、はぁ」

「舞島二尉」

呼ぶ声がした。

横の方で、誰かが呼んでいる。

「舞島茜二尉だな」

●護衛艦〈いずも〉　航空艦橋
発着艦管制所

「機体を失わずに――？」

ＬＳＯの一尉は、管制卓から怪訝そうな表情で、川尻を振り仰《あお》いだ。

「どういうことです」


「あれを見ろ」

胸に航空徽章をつけた川尻二佐は、顎で眼下の機体を指す。

「機体の背だ。リフトファンの蓋《ふた》が、開いたままだ」

「――あ」

LSOの一尉は、気づいたように目をしばたたく。

「あれは、まさか」

「そうだ」

川尻はうなずく。

「F35Bは、着地すると自動的にHOVERモードを解除する、と聞いている。あそこの蓋が開いたままなのは、もう油圧がない。おそらく着艦と同時にエンジンが止まった」

「――――」

「やっこさん、燃料が無かったんだ」

「し、しかし」

LSOの一尉は不満げな表情をする。

「ちゃんと燃料を保たせるように、フューエル・マネージメントをして飛んで来るのが、一人前のパイロットなのではないですか」

「おそらく」

川尻は腕組みをしたまま、甲板を顎で指す。

「無茶な命令をされたんだろう」

川尻の視線の先には。

今度はアイランドの根元から、いくつかの人影が現われている。黒い戦闘機の機体へ歩み寄って行く。

人影は三つ。

二つは紺色の艦内戦闘服姿だが。

もう一つは、普通のダークスーツだ。

「おそらくこれから、もっと無茶な命令をされる」

●護衛艦〈いずも〉飛行甲板

「舞島茜二尉だな」

呼んで来たのは。

別の男の声だ。

「いいね」

「……………？」

いいね……？

そう言われたのか。

誰だろう。

茜は、まだ胃の辺りが気持ち悪いのをこらえ、振り向く。

(……え?)


目を見開くのと同時に。

茜の機の前車輪周りで作業していた、黄色いウインドブレーカーの甲板要員三名が、作業を中断して姿勢を正し、敬礼した。

「――――」

茜は、目の前に立った人物の様子に息を呑《の》む。

こちらを見ている。

長身。紺色の艦内戦闘服に、同色のキャップを被っているが。

肩の階級章の星の数が、小松基地の橋本《はしもと》空将補と同じだ。

この人は。

「あ」

慌てて敬礼しようと、ヘルメットを脱ぎかけるが。

「いい、いい」

人物は構わずに歩み寄って来ると、右手で茜の肩をばん、と叩いた。

また叩かれた——

左肩に置かれた、節《ふし》くれだった手と、キャップの下の顔を順に見た。

一目で、スキンヘッドなのが分かる。橋本空将補と同じ五十代だろうか、特徴的なのは目尻に笑い皺《じわ》がある。

「よく降りたな」

「——」

茜は、ずかりと目の前へ踏み込んで来た将官の言葉に、どう応えていいか分からない。

「あ、あの」

「燃料切れか」

将官は、茜の黒い飛行服の肩に手を置いたまま、機体を振り仰いだ。

「着艦と同時に？」

「は、はい」

茜はうなずく。

「指示には、違反しましたが」

「いい」

スキンヘッドの将官は構わずに、停止しているF35Bを見回した。

「こいつがF35Bか。資料は読んだが」

言いながら、将官は機体へ歩み寄ると、機首の下面を素手でぺた、と触った。

「実物を触るのは初めてだ」

「あ、あの」

「噂の、EODASシステムのセンサーと言うのは、これか」

将官は、機首下面に突き出た、クリスタル状のガラスで覆《おお》われた部分にもぺたぺたと触った。

「ほう、なるほど」

これは。

偉い人なのかもしれないが。

ちょっと困る。

「あの――」

だが
「司令っ」

茜が「ちょっと待ってください」と言おうとする前に、頭上から声がした。

「司令、駄目ですよ。手で触っちゃ」

振り向くと、茶色の作業服の男だ。

年齢に似つかわしくない身軽さで、ラッタルを降りてくると、咎《とが》めるように言った。

「ステルス機の機体に、素人《しろうと》が手で触っちゃ駄目です」

「いいじゃないか、ジェリー」

将官は、まるで鉄道マニアの少年が駅員にたしなめられた時のような、すねた声を出す。

「減るもんじゃなし」

（――――）

茜は、年長の人物二人の言い合いに、目を丸くする。

何だろう、この人たちは。

「減るんですよ、そこに触られると。感度が」

「何事も、触ってみなければ分からん」

「駄目だってば」

「────」

呆気《あつけ》に取られて、見ていると。

「舞島二尉」

耳元で声がした。

いつの間にか、もう一人。

艦内戦闘服の若い男が歩み寄って来ている。

「〈いずも〉船務士、山根一尉です」

「あ」

茜は、今度はヘルメットを脱いで、敬礼をした。

「舞島茜二尉、飛行開発実験団預かり、です」

「よろしく。私は案内係です」

茜より少し年上らしい一尉は、答礼すると、丁寧な口調のまま言った。

「あなた方二名の、艦内での行動を案内します」

「は、はい」

「あちらは鴨頭海将補」

山根一尉と名乗った若い士官は、長身の将官を目で指した。

今度は「ここがミサイルの入るところか」と、機体腹部ウェポンベイの中を覗こうとして、茶色の作業服の技術者に「そこも触っちゃ駄目」と注意されている。

「第一護衛隊群司令です」

「――」

「司令は、部下思いの人で」山根一尉は小声で続けた。「私が思うに。ああして、生命がけで降りたあなたのことを、ほぐそうとしているんです」

「え」

「少し、的外れかもしれないが」

「――」

茜は、機体に触られたのも気になったが。

さらに、別のもう一人の人物の存在も気になった。

機体に近づいて来ていたのは、三人。

三人目は、平服――ダークスーツ姿の、四十代らしい男だ。

目の隅《すみ》で見ると。
表情もなく、自衛隊幹部同士のやり取りには興味もない様子で、数歩離れた位置から機体の様子を眺めている。着艦の時にはバウンドして、叩きつけるように降りている。主脚と前脚に損傷が出ていないか、気になるのか。脚回りに目をやっている様子だ。

――『さらにその先の』

ちらと、声が蘇る。
岐阜を出発する前、耳にした。
番匠一佐の言葉。
私たちに何か言いかけ、しかし急に口籠《くちごも》った。

――『今日から〈いずも〉へ行かせ、さらにその先の任務――』

任務……。
何か、私の知らない秘密でも――
洋上の護衛艦に、ダークスーツの人がいる。

普通ではない。

誰だろう。

「――あの」

山根一尉に、訊こうとしたが。

その時
ブワーッ
ふいに頭上から、猛烈な排気音が降って来た。
黒いコウモリのような機体が、艦の左後方から迫って来て、宙に止まる――高さは約五〇フィート。前脚と主脚を下ろし、背にリフトファン吸気口を開いている。
黒い機体は、飛行甲板最後尾左舷側の宙に停止すると、位置を合わせるようにゆっくり横移動を始める。
声も出せなくなるような、猛烈な熱風が押し寄せた。

8

●護衛艦〈いずも〉　艦内

司令部作戦室（ＦＩＣ）

二十分後。

「では」

情報スクリーンを背にして立った将官が、口を開いた。

「〈任務〉について説明する。本日これから、君たちにやってもらう仕事だ」

「――」

「――」

さっきから。

茜は、音黒聡子と並んで、革製のリクライニングチェアに着席させられている。

天井の低い空間は、薄暗い。

甲板で機体を降りた後。

それからは慌ただしかった。五番スポットに着艦した一番機から音黒聡子が降機するのを待ち、二人揃って艦内へ案内された。

アイランド基部の水密扉《すいみつとびら》を通り、エレベーターで二階層を降りてから、長い通路を艦首方向（おそらく）へ進んだ。

「長いでしょう」

先に立って進みながら、山根一尉が言った。

「この中央通路は、艦尾から艦首まで一直線に結んでいます。二〇〇メートルあります」

「――」

「――」


機を降りてから。

音黒聡子とは、あまり会話することが出来ないでいた。

あのスキンヘッドの将官――鴨頭海将補（第一護衛隊群司令だという）は、一番機を降りてきた音黒聡子を同じように『激励』すると、船務士の山根一尉へ「ＦＩＣへ案内しろ」と命じた。

二人ともヘルメットは、茶色の作業服の技術者に預けた。「あんたたちに使ってもらう装具室は、この艦にはまだ無いんだ。悪いな」そう言って、茜と聡子からＨＭＤ付きのヘルメットを受け取った。「俺が預かって、出撃までに見ておいてやる」

Ｆ35のパイロット用ヘルメットは、一つ一つがパイロット各個人の頭と目に合わせた、オーダーメイドの精密機器だ。知らない人に手荒く扱われるのは困るのだが――

しかし、その老練そうな技術者（自衛隊ならばとうに定年を過ぎている）の作業服の胸に〈LOCKHEED MARTIN〉というロゴを見つけた茜は、とりあえず任せることにした。

巻き舌のしゃべり方も、アメリカ人が後から覚えた日本語みたいだし。

機体に妙に詳しい。おまけにあの司令と、対等みたいな話し方をする。どんな人物なのかは分からないが……。

その後、山根一尉に「二人とも、こちらへ」と促されるまま、甲板を後にした。

「途中で人員とすれ違っても、答礼の必要はありません」

速足で先に立ちながら、山根一尉は言った。

声を低めて付け加えた。

「目も合わせないで」

「？」

「――――？」

いつの間にか、一尉の他に保安隊員――防弾ベストに拳銃を携帯した海曹が前に二名、後ろに二名ついて、一緒に通路を進んでいた。

長い通路なので、乗組員とは度々すれ違う。保安隊員が道を空けるように促し、通りかかった曹や士は、通路の壁に背中をつけるようにして敬礼して来た。

山根一尉が「目も合わせるな」と言うので、聡子も茜も答礼をせずにそのまま速足で通過する。四名の保安隊員は、茜と聡子を警護するというより、一般の乗組員が接触して来ないよう遠ざけるのが役目のように見えた（洋上を航行中の護衛艦の艦内なのだから、警護などは要るはずもない）。それでも黒い飛行服姿の聡子と茜は目立つらしく、すれ違う乗組員たちの視線が追って来る。

「あの」

聡子が、歩を進めながら山根へ言う。

「ＦＩＣと言うのは。司令部の作戦室ですね」

「はい」

山根は背中でうなずく。

「その通りです」

「その前に、寄らせてもらってもいいですか」

「え」

立ち止まり、怪訝そうな表情で振り向く若い一尉に、聡子は壁の表示を指す。

洗面所だ。

「岐阜を出てから、三時間以上も座りっぱなしなので」

山根一尉は、気づいたように目を丸くした。

「あ」

「すみません、どうぞ」

〈いずも〉は海自最大の護衛艦らしく、中央通路の途中にあった洗面所も、男女別になっていた。

内部に、一般乗組員が居ないことを保安隊員が声をかけて確かめ、あとは聡子と二人きりにしてくれた。山根一尉は外の通路で待つという。

「Gスーツ、取りましょう」

洗面台の鏡に向くなり、聡子が言った。

「きつくて、たまらない」

「そうですね」

茜は『有難い』と思った。

この巨艦に、半ば無理やりに着艦してから。

ここに居る人たちのペースに、巻き込まれてしまっている——

茜は息をつき、腰から下の下半身を締め付けている装具——Gスーツを外し取った。

血が巡《めぐ》って、身体から硬さが抜ける感じだ（さっきまでの乗物酔いのような不快さは、いつの間にか消えていた）。

手と顔を洗う。鏡に向いて見ると、やはり黒い飛行服姿の聡子と自分は目立つだろうな、と思う。

Ｆ35Ｂに移行してから、ヘルメットもだが、飛行服と装具類も特注品に変わった。

黒一色の飛行服は、夏用と冬用がある。冬用は身体にぴったりした防水・保温素材で出来ており、海中に投げ出されても六時間にわたって体温を保つ、という。

飛行服の左胸には〈ＡＤＴＷ　Ｆ35Ｂ〉という文字を縫《ぬ》い込んだ円形のパッチ。その中で目の吊《つ》り上がった黒いコウモリが翼を広げ、左右の爪で摑んだ雷光二本を剣のようにして頭上でかち合わせている。

「こうして見ると」

聡子が鏡を見ながら言う。

「わたしたちって、あれね。バットマンの映画に出て来る、女の」

「あぁ」

茜も苦笑する。

「そうですね」

「ごめん」

「え」

急に聡子が「ごめん」と口にしたので、茜は鏡の中で見返す。

聡子も、目をしばたたきながら茜を見て来る。

「あなたが、あんなに食っているなんて、知らなかった」

目を伏せた。

「ごめん。もうちょっと早く、手持ち燃料のチェック、するんだった。編隊長失格」

「そんな」

茜は頭を振る。

「何とか、無事に降りられました。艦が急に転舵したのは、驚きましたけど」

すると
「――――」

聡子は唇を結ぶようにした。

「そのことだけど」

「?」

「さっき」

天井へ目をやる。

「さっきね。甲板で、機を降りた時に、整備員たちが話しているのをちょっとだけ耳にした。あなたが着艦しようとするその直前、民間のボートが前を横切ったらしい」

「……え？」

「偶然だったのか」

「…………」

「あるいは――でも考えても、仕方ないね」

（…………）

ボートが……？

茜は思わず、洗面所を囲う壁を見回す。

この艦は二七〇〇〇トンある、と聞いた。

民間のボートが、このＤＤＨの前を――？

（それで）

それで艦が急に回頭しようとしたのか。

「考えても、仕方がないけど」

聡子は鏡に向いたまま、うなじで結んだ黒髪を解《ほど》く。

唇を結び、解いた髪を両手で肩に散らした。

「何が起きるんだろう。この先」

●護衛艦〈いずも〉艦内
司令部作戦室（ＦＩＣ）

「〈任務〉の詳細について」

スキンヘッドの将官——鴨頭海将補は続けた。

「まず本省の情報本部から、説明を願おう」


「——？」

茜は、鴨頭海将補が右横へ視線をやったので、そちらを見た。

天井の低い空間（ＦＩＣと呼ばれるらしい）は薄暗い。

大きめの教室くらいの暗がりに、説明を受ける人員のための椅子が並べられ、前方の壁は大型のスクリーンが三面。

海将補はスクリーンを背に立ち、最前列の椅子（革張りのリクライニングチェアだ）に着席する茜と聡子を目の前にする形でブリーフィングを始めていた。

先ほど、洗面所を出て、再び中央通路を進み、この空間へ入った時。

すでに暗がりには、席を半分ほど埋めて（数える暇は無かったが）二十名ほどが着席していた。山根一尉から『ここに座って』と、空いている最前列の、真ん中二つの席を指定された。

着席すると、間もなく長身の将官を先頭に、数人の幹部らしい人たちがスクリーン前へ入場して来て、全員が席から立ち上がり敬礼をした。

それが数分前。

「見岳課長」

海将補は呼んだ。

「頼みます」

情報本部――

本省の、と海将補は口にした。

つまり防衛省情報本部か。

茜も、名称は知っている。わが国を代表するインテリジェンス機関の一つだ。

「情報本部・統合情報部第一課長、見岳です」

スクリーン前の右手には、一人用の演台があり、ダークスーツの人物――やはり官僚らしい――が立っている。

四十代らしい、その人物は素っ気《そけ》なく自己紹介すると、時間がもったいない、とでも言うように「早速、説明します」と卓上のリモコンを取り上げた。

「これを見て頂きたい」

（――――）

何だろう。

今日、急遽、自分たちが〈いずも〉へ来させられたのは。

単なる飛行テスト（運用試験）ではない。

何かの〈任務〉に就かされる。

そのためらしい。

――『さらにその先の』
岐阜基地の、番匠一佐は。
自分たちを送り出した実験団の司令は、〈任務〉の内容について知っていたのだろうか
――？
口にしかけて、口籠った。

　さらにその先の……〈任務〉。

「…………」

　茜は横目で、右隣の音黒聡子をちら、と見る。

　聡子は端整《たんせい》な白い横顔で、演台の人物を見ている。

　うなじで結んだ黒髪。

　先ほどの洗面所で、手を洗いながら聡子はふと思い出したように「口籠ったよね」と言った。

「一佐、口籠ったよね」

「え」

　茜が鏡の中で見返すと

「番匠一佐」聡子は岐阜とおぼしき方角を目で指した。「わたしたちに命令を達する時、何か言いかけて、やめた」

「——はい」

「うちのボスが口籠って、言えなくなるような何かをさせられる」

　そうだ。

　私は昨日、F35Bの操縦資格を取得したばかりだ。

一人前とは言い難《がた》い私まで駆り出して、洋上の〈いずも〉へ行かせる。

何か急に、急がなければならない事態が起きているのか――

この護衛艦から、さらにどこかへ行かされる……?

「これを見て頂きたい。このスライドは」

情報本部の官僚が、真ん中のスクリーンに現われた画像を指したので、茜は注意を戻す。

(――――)

何だろう。

スクリーンに映し出されたのは。

何かのグラフ――?

「これは」官僚はグラフを指す。「シックス・β《ベータ》については、すでに多くの研究結果を得ているので資料は多いのだが。一番わかりやすい一枚です」

(?)

茜は眉を顰める。

今、何と言った……?

暗がりに、静かなざわめき。

スクリーンに大写しにされているのは一枚のグラフだ。

縦軸と横軸――

縦軸は何かの量、横軸は時間経過だろうか――？　大きく波打つように高まる曲線が、ある所からクッ、と崖《がけ》のように下がって、そこからはほとんど底の辺りを這って行く。

何かが、ある時点で急に、ほとんどゼロになった――そういう事象が表現されているのか。

「これは、ある特殊な物質投与による、人間の体内における新型コロナウイルス増殖の『抑制効果』をグラフにしたものです」

ざわっ

暗がりに着席する人々――〈いずも〉の幹部乗員たちだろう――が一様に、息を呑むような反応をした。

新型コロナウイルスの、『抑制効果』……!?

茜も息を呑む。

確かに今、そう言ったのか。

「あなた方の護衛艦〈いずも〉と、このグラフがどうして関係するのか」

ダークスーツの官僚は暗がりを見回し、続けた。

「司令部の上級幹部の方々には、すでに説明済みだが。お集まり頂いた〈いずも〉各部門の責任者、および二機のF35Bのパイロットの方々にも、ここで追加して説明を申し上げる。次の写真を見てください」

パッ

スクリーンの画像が切り替わる。

●護衛艦〈いずも〉　航海艦橋

「艦長」

艦橋後方から、通信コンソールについていた通信士官が呼んだ。

「〈いかづち〉よりビデオ通話です」

「――――？」

島本一佐は、艦橋右前方の艦長席から振り向いた。

ビデオ通話……？

何だろう。

島本は首から下げた双眼鏡を置く。

すでに海面に人影は無い。転覆したプレジャーボートだけが、ゆっくりと沈んで行くところだ。

救助活動を見守るため、〈いずも〉はここしばらく、停止していたが。

今、ようやく前進を再開しようとしている。

その矢先だ。

「ビデオ通話とは、何だ」

ＤＤ１０７〈いかづち〉は、後方護衛艦だ。艦隊行動中は〈いずも〉の真後ろ二マイルの位置をキープし追従する。

つい数分前。右舷の真横の海面でダイバーを降ろし救助活動していた〈いかづち〉の内火艇が、作業を終え、撤収して行った。

プレジャーボートの乗員については『全員、無事救出』との一報が入っている。

島本一佐は、〈いかづち〉の内火艇収容を待ち、『前進再開』を命じようとしていたところだ。

「内火艇の収容報告ではないのか」

「は」

振り向いた島本へ、通信士官は困ったような表情をする。

「それが」

「?」

「〈いかづち〉艦長より、直《じか》にお話ししたい、と」

「しょうがないな」

島本は赤いカバーの艦長席を降りると、後方の通信コンソールへ歩み寄った。

航海艦橋はアイランドの第三層にあり、ずらりと並ぶ舷窓からは、二七〇度の視界が得られる。

島本が歩いて行くと、左舷側の飛行甲板も視野に入る。

黒い二機の戦闘機が牽引車に引かれ、デッキサイド・エレベーターへ移動させられていくところだ。

あの二機を、〈任務〉へ送り出す前に。

出来るだけ、南の方角へ進出しておきたい――

そのために早く前進を再開したい。

「島本だ」

艦隊にはTV会議システムがあり、〈いずも〉を中核とする八隻はすべて、双方向の画像通話機能を備えている。

必要な場合は、CICやFICにおいて僚艦の幹部たちとTV会議を行なうが、航海艦橋の通信コンソールにも端末がある。

『島本艦長、織島《おりしま》です』

画面に大写しになっているのは、〈いかづち〉艦長の織島二佐だ。

目と目が離れた、一見して無骨な印象の織島は、防衛大では島本の四年ばかり後輩になる。

『実は、ちょっと』

「どうした」

織島二佐が困ったような表情をしているので、島本はまた『何だろう』と思う。

平素から武道をたしなむ織島は、情況を前に慌てたりする器ではない。

それが。

「ボートの乗員の収容は、済んだのか」

『はい』

画面の中で織島はうなずく。

『全員、無事に収容しましたが。ちょっと面倒でして』

「何がだ」

『七人、乗っていたのですが。ボートは〈沖縄新報《しんぽう》〉という地元新聞社の所有で、取材クルーを乗せ、わが艦隊を横から撮影していたものと思われます』

「うむ」

マスコミか。

今朝から艦隊に並走していた民間ボートが、マスコミのものであるらしい、との報告は受けていた。

わが国は法治国家だ。

海上自衛隊の艦隊のすぐ横に、マスコミの取材ボートやヘリが張り付いて撮影をしていても、追い払う法律はない。『危険だから近寄るな』と警告して、退去しなかったら、どうしようもない。

だが、先ほどの取材ボートの行動は別だ。

本艦の左前方から、艦首のすぐ前方を横切るように通過しようとした（そのまま進行したらぶつけるところだった）。放っておけば衝突するのを承知で、針路へ割り込んできたのだ。

何をしようとしたのか。

確かに、海上交通には〈針路権〉というものがある。古くからのルールで、海面上で二つの船舶が互いに接近した時、相手を左に見る方が針路を譲らなければならない。

つまり、先ほどは、割り込んできたボートの方に〈針路権〉があったことになる（だからといって、いきなり真ん前に割り込んできていい、というわけではない）。

本艦は、ぶつけないようただちに転舵し、結果的に衝突はしなかったが、プレジャーボートは横波を食らって転覆した。

事態の経緯については、レーダーによる航跡記録も録ってあるし、ボート側の無謀な動きは証明できる。新聞社の所有する船と言うことだが――

しかし
『乗っていたグループのリーダーが』

織島は困ったような表情はそのままに、続けた。

『本艦へ乗艦して来るなり「艦隊の責任者を出せ」と』

「応じられない」

島本は腕組みをして、頭を振った。

「司令は現在、ＦＩＣでブリーフィング中だ。仮に手が空いていたとしても、マスコミ取材班の要求に応じる義務はない。法的な問題は、いずれ防衛省の専門部局が対応する」

『そのように言ったのですが』

「？」

『相手が、ちょっと』

「どうした」

『国会議員なのです。ボートに乗り込んでいたグループのリーダーが――』

「何」

その時
『ちょっと、どきなさいっ』

何だ……？

声がした。

いきなり、織島艦長の横からＴＶ通話の画面に割り込んできた声。

女……？

9

●護衛艦〈いずも〉航海艦橋

『ちょっと、どきなさいっ』

甲高《かんだか》い声がしたと思うと。

ビデオ通話の画面に、何かが割り込んだ。

アップになっていた織島艦長を、左横から押しのけるように、海藻《かいそう》のように濡れた髪の毛を垂《た》らした顔が現われた。

『あたしに話させなさいっ』

「――――？」

島本一佐は思わず、のけぞりかけた。

こいつは。

女か――？

丸顔の女だ――ワカメのようになった髪の間から上目遣いに、こちらを睨んで来る。

救助されてから毛布を与えられたらしく、肩から下は布にくるまっている。その様子は一見して子供向けのアニメに登場する妖怪《ようかい》のようだ。

『衆議院議員、石館《いしだて》みづえですっ、あなたが司令官ですか⁉』

「――いや」

島本は画面に向かって、頭を振る。

双方向通信だ。こちらの顔も見えている。

「護衛艦〈いずも〉艦長、島本一佐です」

『司令官を出しなさいっ』

女は甲高い声を出した。

頭を動かすたび、髪の毛から水滴が飛び散っている。

しかしアニメの〈砂かけばばぁ〉と違って、年齢は若いようだ（三十代か？）。

『ちょっと、触るなっ』

触るな、と叫んだのは、〈いかづち〉の艦橋士官か保安隊員が背後から「困ります」と制止しようとしたためらしい。

こんなのを艦橋へ入れたのか……？

島本は眉を顰める。

「第一護衛隊群司令は、応対しません」

島本はまた頭を振る。

「あなた方は、救助されたならば、隊員の指示に従ってください。艦橋へ入ってもいけません」

『国会議員に向かって、何を言うのっ』

女（衆議院議員らしい）は、また水滴を飛ばしながら声を張り上げた。

『あなた、誰に向かってものを言っているの⁉ ただじゃ済まないわよっ』

ううう、と唸るようにして島本を睨む。

なるほど――

こうやって、〈いかづち〉乗組員を脅《おど》しあげて、艦橋へ踏み込んだのか。

『司令官を出しなさい、出して、謝罪させなさいっ』

しかし
「あなたに自衛隊へ命令する権限はありません」

島本は腕組みをして、応えた。

「艦内へ収容した以上、我々にはあなた方の安全を図る責任があります。隊員の指示に従い、移送先が決まるまで医務室で待機してもらい――」

『あぁあっ』

女性国会議員は、島本が言い終える前に、頭を掻きむしりながら背後を振り向いた。

『ご覧ください、全国の視聴者の皆さんっ』

(――――?)

島本は目をしばたたいた。

画面の中で、女が背後を振り向くと。

一メートルくらい後ろで、撮影クルーだろうか。ラフな服装の男が肩に防水シートでくるんだVTRカメラらしきものを担《かつ》いで、女に向けている。

『これが、私たちを殺そうとした自衛隊の対応です』

女はカメラに向き直り、島本が映っているであろう画面を後ろ手に指しながら叫んだ。

『見てください皆さん、私たちは平和のために、自衛隊が憲法違反の悪いことをしないように〈沖縄新報〉社にボートを出してもらって監視していたのです。ところが自衛隊のあのばかでかい空母が』

殺そうとした……!?

島本はまた眉を顰めるが
女は、島本を指していた後ろ手で、今度は艦橋の窓とおぼしき方向を指した（前方に浮かぶ〈いずも〉の艦影が見えているのか）。

カメラ（洋上の護衛艦から中継できるわけがないので、録画しているのか）へ向けて訴えるように続けた。

『あの憲法違反のばかでかい航空母艦が、いきなり私たちのボートにぶつかって来たのです！　信じられません、海に飛び込まなければ、もう少しで死ぬところでした』

「………⁉」

何。

ぶつかって来た……⁉

島本は目を剝《む》くが
『自衛隊は私たちを殺そうとしたのですっ』

女性議員は声を張り上げる。

『都合の悪いところを見られたから、殺そうとしたのよっ』

『そうだ』

合いの手のように、別の声がどこかから入った。

『自衛隊は我々を殺そうとしたんだっ』

●護衛艦〈いかづち〉　航海艦橋

「我々に見られたら、都合が悪いんだ」

　女性議員をリーダーとするらしい総勢七人のグループは、艦橋後方の通信コンソール前に陣取り、口々に声を張り上げた。

「だから殺そうとしたんだ」

「中国に対して大規模な軍事的挑発をやっているのを、見られたくなかったんだ」

　ずぶ濡れの袖《そで》に〈沖縄新報〉という腕章をつけた男が叫んだ。

「我々は騙《だま》されないぞ」


「そう。その通りよっ」

　丸顔の女性議員は、呆気にとられたように取り囲んで見ている〈いかづち〉の士官や保安隊員たちをねめ回すようにしてから、ＶＴＲカメラに向けて続けた。

「視聴者の皆さん、今、平和を愛する中国人民解放軍が、アジアの平和と秩序を維持するための訓練を公海上で整然と行なっています。皆さん、日本政府に騙されてはいけません。中国は台湾を護ろうとしています。台湾の人々は、地球上でもっとも人権を大切にし、誰もが平等に安心して暮らせる中華人民共和国の国民になりたい、一刻も早くなりたいと熱望しているのです。ところがそれを邪魔するのがアメリカと、日本政府です」

「――」

「――」

こいつは、何を言っているんだ……？　という表情で艦橋要員たちが注目する。

「…………」

艦長の織島二佐も、その一人だ。

そうか……。

織島二佐は思い出した。

目の前で声を張り上げている女に、見覚えがある。

織島は地上波ＴＶはほとんど見ないが、艦内の食堂や休憩室などのＴＶに流れている国会中継やワイドショーは、嫌でも目に入る。

石館みづえ、と言ったか。

予算委員会で質問したり、ワイドショーでゲストコメンテーターとして発言する姿を、見たことがある。確か、野党の主権在民党の所属だ。

「台湾の多くの人々は」女は続けた。「『一つの中国』に戻りたい、早く中華人民共和国の国民に戻りたいと願っているのです。世界で一番正しい中国共産党の指導の下で、明るく幸せに暮らしたいと熱望しているのです。ところがアメリカと日本政府が邪魔をしています。アメリカは、台北に彼らの傀儡《かいらい》政権を作り、嫌がる台湾の人々を弾圧しているのです。これに対して、もう我慢できない、台湾の人々を苦しめてはならないと、中国人民解放軍が立ち上がって、アメリカにこれ以上の侵食をさせないための演習を始めています。ところがどうでしょうかっ、この自衛隊のやり方はっ」

石館みづえはぐりっ、と目玉を回し、艦橋の人々の注意が自分に集まっているのを確かめるようにして、さらに続けた。

「自衛隊は、憲法違反の航空母艦を中心とする艦隊を出し、解放軍の訓練海域のすぐ横にひっついて、しつこく、痴漢《ちかん》のように覗き見しているのですっ」

「――」

「――」

その時だった。

七人のグループの端の方にいた小柄な男が、周囲がみな石館みづえに注目しているのを確認しながら、そろそろと横へ移動した。

〈沖縄新報〉の腕章をつけた男は、騒ぎのせいで空席になっているサブ通信コンソールへ近づくと、濡れそぼったジャンパーのポケットへ左手を入れた。

何かを掴み出し、コンソールの計器パネルへ手を伸ばす。

だが、その後方に立っていた若い通信士官が動きに気づいた。

「おい」

通信士官の一尉は歩み寄るなり、男の腕章の腕を掴み取る。

「何をしている」

「は、放せっ」

腕章の男はもがくが、その手が計器パネルのUSBポートに何かを差し込むところだ。

一尉は目を剝き「やめろ」と怒鳴ると、男の手首を捻り上げた。

「やめろ、こら」

「ぎゃあああっ」

●護衛艦〈いずも〉艦内

司令部作戦室（FIC）

「この写真は」

スクリーンに現われた——映し出されたカラー画像。

演台に立つ官僚は、暗がりの中に静かなざわめきが起きて、やがて収まるのを待って続けた。

「何だと思われますか」

(——————)

茜は、目の前のスクリーンいっぱいに浮かび上がった画像に、目をしばたたく。

これは、何だろう——?

鮮やかな色だ。黒を背景に、ピンク色の球体がいくつか、浮かんでいる。

それぞれの球体からは無数の細い毛のような物が、周囲に伸びている。

(生き物……?)

スクリーンと、演台の方を交互に見ようとすると、右隣の音黒聡子が視野に入る。

聡子は、カラー画像に見入っているようだ。

映し出された球体が何なのか。見当がつくのだろうか。

「これは」

演台の官僚——情報本部の課長だという——は、スクリーンを指して言った。

「バクテリアの一種です」

バクテリア……。

微生物か。

茜は、高校では理科の授業に物理と化学を選択した（航空学生の採用試験には物理が必須だったからだ）。

微生物の拡大写真なんて、中学校以来、目にしていない。

でも。

さっきの話と、そして自分と聡子に課される〈任務〉と、これがどう関係する……？

「皆さん」

暗がりを見回して、官僚は続けた。

「今から、数か月前のことです。島根《しまね》県にある出雲《いずも》医大という大学の研究員が、ある発見をしました。実は島根の現地では、宍道湖《しんじこ》の周囲の住民――特に漁業関係者に、新型コロナウイルスに感染しても肺炎を発症する人が極めて少なかった。この事象に着目し、原因を調査したのです」

「――――」

「――――」

「その結果」

官僚はリモコンを操作し、スクリーンを前の画像へ戻した。

崖のように下がるグラフ。

「研究員は、彼らが日常的に摂取する食物の中に、当該ウイルスの増殖に対して『抑制効果』を持つ成分が含まれていることを突き止めた。宍道湖産のシジミや小魚の中に、微量に含まれていたのです。特にシジミ」

シジミ……。

今、世界を席巻しているウイルス。

宍道湖産のシジミに、それを抑制してしまう力がある……？

（え）

待てよ。

茜はまた目をしばたたく。

い、宍道湖――？

今、そう言ったのか。

「シジミは、湖底に生息する植物プランクトンを食べていた」

「その植物プランクトンの体組成に」

官僚は続ける。

「特殊なアミノ酸が含まれていたのです。アミノ酸の名称は、アスパラトリプトロイシン六価βセリン。略してシックス・βと呼ばれます。

出雲医大の研究センターでは三か月ほど前、シックス・βの分離に成功しました。これを、採取したコロナウイルスの標本の中へ投与すると、このグラフに見られる通りに増殖は停止、やがてウイルスは死滅することが分かった」

ざわっ

暗がりの中、〈いずも〉の幹部乗員たちが顔を見合わせる。

席から伸びあがって、スクリーンをもっとよく見ようとする者もいる。

「このシックス・βの素晴らしいところは」

官僚は続けた。

眼鏡《めがね》にスクリーンの画像の色が映り込む。

「ご覧の通り。ウイルス抑制に圧倒的な効果を持ちながら、何ら副作用が無い、というところです。あくまでアミノ酸であり、いわゆる『薬』ではありません。食品として、世界中の人々が今すぐ安全に摂取できるのです。仮にこれが、シックス・βが量産できれば」

おおぅ──

声にならない呻《うめ》きのようなものが、FICの空間に満ちた。

色めき立つような気配だったが。

(────)

茜はグラフを見つめたまま、息を呑んでいた。

右隣で、音黒聡子が目を見開いているのが分かる。

コロナウイルスを圧倒してしまうアミノ酸──

そんなものがあるという。

でも。

(──宍道湖の湖底の、植物プランクトン……?)

茜は膝の上で、拳《こぶし》を握り締めた。

「…………」

「どうした?」

小声がした。

気づくと、聡子が横目でこちらを見ている。

「大丈夫？」

聡子が問いかけるのに被さって
「ですが、皆さん」

官僚の声が続いた。

●護衛艦〈いずも〉　航海艦橋

『お騒がせしました』

ビデオ通話画面の中で、織島二佐が一礼した。

『どうにか、退去させました』

つい一分前のこと。

ビデオ画面の向こう側で、乱闘に近い騒ぎが起きた。

〈いかづち〉艦橋とのビデオ通話をしていた、その最中のことだ。

画面の奥で、〈沖縄新報〉の腕章をつけた取材スタッフと見られる一人が、突然「ぎゃあっ」と悲鳴を上げたのだ。

ビデオ通話のこちら側で、石館みづえの〈演説〉に気を取られていた島本も、悲鳴で我に返った。

腕章をつけた男は、〈いかづち〉の通信士官に左腕を捩《ねじ》り上げられ「離せ、離せ」と大声で訴えた。

「自衛隊に暴力を振るわれた、自衛隊に暴力を振るわれた、助けてくれぇっ」

「何を言うかっ」

通信士官は、腕章の男が握りしめていた物を、締め上げた手を開かせてむしり取った。

「艦長、こんな物をサブ・コンソールに差し込もうとしていましたっ」

通信士官の一尉が、男からむしり取って示したのは、細い一本の黒い物体――USBメモリだ。

「この男が、これをUSBポートへ」

「何」

「ちぃっ」

織島艦長と石館みづえが同時に反応した。

「保安隊員、取り押さえろ。全員だ」

「ええい、自衛隊が暴力を振るって来たっ、撮れ、撮れ」

　その瞬間から、ビデオ画面の向こうは乱闘のようになった。

　石舘みづえが「あたしに触るな、国会議員に触るなっ」と叫びながら保安隊員の腕を払いのけ、艦橋の床へ座り込む。

「こうなれば座り込みよっ。日本が軍国主義をやめて沖縄から出て行くまで、三千日でも座り込んでやる」

　しかし、喚《わめ》き声を上げる女性議員は保安隊員四名に両腕と両足を抱え上げられ、たちまち艦橋の外へ運び出されて行った。

　他の六名も同様だ。

『とりあえず七名全員、医務室へ収容して見張りを付けます』

　騒ぎが収まった後、織島がビデオ通話の画面に戻ってきて、報告した。

『行動を制限するのは、〈武器等防護規定〉を援用すれば、何とかなると思いますが』

「うん」

　島本はうなずいた。

「ご苦労だが、頼む」

『ただし、ＶＴＲカメラの中身を消去させられるかどうかは、法規定をさらってみないと、何とも言えません。調べてみます』

「そうだな」

『連中を〈いずも〉へ収容しなくて、良かったです』

織島は、指でつまんだ黒い物体を、ビデオ画面の中に示した。

『これを、サブ通信コンソールのＵＳＢポートに差し込まれるところでした』

「そいつは、いったい何だ」

島本は腕組みをする。

一見して、蓋の取れたＵＳＢメモリだが――

『わかりません』

織島は、頭を振る。

『しかし、もう少しで、わが艦隊の情報ネットワークに何か挿入されるところだった』

「そいつは」

島本は、画面の中の物体を指す。

「君のところで保管しておいてくれ。本艦には情報本部のキャリアが乗っている、後で見てもらおう」

通話を終えてから。

「────」

島本雅人《まさと》は通信コンソールの前で、腕組みをした。

息をつく。

国会議員とマスコミを成り行きで乗せてしまったせいで、大変な騒動になった。

一応、大事に至らずに済んだが。

しかし今の、この騒動は。

たまたま、このタイミングで起きたのだろうか……？

それとも。

何者かが計画して、あの連中を差し向けた──？　その可能性もある。民間ボートが目の前を横切ろうとしたら、避けないわけにはいかない。ボートが真横でひっくり返れば、自衛隊は救助しないわけにはいかない。

今回の〈任務〉に関する情報が、漏《も》れているのではないか。

あるいは漏れてはいなくて、ああいう類《たぐい》の連中がよく仕掛けて来る妨害行為事案が、たまたま今起きただけか。

「……分からん」

つぶやく島本に
「艦長」

艦橋の前方から、航海長の出崎二佐が呼んだ。

「準備は完了しております。前進を再開しますか」

「――あぁ」

島本はうなずいた。

「所定のコースに戻そう。針路二一〇、速力二〇――いや二五ノットだ」

「はっ」

●護衛艦〈いずも〉艦内
司令部作戦室（ＦＩＣ）

「だが皆さん、話は簡単ではありません」

官僚は暗がりを見渡すと、続けた。

しん、と空間は息を呑む気配だ。

「出雲医大での解析の結果。この『抑制効果』をもたらすアミノ酸――シックス・βは、宍道湖の湖底に固有の植物プランクトンに含まれている、と申し上げたが。正確には、プランクトンに共生している特殊なバクテリアが造り出していることが判明しました。最初にお見せした、これです」

カシャ
スライドが戻って、黒を背景に浮かぶピンクの球体が現われる。

「――」

「――」

「このピンク色の球体」

注目して来る幹部たちを見回すようにして、官僚は続けた。

「シックス・βバクテリアと名付けられたバクテリアです。この球体がアミノ酸を造り出している。ところが、この特殊な微生物は大変に気難しい性質を持っている。通常の培養環境では増殖どころか、生存できない。植物プランクトンと共生しなければ生きられない、それも宍道湖の湖底に固有のプランクトンの胎内でしか、生きられない」

「――」

「――」

「宍道湖固有種の植物プランクトンから切り離すと、間もなく死んでしまうのです。どんなに栄養を与えても駄目だった。府中《ふちゅう》の国立感染症研究所では全力を挙げて培養しようとしたが、人工的環境ではことごとく失敗した」

「情報課長」

席の一つから、たまりかねたように幹部の一人が質問した。

「宍道湖の湖底から、獲《と》ってくればいいのでしょう。研究所の施設内でなく、宍道湖の湖底で培養すれば」

「それは不可能だ」

情報本部の課長は、頭を振る。

表情は苦しげに見える。

「宍道湖の湖底の生態系はすでに全滅――死滅している」

第Ⅵ章　わが赴《おもむ》くは蒼《あお》き大海

1

●護衛艦〈いずも〉艦内
司令部作戦室（ＦＩＣ）

「宍道湖の湖底の生態系は、死滅しているのです」
官僚は、暗がりを見回しながら告げた。
「二か月前に起きた、ある〈事件〉によって」

（――――）

茜は目を見開く。

死滅——

背後の席の幹部たちが一斉にざわっ、と声にならぬ反応をする。

湖底の生態系は死滅……。

「湖の生態系が死滅とは、どういうことです⁉」

また誰かが質問する。

「情報課長」

まさか。

横で、また音黒聡子が訊《き》くが。

「どうした？」

「…………」

茜は応《こた》えられず、スクリーンを見たまま、席で固まってしまう。

「…………」

目に入るのは黒を背景に浮かぶピンク色の球体。

あれはバクテリアの一種で——新型コロナウイルスを無力化する、特殊なアミノ酸を造り出すという。

ところが。
唇を噛《か》む。
バクテリアが唯一、共生できるのは宍道湖の湖底に棲《す》む植物プランクトンだ。
でも、あそこは……
――『白矢《しらや》っ』
ふいに自分の声が、耳に蘇《よみがえ》る。
酸素マスク越しの声。
――『白矢っ、そっちでやって』
(……くっ)
思わず、目を閉じる。
「二か月前のことだ」
官僚の声は続いた。

「〈事件〉は起きた。正体不明の戦闘機が日本海に出現、わが国の防空網をかいくぐって山陰《さんいん》地方の領空へ侵入した。国籍マークを何もつけていない灰色のミグ改造機が三機。うち一機が、駆け付けた空自スクランブル機を振り切って宍道湖へ突入した」

「────」

「────」

「これがその機体」

カシャ

スクリーンの画像が切り替わる音と共に、どよめきが空間を満たす。

背後で何か言い合う幹部たちの気配に、閉じていた眼を開くと。

(……!?)

その瞬間、茜は息を呑《の》んだ。

大写しになっていたのは、灰色の機体の後姿。斜めにぶれながら──急機動で逃《のが》れようとするのを真後ろから捉《とら》えた静止画。

下腹の異様に膨《ふく》れた機影の上に、緑の四角形──ヘッドアップディスプレーの四角いターゲットボックスが重なっている。

私のＨＭＤの画像だ──

「皆さん」

官僚は暗がりを見回して続ける。

「空自スクランブル機が捉えた画像です。この下腹の膨れた、異様な姿の機体は無人機であったことがわかっています」

「――」

「――」

「膨れている部分はタンクであり、この無人機は何らかの液体――化学物質を抱えていたと推測される。三機のうち二機は阻止《そし》されたが、残る一機が空自機の追撃を振り切り、宍道湖の湖面へ突入。機体は水中で分解したものとみられる」

「――」

「――」

「ちょっと待ってください」

声がした。

●護衛艦〈いずも〉　航海艦橋

「艦長」

〈いずも〉は前進を再開した。

たゆたうような揺れが、次第に収まり、加速につれ床が安定する――それが艦長席に座っていても分かる。

艦は走っている方が落ち着くのだ。

島本は赤いカバーの座席で、双眼鏡を取り上げた。

艦隊の他の艦へも『前進』を指示している。前方を護衛するイージス艦〈まや〉も、同様に走り出しているか――

双眼鏡を覗《のぞ》いていると

「下では、ブリーフィングが始まったようですね」

副長の南場二佐が隣へ来て、一緒に前方を見ながら言った。

「あぁ」

島本は双眼鏡を見たまま、うなずく。

針路は二一〇度――南南西だ。

艦橋から見て二時の方角に、オレンジの西日がある。前方護衛艦の〈まや〉は斜めの逆光でシルエットになっている。太陽はいずれ、水平線へ沈むだろう。

今夜は、確か新月だ――

「――何も、見えないらしいな」

「は？」

「新月の夜だよ」島本は双眼鏡を目から離さずに言う。「ヘリのパイロットに、聞いたことがある。月の無い夜空は、自分の周囲がすべて真っ黒で、何も見えない。どっちが上だか下だか――空と海の区別もつかなくなり、そのうちに平衡《へいこう》感覚が狂って……」

島本は唇を結んだ。

さっき、艦橋の窓から飛行甲板《かんぱん》の様子が見えた。

黒い、華奢《きゃしゃ》な飛行服姿が二つ、コウモリのような戦闘機の機体を離れて歩いて行くのが見下ろせた。

岐阜基地から本艦まで、ぎりぎりの燃料でたどり着いたという。

でも〈任務〉では、もっとぎりぎりのことを――

「しかし」

南場が息をついた。

「本当に、あそこまで運ばせるのですか。あの二人に」

「それしかないんだろう」

「驚くでしょうね。〈任務〉を説明されたら」

「――あぁ」

●護衛艦〈いずも〉艦内
司令部作戦室（ＦＩＣ）

「ちょっと待ってください」

後方の席から、一人の幹部が声を上げ、立ち上がった。

たまりかねた、という感じだ。

「本艦哨戒長《しょうかいちょう》の箕輪三佐です。お尋《たず》ねしますが、本当にそのような〈事件〉が起きたのですか」

全員の視線が、前方の演台へ注がれる。

「私は」

箕輪三佐と名乗った幹部は、続けて訊く。

訝《いぶか》し気《げ》な声色《こわいろ》だ。

「海上勤務は多いですが。本艦の艦内で普通に勤務していて、休憩室や食堂ではＴＶのニュースも、電送されてきた新聞にも目を通している。しかし、二か月前にそのような〈事件〉があったとは。

私は知らなかった。国籍不明機のディティールについては、防衛秘密かもしれないが。しかし正体不明の戦闘機が飛来し、島根県の湖の真ん中へ突っ込んで分解したというなら、大勢が目撃していて大ニュースになったはずだ。それが全然、私の――私たちの耳に入って来ていないのは不自然です。本当にそんな〈事件〉が起きたのですか」

「――」

「――」

箕輪三佐の指摘は、居合わせている〈いずも〉の中堅幹部たちに共通する疑問であるらしい。

演台の官僚へ、さらに視線は集中した。

「確かに不自然です。皆さん」

情報本部の課長はうなずいた。

暗がりを見回しながら続ける。

「言っておきますが。本省では、この〈事件〉の存在を特に秘匿《ひとく》してはいません。確かに当該無人機の詳細や、どこまで究明できているのかについては防衛秘密に当たるので、この画像も外へは出していない。しかし、領空侵犯事案自体については公表し、〈事件〉の起きた当日に記者発表も行なっている。ＮＨＫをはじめとするＴＶ各局、中央新聞をはじめとする大手紙、同協通信など通信社大手も記者を出席させ、盛んに質問も出された。私は担当係官として記者発表を取り仕切ったので憶えています」

「────」

「だが発表した内容は、ほとんど全く報道されなかった」

報道、されなかった……？

（………？）

茜は席で固まったまま、演台の官僚の口元を見ていた。

合気道の稽古《けいこ》では、自然と、向き合った相手の呼吸を読む。こういう場面では、演台の話し手の呼吸を無意識に読んでしまう。四十代の官僚は、嘘《うそ》はついていない。自分でも心外──そう言いたげな息遣《いきづか》いだ。

「ねぇ、あれ」

横から、音黒聡子がささやくように言った。

「あなたのね」

「え」


茜は思わず、右横を見やる。

聡子の大きな黒い瞳と、目が合ってしまう。

先ほどから、心配してくれている。

私が固まっているからか。

スクリーンの無人機を取り逃がし、湖へ突入するのを許したのは、私だ。

後で、音黒一尉へはどう説明しよう――そう思っていたところだ。

「――知っていたんですか」

小声で訊き返す。

今の聡子の「あなたのね」という言葉は『あれは、あなたのＨＭＤの画像ね』という意味だろう。

音黒一尉は、私が小松からスクランブルで出て、宍道湖上空でＪ７を取り逃がした件を知っていたのか――？

だが
「いいえ」

聡子は頭《かぶり》を振る。

「知らない。でも、あなたのその顔」

「え」

目を見開くが。

同時に背後から「報道されなかった⁉」と声がして、ささやき声の会話を断ち切った。

「報道されなかった――とは、どういうことですっ」

憤《いきどお》るような声は、箕輪三佐だ。

若い印象の声だが、哨戒長ということは〈いずも〉のＣＩＣを任されているのだろう。

まっすぐな感じで言う。

「そんな馬鹿な」


「いや」

官僚は演台で頭を振る。

暗がりを見回し「皆さん」と続ける。

疲れたような呼吸。

「聞いてください。わが国のマスコミにはどうやら『報道しない自由』というものがあるらしい」

「――」

「――」

今、何と言った……？

茜は眉《まゆ》を顰《ひそ》める。

確かに哨戒長の口にする通り。

私も、あの領空侵犯のあった翌日には小松を離れ、岐阜へ移動した。慌《あわ》ただしかったが、ＴＶのニュースくらいは目に入ったと思うし、訓練は忙しかったが岐阜の独身幹部宿舎の食堂で新聞は眺めた。Ｊ７の突っ込んだ宍道湖のその後の様子が、気になってはいた。

しかし新聞にもＴＶにも宍道湖についてのニュースは無い。謎《なぞ》の改造Ｊ７――白矢も『無人機だったのではないか』と口にしていた――は湖へ突っ込んだが、国民へ大きな被害は無かったのだろう。勝手に自分でそう解釈し、あとは機種転換訓練にのめり込んで忙殺された……

それが。

湖底の生態系は死滅――

そんなことになっていたなんて。

報道しない自由……？　何のことだ。

官僚は続ける。

「皆さん」

「この、どこか外国からやってきた無人機が有害な化学物質を抱えていて、宍道湖へ突っ込み、結果的に湖底の生態系は全滅してしまった、この〈事件〉をTVも新聞も報道したくないらしい。

もちろん、宍道湖に近い山陰地方では国籍不明機が湖へ突っ込んだことは知られているし、地元紙では報道され。ネットでも大騒ぎになった。宍道湖の湖岸には人が住めなくなってしまったことや、国籍不明機の出所や正体についても盛んに議論がされていた。しかし大手の地上波TVや新聞は全く報道しない。TVと新聞しか見ない、見られない国民は〈事件〉を知らないのです」

「――――」

「――――」

「皆さんは艦隊勤務なので、航海中はSNSに接続することは禁じられているし、物理的に出来ない。知らなくても仕方がないです」

私も、似たようなものか。
二か月間、詰め込み勉強と訓練に明け暮れ、気づかないでいた。
なんてことだ。
（…………）
茜は唇を噛む。
あ、あの時だ。
私が間違えて、民間機をロックオンした。あの数秒の遅れが無ければ――
私のせいか。
スクリーンを見ていられず、目を伏せた瞬間。
膝《ひざ》に置いた手をぎゅっ、と何かに摑《つか》まれた。
（!?）
驚いて目を上げると。
右隣から、音黒聡子の左手が伸びて、茜の右の拳《こぶし》を上から摑んでいた。
見返すと
「いいから」
聡子はまたささやき声で短く言うと、黒い瞳で前方を指《さ》す。
演台の方を見ろ、と言うのか。

「宍道湖の湖底に生息していた固有種の植物プランクトンも、プランクトンに共生していたシックス・β《ベータ》バクテリアも死滅した、と見られます」

官僚は続けた。

「唯一、残っているシックス・βバクテリアは、国立感染症研究所に持ち込まれ保管されている少量のサンプルだけです。このサンプルも、共生している植物プランクトンの寿命が尽きれば間もなく死ぬ」

しん、と静まった空間を見回して、しかし官僚は続けた。

「政府では全力を挙げ、シックス・βバクテリアが共生できる植物プランクトンの存在を探しました。ご承知の通り、宍道湖は海水と淡水の入り混じる汽水湖《きすいこ》です。国内には、主に日本海沿岸および北海道《ほっかいどう》に五十六の汽水湖が存在する。そのすべてについて緊急に調査したが、水質については塩化物イオンの濃度がどれも高すぎて、宍道湖と同じ環境の汽水湖は無い。宍道湖固有種に近い植物プランクトンも見つからなかった」

「――――」

「――――」

「さらに緊急に、海外へも調査の範囲を広げた。その結果」

「――」

「――」

「一つだけ――一か所だけ見つかった」

ざわっ

空間に着席する全員が、息を呑んで注目した。

「ご覧ください」

カシャ

スクリーンの画像が切り替わる。

2

●護衛艦〈いずも〉艦内

司令部作戦室（FIC）

「ご覧ください」

官僚がスクリーンを指す。

「これが、その場所」

正体不明の戦闘機に代わって現われたのは。

（…………）

島……？

茜は目をすがめた。

明るいカラー画像だ。

青い水をたたえた入江——あれは入江なのだろう。真上から撮影した航空写真だ。

白い砂と、陸地には緑の植栽——

これは。

「日本からそう遠くはないところに」

官僚は続けた。

「宍道湖に極めて近い水質——塩化物イオン濃度を持つ汽水湖が見つかった。湖と言うか、池のような場所だが」

ざわっ

また空間がざわめいて、後方の席から質問の声が上がった。

「それは」

　意外だ、と言いたげな声。

「南の島のように見えますが」

　だが
「さよう」

　官僚はうなずいて、卓上からレーザーポインターを取ると、スクリーンへ向けた。

「ここをご覧ください」

　赤い光点が、青い水をたたえる入江の奥の辺りをくるくると這《は》う。

　入江から、水面が水路のように陸地へ入り込んでいる。その先に、濃い緑の植栽に囲われ、円形の池のようなものが見える。

　確かに。

　茜は思った。

　湖と言うより、池のようなところだ。

（あれが汽水湖……？）

　宍道湖と同じ水質を持つ池――ということなのか？

「一目見て、印象を持たれた通り」

官僚は空間を見回して、言った。

「ここは、わが国よりも南方の海域に位置する島です。この島の持つ入江の奥に、海水と、島から湧き出す潤沢な真水が入り混じる汽水池がある」

「そこが」

また質問の声が上がる。

先ほどの箕輪三佐だ。

「山陰地方の宍道湖と、水中環境が同じだというのですか」

「意外に感じるかもしれませんが」

官僚は続ける。

「島根県沖を流れる対馬《つしま》海流は暖流であり、この島の浮かぶ海域とは海流で繋《つな》がっている。何より、島には、この国の政府直轄の海洋生物研究所がある。写真の汽水池の水質成分のデータは、精確かつ迅速に得ることができた」

「――――」

「――――」

「汽水池の水底に生息する植物プランクトンのDNA組成も、わが政府からの緊急要請に

よって調べられ、ある程度は判明している。まだざっくりとした分析だが、植物プランクトンのDNAは、宍道湖固有種のものと酷似――ほぼ一致している」

ざわっ

再び、色めき立つような呼吸が空間を満たす。

「それでは」

「その島へサンプルを運べば」

次々に声が上がる。

「シックス・βバクテリアは生き残れる」

「アミノ酸も生産が可能だと!?」

(――――)

茜は、島の入江――青い水をたたえる画像から、目を離せない。

南方にある島。

あの入江の奥の、円形の池。

池の水底に、死滅してしまった宍道湖と同じ生態系が――?

では。

あの池がある島へバクテリアのサンプルを運べば……

「……!?」

そこまで考えて、茜はハッ、と息を呑む。

思わず右隣を見やる。

同時に音黒聡子も横目で茜を見てきて、視線がぶつかってしまう。

運ぶ……?

「皆さん」

官僚の声が被《かぶ》さる。

「問題は、この島の位置なのです」

●護衛艦〈いずも〉右舷《うげん》艦尾

デッキサイド・エレベーター開口部

三十分後。

(――――)

日が沈んで行く。

〈いずも〉の右舷側の艦尾にあるデッキサイド・エレベーターは、飛行甲板の右端の一部が長方形に切り取られ、そのまま格納庫レベルまで下がって行く構造だ（甲板上の艦載機を載せたまま、格納庫へ降ろすことが出来る）。

今、デッキサイド・エレベーターは格納庫レベルへ降りていて、右舷側の開口部からは遮《さえぎ》るものなく、水平線が見渡せる。

風が吹き抜けている。

かなりの速度で、〈いずも〉が前進しているのだ。

格納庫の高さから見下ろす海面は、オレンジの光にきらきら光りながら、艦尾方向へ流れていく。水平線には今にも太陽が没し、見上げる頭上の空は紫に変わるところだ。間もなく夜になる。

茜は、格納庫の開口部に立って、ただ日の没する様子を眺めていた。

太陽が隠れる――

その瞬間を確かめると、唇を結んだ。

――『この島の位置です』

脳裏に蘇るのは。

防衛省情報本部の官僚の声だ。

三十分前。

司令部作戦室の暗がりで、茜は聡子と共に〈任務〉の内容を知らされた。

――『問題は、この島の位置なのです』

思い出す。

スクリーンのカラー画像は、衛星から撮ったものらしい。

「問題は、この島の位置なのです。これは衛星写真です。ズームアウトします」

演台で官僚がリモコン操作をすると、青い入江を映している静止画はぐうっ、と視点が高くなり、島全体の様子が画面に映り込む。

茜は見入った。

島だ……。

ＦＩＣの暗がりは、ざわざわとさざめく。

島の全体像が見える――

「この通り」官僚はスクリーンをポインターで指す。「中央に入江を持つ、アルファベットの『C』の文字に近い形をしている。島全体の直径はおよそ三キロメートル」

直径三キロの島――

官僚の言うとおり『C』の字――視力検査で使われるCの記号のような形だ。中央に入江を抱き込む形。陸地は濃い緑の植栽に覆《おお》われ、緑が一か所だけ細長く切り開かれた場所がある。

あれは滑走路だろうか……？　短いけれど。

ちら、と右横を見ると。

隣席で音黒聡子もスクリーンに見入っている。

見開かれた黒い瞳に、青い色が映り込んでいる。

「この島は、さらに環礁《かんしょう》に囲われている――環礁の上に乗っているのです」

官僚がリモコンを操作する。

さらに視点が高くなり、一気に衛星から見下ろす画像になった。

広大な青い海の中に、海面に隠れた円形の珊瑚礁《さんごしょう》――環礁が薄く見えている。

大きな環礁だ。

島は、スクリーン上で環礁の輪の左の部分に乗っている――環礁を指輪にたとえるなら、指輪についている宝石に当たるのが、島だ。

おぉっ

息を呑むようなどよめき。

後方の席で「おい」「まさか」と小声でささやき合う声。

「皆さん」官僚はＦＩＣの暗がりを見渡す。「航海のプロであるなら、この写真を見ただけで分かる方もいると思うが」

「ま、まさか」

声を上げたのは、箕輪三佐だ。

興奮した息遣い。

「その島は、東沙《とうさ》――」

「さよう」

「舞島二尉」

背後から、声がした。

「ここにいたの」

（——？）

茜は回想を断ち切り、振り向く。

声の主は、見なくても分かる。

音黒聡子だ。

〈任務〉の説明の後。

パイロット二名は、機体の発艦準備が整うまで仮眠を取るよう命じられた。

女子幹部用の個室を特別に二つ、都合してくれたのは船務士の山根一尉だ。

岐阜から飛ばして来た機体は、二機ともすでに格納庫へ降ろされ、〈いずも〉整備隊によって発艦準備が進められている（作業の指揮を執《と》るのは、ロッキード・マーチン社から招聘《しょうへい》した技師だという）。

発艦は夜になる。

準備が整うまで、搭乗員二名は仮眠を取っておくように。

しかし
（眠れないよ）

身体《からだ》が興奮していた。

岐阜からは空中給油で繋いで、三時間余りを飛んだ。それなりに疲れているはずだ。しかし眠くならない。合気道で培《つちか》った呼吸法を試しても、駄目だ。

それなら仕方ない、機体を見に行こう――

茜は、せっかくあてがわれた個室のベッドから起き出すと、扉の外に立っていた保安隊の海曹に「格納庫へ行きたい」と頼んだ。パイロットが自分の機体を見たいと言うのだから、断られはしなかった。

ところが、海曹二名に護《まも》られて長い通路を歩き、〈いずも〉の格納庫へ入ると、白い広大な空間を二分するシャッターが閉じていて、F35Bの機体には近づけない。格納庫を警備する保安隊員は「誰も入れるなと命じられています」と、茜の飛行服姿を見ても、シャッターの内側へ入れてくれなかった。

仕方なく、デッキサイド・エレベーターの開口部へ行って、海を見た。


「ここにいた、か」

黒い飛行服姿の音黒聡子は、独《ひと》りごとのように繰り返すと、茜の隣に立った。

開口部は大きく、潮風が吹きつけている。

〈いずも〉はかなりの速力――おそらく三〇ノット（時速約五六キロメートル）近い速度を出し、南南西とおぼしき方角へ進んでいる。

西側の水平線は、夕日が没して隠れてしまうと、たちまち深い紫になっていく。

「眠れない？」

「──はい」

「だよね」

聡子は並んで、紫になっていく水平線を見やった。

「わたしも」

「──」

「寝ては、いられないよ」

聡子は、ほどいた髪を風になぶらせたまま腕組みをした。

「ざっと、計算してみた。島への距離と、かかる燃料と」

「計算……？」

──『八〇〇キロ』

茜は聡子の横顔を見やる。

聡子は潮風に少し目をすがめ、水平線を見ている。

その白い横顔も、唇を結んでいる。

――『島への距離は、約八〇〇キロ』

思い出すのは。

官僚の口にした〈任務〉の内容だ。

ようやく見つかった、宍道湖と同じ植物プランクトンが生息しているとみられる場所。

汽水池のある、青い入江を擁《よう》する島。

そこは。

「そうです、東沙島《とうさとう》です」

官僚――情報本部の課長は、哨戒長の三佐の声に応え、うなずいた。

「汽水池の存在する島は東沙島――別名プラタス島とも呼ばれる。台湾の南方に位置する台湾領土の島です」

（――――）

茜はまた思い出す。

地図上に示された、その島の位置――

官僚の説明は続いた。

「ご覧ください」

ＦＩＣの暗がりに着席する全員が注視する中、官僚の操作でスクリーンの画像が切り替わる。

茜は目を見開いた。

現われたのは。

地図——台湾の陸地を中央に置く海図だ。

おぅ、とまた後方の席から声。

やはりそこか——と言うかのようだ。

「ご覧の通りだ」官僚はレーザーポインターで、台湾の南端からさらに左下へ下がった辺りの一点をくるくる示す。「ここが東沙島です」

茜は目を凝《こ》らした。

あそこが、東沙島……。

目を凝らさないと分からない、点のような島だ。

「位置は台湾の南端・高雄市から南南西へ四四五キロメートル。台湾海峡とバシー海峡から南シナ海へ入る、ちょうど入口の所にある。本艦隊の現在位置から島への距離は、約八〇〇キロ。ここへバクテリアのサンプルを届けなくてはなりません」

島へサンプルを届ける——

それが。

私たちへ命じられる〈任務〉――？

「しかし」

官僚は暗がりを見回し、付け加える。

「いくつか、問題がある」

「……………？」

問題……？

何だろう。

茜はスクリーンの海図と、演台の官僚を交互に見る。

「それは」

だが
「課長、そこまででいい」

ふいに左横から声がして、官僚の言葉を遮った。

「人民解放軍の〈演習海域〉を」

音黒聡子は、茜の隣でつぶやくように言った。

（――）

その声で、茜は回想から我に返る。

風が吹いている。

横を見ると、聡子は視線を水平線へ向けたままだ。

急速に紫になっていく。

夕暮れの潮風が聡子の髪をなぶる。

「台湾の南方に展開する解放軍の〈演習海域〉を、迂回《うかい》して行かなければならない。距離は、直線で八〇〇キロというわけにはいかないわ」

「――――」

茜は、聡子の白い横顔を見やる。

そうだ――

告げられた〈任務〉。

シックス・βバクテリアのサンプルを封入したケースを携行し、F35Bで南シナ海の入口にある東沙島へ飛ぶこと。

島にある台湾政府の海洋生物研究所へケースを届け、汽水池の水底に棲《す》む植物プランクトンと共生させてやる。バクテリアが死んでしまう前にやるのだ。

しかし。

問題はある――

(――――)

茜はまた、ＦＩＣでの説明を思い出す。

横から割り込んだ声。

「そこまででいい」

スクリーンの反対側から官僚を制止したのは。

さっきも聞いた声だ。

長身の艦内戦闘服姿が左手から現われると、演台へ歩み寄った。

「ご苦労でした、課長。あとは私が話す」

官僚から話を引き取ったのは。

スキンヘッドの将官だ。鴨頭海将補――第一護衛隊群司令と言ったか。〈いずも〉を中核とする八隻の艦隊を統括する人物だ。

「諸君」

鴨頭海将補は、暗がりを見回すと、言った。

「東沙島にある研究所へ、我々の手でバクテリアを届ける。それが〈任務〉だ。しかし諸君が想像する通り、話は簡単ではない。これを見てくれ」

「――」

「――」

全員が注視する中、海将補はリモコンを手にすると、スクリーンへ向けた。

ぱっ、と何かが重なる。

台湾を中心に置く海図はそのまま、何か色のついた図形が重ねられる。

赤い斜線の入った長方形――

あれは。

（――）

茜と同時に、空間に着席する全員が息を呑んだ。

現われたのは赤い縞模様の長方形が三つ。

植物の種子のような形をした台湾を囲むように、長大な赤色の長方形が西側、東側、そして南側にも展開している。

あれは、岐阜を出発する前にも見せられた――

「諸君も重々、承知の通り」

鴨頭海将補は暗がりを見回しながら言う。

「アメリカ下院議長の訪台に刺激されたと見られるが、中国人民解放軍が現在、台湾を取り囲む形で大規模な演習を実施している。これは急きょ開始され、〈演習海域〉を指定した上で実施されているが、期間は全く公表されていない。彼らがいつまで続けるのか、分からん」

「――――」

「――――」

「本省の分析によるまでも無いが。演習は、台湾本島への上陸侵攻を想定して行なわれている。もしも将来、中国による台湾本島への武力侵攻が行なわれる場合、わが国の領土である与那国島と尖閣諸島は、兵站《へいたん》基地とするため真っ先に占領されると見られている。本艦隊がこうして与那国海峡に展開しているのは、わが国が領土の島をいつでも護れる態勢にあることを示すためであることは、言うまでもない。

さて問題は、この台湾の南側に展開する彼らの三つ目の〈演習海域〉だ」

海将補はスクリーンを指す。

種子のような形の台湾本島。

その南端から下側に、まるで海図を南北に分断するかのように、横向きに伸びる赤い縞模様の長方形。

「この南側海域での演習は」

海将補はスクリーンに近づくと、じかに指で指した。

「実は、東沙島への上陸と占領を想定して行なわれている」

ざわっ

暗がりの中、幹部たちが息を詰める。

海上自衛隊の幹部であるならば、当然、そのことは分かる——しかし司令からじかに言われると、やはり緊張せざるを得ない。そんな感じの息遣いだ。

「このように三つ目の海域は」海将補は赤い長方形の底辺のあたりを指す。「東沙島の北、一五マイルの間近まで迫っている。島を中心とした半径一二マイルの領海の、すぐ北側だ。本省情報本部が、わが国の情報衛星を駆使して得たところによると、この海域に展開するのは人民解放軍の空母打撃群だ」

3

●護衛艦〈いずも〉格納庫

デッキサイド・エレベーター開口部

「計算してみた」

水平線へ目を向けたまま、音黒聡子は言った。

風が吹きつけている。

航走する〈いずも〉を包む空間は、急速に暮れていく――もう水平線は紫に沈んで、空と海の区別がつかない。

ほどいた黒髪を風になぶらせながら、聡子はつぶやくように言った。

「一二〇〇キロ、あった」


「――え」

茜は、思わず聡子の横顔を見る。

今、何と――

「一二〇〇……？」

「そう」

茜が目を見開いたのが、分かるのか。

聡子はうなずいて、続ける（遠くを見たままだ）。

「コースは、ここを発艦したならばすぐ左旋回、いったん南東方向へと向かい、台湾とフィリピンの間のバシー海峡へ出る。そこで針路を真南に取って南下」

南東方向……？

茜は、目をしばたたく。
ＦＩＣでの説明では、東沙島は、台湾の南端から南南西の方角にある。
この艦は今、台湾の東側にいる。
発艦してから南東へ向かうのは、かなりの遠回りだ。
だが
（――そうか）
――『空母打撃群』
群司令の言葉が頭をよぎる。
空母、と言ったか。
――『この海域に展開するのは人民解放軍の空母打撃群だ』
中国の空母……
「…………」
唇を噛む。

載せているのは、J15か。

確かに、彼らの〈演習海域〉――海図上の赤い長方形を避けていくのならば。

いったん針路を南東へ振って、迂回して行くのもやむを得ないか――

「フィリピンのルソン島の北側から右旋回」

聡子の声は続ける。

「今度は針路を真西に取り、人民軍の演習海域の南側を迂回しながら島へたどり着く」

「それで」

茜は、訊き返す。

「一二〇〇キロ――マイルに直して、ええと」

「約六六〇マイル」

聡子は、茜を見る。

「それも、先ほどの説明を受けた時点から〈いずも〉が五〇マイルほど南下してくれている、という前提」

「――」

燃料は。

それでは、どれだけかかる……？

「F35の燃費は、わたしが知っている。自衛隊で一番」

茜の懸念を先取りするように、聡子は続ける。

「積める燃料は、胴体内タンク、両翼内タンク合わせて一三三〇〇ポンド。最も燃料を食わない経済巡航速度の三五〇ノットで飛んだ場合、燃費は一時間当たり五〇〇〇ポンド
――ただし」

（――!?）

茜は、聡子が自分をまっすぐに見て来たので「うっ」と思う。

その黒い瞳は「わかるわね？」と言うかのようだ。

「ただし」

聡子は、茜を見据えながら言う。

「一時間当たり五〇〇〇ポンドと言うのは、高度三〇〇〇〇フィートの高空を巡航した場合の数字。人民軍の〈立体探知〉を避けるために低空へ降りたら、そうはいかない」

「――はい」

茜はうなずくしかない。

やはり、そうか。

〈演習海域〉の外側を迂回すると言っても。人民解放軍の艦隊による〈立体探知〉に引っかかってしまえば、海域の外であってもJ15などが飛来するかもしれない。

無用のトラブルを避けるためには、やはり低空で行くしかないのか。

今日は低空へ降りたため、思いのほか燃料を食った。

茜は思い出す。

「低空では——確か五〇〇〇フィートの高度で、燃料消費は一時間当たり五五〇〇ポンドでした。三〇〇フィートまで降りてしまうと、六五〇〇ポンドは食います」

「その通り」

聡子もうなずく。

「発艦時の手持ち燃料は一三三〇〇ポンド。三五〇ノットで、六六〇マイルを飛行した場合の所要時間は一一三分——一時間と五十三分。一時間当たり六五〇〇ポンドの燃料消費ならば、二時間と少し飛べる計算だけれど。実際には発艦時の離昇加速に一〇〇〇ポンドは使う。その他、コース上に積乱雲があって迂回しなければならない場合とか、人民軍の哨戒機に目視で見つかって、逃げなければならない場合——そういう可能性もゼロではない」

「はい」

「無用な戦闘は避ける——というか」

　聡子は、息をついた。

「この〈任務〉でも、正当防衛の場合以外は武器が使用できない。それはあなたが毎日やっていたアラート待機と変わらない」

「仕方がありません」

　茜はうなずく。

「でも」

　でも私は——そう言いかけた時。

「こらっ」

　ふいに背中から、声がした。

　低い男の声だ。

「ここで何をしている」

●護衛艦〈いずも〉　戦闘指揮所（ＣＩＣ）

「哨戒長」

天井の低い暗がりの中。

先任電測員の押井曹長が、哨戒長席へ歩み寄ると報告した。

「指示された回線との接続、完了しました。見てください」

「わかった」

箕輪賢太郎はうなずくと、一段高くなった哨戒長席を降り、ＣＩＣの空間の中央部に設置された作戦図台へ歩み寄った。

すでに、数人が台を囲んで立っている。

畳二枚分の大きさがある作戦図台は、表面がタブレット端末のような、光沢のあるディスプレーだ。

現われた画像の照り返しで、台を囲む人物――鴨頭海将補と島本艦長、そして防衛省情報本部の見岳課長の顔が青白く浮かび上がっている。

「どうですか」

箕輪が近寄りながら訊くと。

「うむ」

鴨頭海将補はテーブルを見下ろしながら、うなずく。

「内閣府の回線に、うまく繋がったようだ」

「──────」

箕輪が見下ろすと。

台のディスプレーいっぱいに、何かが浮かび上がっている。

絵か……？

いや、青色の紋章だ。円型にとぐろを巻く龍のエンブレム。

真ん中に英文字。

NATIONAL SECURITY BUREAU OF TAIWAN
箕輪は目をしばたたく。


（──台湾……？）

〈任務〉の実施に備えて。

防衛省の本省経由で内閣府に情報回線を繋ぐ──そう聞いていたが。

これは。

「台湾の国家安全局です」

見岳がディスプレーを指し、言った。

「市ケ谷《いちがや》の本省から、官邸地下のNSS──国家安全保障局のオペレーションルームを介し、台湾の国家安全局のサーバーに接続している」

「――」

「台湾の南方海域は」

見岳は台の周囲に集まるメンバーを見回し、続けた。

「台湾軍の防空識別圏となるため、わが自衛隊のAWACSや哨戒機は進出できない。情況の把握は、情報衛星の画像に頼るしかないが。幸いにしてNSSと台湾の国家安全局の間にはパイプがあります」

●護衛艦〈いずも〉格納庫
デッキサイド・エレベーター開口部

「お前たち」

叱《しか》りつけるような声がした。

「こんなところで何をしているか」

(………!?)

聡子との会話に集中していたせいか。
茜は、背後に人が近づく気配に気づけなかった。
振り向くと。
数歩離れた位置――格納庫内の床に男が立って、こちらを睨《にら》んでいる。
鋭《するど》い目。日焼けした顔に口ひげ。
(この人――)
茜はハッ、と目を見開く。
この声は。
――『やり直せっ』
低い声。
聞き覚えがある。
――『ぶつかる、やり直せっ』

そうか。

さっき着艦の直前、無線で怒鳴《どな》って来た人か。

思い当たるのと同時に、横で音黒聡子が姿勢を正し、敬礼をした。

茜も気づいて、それにならう。

「失礼しました」

「しました」

「お前たち」

艦内戦闘服の肩に二佐の階級章をつけた男——四十代の後半か——は、聡子と茜を見据えたまま言う。

「その敬礼は、ここでは駄目だ」

「——？」

「？」

「肘《ひじ》を脇につけろ」男は言うと、自分でやって見せる。「こうしないと。肘が横の誰か、壁に当たる。本艦の艦内では海上自衛隊式の敬礼をしろ」

「は、はい」

「はい」

「それから」

男は鋭い目を、茜に向けて来た。

「海自では『着艦やり直し』をボルター、もしくはウェーブオフと言う。ゴーアラウンドという言い回しはしないから、覚えておけ、舞島二尉」

「は――はい」

茜は、敬礼を直しながらうなずく。

やはり、そうか。

発着艦管制所の、責任者の人か――

「以後、覚えます」

「よろしい」

男――戦闘服の左胸に〈錨《いかり》〉をあしらった航空徽章《きしょう》をつけている――は、顎《あご》で『休め』と促《うなが》すと、腕組みをした。

「私は、本艦飛行長の川尻だ。エアボスとも呼ぶが――どっちでもいい」

「はい」

聡子が姿勢を正したまま、一礼する。

「飛行開発実験団、音黒聡子一尉です。よろしくお願いします」

「同じく」

茜も一礼する。

どうやら、すでに名前も憶えられているらしいが──

「舞島茜二尉です。よろしくお願いいたします」

「いいか、お前たちは」

飛行長を名乗った男──川尻二佐と言うらしい──は、腕組みをしたまま言った。

「機体の発艦準備が整うまで、休息を命じられていたはずだ。なぜ寝ていない」

「はい」

聡子が答える。

「燃料のことが。気になりまして」

すると
「馬鹿者《ばかもの》っ」

騒音の大きい中で指揮を執るので、飛行隊の指揮官は声が大きくなる。空自ではおしなべてそうだったが、海自も同じらしい。

航空徽章をつけ──つまり現役パイロットだ──発着艦管制だけでなく、対潜《たいせん》ヘリの部隊も指揮するのだろう。川尻二佐は格納庫の壁に反響するような声で怒鳴った。

「燃料などと違って、搭乗員の体力は簡単に補充が利かんのだぞ。上がったら、一時間以内に降りてくる空自のミッションとは違う。海自の飛行任務は長時間にわたるのだ。そんなことも分からんのかっ」

「はい」

「は、はいっ」

「分かったら、さっさと部屋へ戻って寝ろ」

4

●護衛艦〈いずも〉艦内
女子幹部居住区

ブーッ
（…………）
何だろう。

何だろう、この音……

「………!?」

茜は、瞼《まぶた》を開いた。

目の上は暗闇だ。

どうしたんだ。

ブーッ

枕元で鳴るブザーの音が、意識を現実へ引き戻した。

(――そうか)

寝ていたのか――

金属製のベッドの横の壁にはインターフォンが設置してあり、呼び出しブザーが鳴る仕組みだ。

「う」

顔をしかめる。

いつの間にか、眠っていた。

疲労が緊張に勝ったのだろうか。あれから、あてがわれた個室――佐官向けらしい一人用個室だ――へ戻り、天井灯を消して仰向《あおむ》けになっていると、いつの間にか意識がなくなっていた。

ブーッ

耳の横で呼び出し音が鳴り続ける。

手探りで、応答ボタンを押す。

「はい」

『舞島二尉』

小さなスピーカーから声がした。

『起きてください。予定より少し早いですが』

山根一尉の声か。

『CICへ来てください』

声は続けた。

『保安隊員が案内します。あ、そのままフライトに出られる支度《したく》で』

●護衛艦〈いずも〉　艦内通路

ゴォンゴォン

艦内通路は、すでに日没時刻を過ぎ、赤色の夜間照明に変わっていた。

薄暗い。

前後を保安隊員に挟《はさ》まれる格好で、案内されるままに通路を急いだ。

通路の床面が、微《かす》かに上下するような感じ。

機関の響きが足下から伝わって来る。

さっき、格納庫の開口部から外を見ていた時は、かなりの速度を感じたが。

〈いずも〉はどれくらい、南方向へ進出してくれているのだろう。

（――――）

歩きながら、ちらと時計を見る。

腕時計をした左腕には、Gスーツの装具（装具室へ預けておくことが出来ず、結局、ずっと持ち歩いている）を抱えている。

四十分、しか経《た》っていない……？

寝ろ、と飛行長の川尻二佐に命じられてから。

個室のベッドで意識を失っていたのは、実質、三十分くらいか――

通路を幾度か曲がり、何度目かでふいに目の前が行き止まりになった。

正直、大きな艦なので、自分が艦内のどこにいるのか、よくわからない――

「舞島二尉」

行き止まりの壁には円型ハンドル付きの水密扉《すいみつとびら》があり、扉の前に立っていたのは艦内戦闘服姿の山根一尉だった。

「ここからは私が案内します」

山根一尉は、保安隊の二名の海曹に答礼をすると、茜に背後の扉を示した。

「予定よりも早く起こして、申し訳ないのですが。発艦前に伝えておくべきことが多くなったので」

「――――?」

「入ってください」

●護衛艦〈いずも〉　戦闘指揮所（ＣＩＣ）

「――――」

茜は、濃密な空気に息を呑んだ。

ざわついている――

何だろう、このスクリーンの数……。

先に立つ山根一尉に促され、水密扉の内側へ足を踏み入れると。

天井の低い、薄暗い空間は奥まで続き、左右の壁にびっしり並んだスクリーンと管制席にオペレーターたち（ここでは電測員と呼称するらしい）が着席し、一番奥の壁（艦首方向の壁らしい）には四面の大スクリーン。

奥まではよく見通せない。学校の教室くらいある空間なのだが、スクリーンと管制席に埋められ、足の踏み場もない感じだ。

「こちらへ」

山根一尉に続いて、時おり身体を横向きにしながら管制席の後ろを抜けて行く。

赤色の夜間照明は天井に数えるほどしかなく、スクリーンの蒼白《あおじろ》い照り返しが照明の代わりとなっている。

ここが、ＣＩＣか――

「お連れしました」

山根一尉が敬礼すると。

薄暗い空間の中央に、大きなテーブル状の台（作戦図台というらしい）があり、その周囲だけは人が立ち歩ける（それでも長身の人影は、頭が天井のダクトにつかえそうな感じだ）。

テーブルの表面が、ディスプレーになっているらしい。

青白い照り返しを受け、先ほど見た三人――群司令の鴨頭海将補、哨戒長の箕輪三佐、本省の情報本部の課長だというダークスーツの男が立っている。それに、艦内戦闘服姿がもう一つ――一佐の階級章だが、初めて目にする人物だ。

山根一尉の声に、鴨頭海将補と箕輪哨戒長、そしてもう一人の艦内戦闘服の一佐が視線を上げ、こちらを見た。

「舞島二尉、参りました」

茜も敬礼する（教わった通り、肘は脇につけないとどこかにぶつけそうだ）。

肘を脇につけながら見やると。

すでに黒い飛行服姿――音黒聡子も来ていて、こちらに背中を見せてディスプレーを覗き込んでいる（髪はきちんと後ろで結んでいる）。

「よう」

鴨頭海将補は軽く答礼すると、その手で招いた。

「来なさい」

「失礼します」

茜は、音黒聡子の左横に並ぶ形で、テーブルに歩み寄った。

何だ……？

すぐに目に入ったのは。

畳二枚分くらいある作戦図台の表面いっぱいに浮かび上がった、情況表示マップ（そうであることは一目で分かった）だ。

艦船と、航空機の配置か……？

考える暇もなく
「では、揃《そろ》ったところで再度、説明しますが」

ダークスーツの官僚が口を開いた。

「これは現在、得られている最新の情報——南方〈演習海域〉における、人民解放軍の艦隊の布陣です」

（——！）

茜は目を見開く。

この画像は。

先ほど、この艦へ飛行して来る途中にも、コクピットの戦術航法マップで似たような光景を見た。

艦船と航空機の配置――舟形のシンボルと、三角形の小さなシンボルが多数、大型のディスプレーの中に散って見える。

今、官僚は何と言った。

南方〈演習海域〉における人民解放軍の布陣……!?

「…………」

思わず、横の聡子を見る。

色白の横顔は、図上に散っているシンボルの配置に見入っているようだ。

聡子も、つい今しがた呼び出されて来たのか。

「台湾では」

官僚は続ける。

「空軍のE2K早期警戒機、海軍のP3C哨戒機を全力出動させ、人民解放軍の〈演習海域〉ぎりぎりまで接近させて動静を監視している」

「――――」

「今、映っているのはおよそ十分前の、ある瞬間の情況です」

「――――」

茜は目を見開く。

訳は分からないが。

たくさんいる――艦船も航空機も。

それだけは分かる。

でも、台湾の南方の洋上まで自衛隊のE767やP1哨戒機が進出して行けるとは、思えない。

この画像は官僚の言うとおり、台湾軍が監視して得た情報を何らかの手段で、提供してもらったのか。

「こいつらは」

鴨頭海将補が腕組みをする。

「空母を中心に、輪形陣《りんけいじん》を組んでいるようだな」

「ええ」

箕輪三佐がうなずく。

「中心にいるのは空母〈山東《さんとう》〉。右横にいるのは、こいつは厄介ですよ。〈南昌《なんしょう》〉――0

５５型ミサイル巡洋艦だ」


各シンボルの脇には、細かい英文字や数字が浮かんでいる。

監視している台湾軍が識別をし、艦船名が分かるものについては表記しているのか。

艦船が専門ではない茜には、よく分からない（特に中国語を英表記にしたものは素人《しろうと》には読めない）が……。


「厄介なのは、それだけではない」

もう一人の戦闘服姿――一佐の階級章をつけた人物が、図上を指して言う。

「〈山東〉の反対側の左横にいる、こいつ。０７５型強襲揚陸艦《きょうしゅうようりくかん》だ」

「――」

「――」


見ると。

輪形陣、と海将補が表現した隊形は、中央に長方形の大きなシンボルを置き、周囲を楕円《だえん》形に中小の舟形シンボル多数が囲む布陣だ。

画面の中央に浮いている長方形の舟形シンボルが空母らしい――

〈山東〉か。

旧ソ連製のアドミラル・クズネツォフ級空母を、中国がコピーして国産化したものだ、とは聞いている。

艦載機はJ15。

（……J15か）

茜は唇を嚙む。

だが

「確かに厄介だ」

鴨頭海将補は、中央の空母の左横に浮いている、同じような大きさの長方形シンボルを指してうなずく。

空母以外では、例外的にそのシンボルだけが大きい。

「075型がいる、ということは。この空母打撃群が東沙島への上陸作戦を目論《もくろ》んでいることにほかならない」

「その通りです」

官僚がうなずく。

「075型強襲揚陸艦は、アメリカ海兵隊のワスプ級に匹敵する、最新鋭の強襲揚陸艦です。空母のような全通甲板を持ち、排水量四七〇〇〇トンは〈いずも〉のおよそ倍です。

内部には乗組員の他に兵員一二〇〇名、三十機のヘリコプター、そして艦尾ウエルドック内に二隻のエアクッション揚陸艇——強襲ホバークラフトを搭載している」

（…………）

強襲揚陸艦……

空白の幹部である自分には、それがアメリカ海兵隊などにおいて上陸作戦に用いられる戦闘艦であることが分かるくらいだ。

人民解放軍にも、アメリカ海兵隊と同等クラスの強襲揚陸艦がある——？

「この空母打撃群は」

官僚が続ける。

「台湾国家安全局からの情報によれば。〈演習海域〉の南限ぎりぎり——東沙島の北方約一五マイルまで接近し、０７５型強襲揚陸艦から攻撃ヘリとエアクッション揚陸艇を発進させ、島への襲撃を模擬《もぎ》した行動を繰り返しているらしい」

「——」

「——」

「東沙島は無人島ですが、現在、台湾海軍陸戦隊五〇〇名が常駐し、台湾政府の権益を代表する海洋生物研究所を護っている。実際に上陸を強行すれば、即、武力衝突となるので人民解放軍も島から一二マイルの領海内へは侵入していませんが」

「しかし」

一佐が言った。

「揚陸艦に、島を強襲し占領するのに十分な兵力。上空は〈山東〉から発艦した戦闘機で制圧し、055型巡洋艦のミサイルで外敵から防御。さらに大陸から飛来した早期警戒管制機が全周を広範囲に見張っている」

「そうですね、艦長」

箕輪三佐がうなずく。

「台湾本島はハードルが高くても。東沙島のみなら、いつでも占領できる態勢は整っている――そう見るべきです」

「面倒だな」

鴨頭海将補も唸《うな》る。

「東沙島をもし中国が占領して軍事基地化すれば。あそこはチョークポイントだ、台湾のみならず、わが国への南シナ海方面からの物流もストップさせられてしまう。中東からの石油が来なくなるぞ」

男たちは言い合っていたが。

茜の頭には、一佐の口にした『早期警戒管制機』という言葉が引っ掛かった。

中国のAWACS――？

眉を顰める。

どれだ。

これか……？

無数にうごめいているように見える、赤色の小さな三角形シンボル。航空機を表わすらしいそれらの中に〈KJ2000〉という表記をつけたものがある。

KJ2000――

メインリングか。

（――――）

ちら、と横の音黒聡子を見る。

同時に
「すみません」

聡子は口を開いた。

●護衛艦〈いずも〉格納庫

十五分後。

「あと十分で、本艦は『艦載機射出位置』まで進出します」

下降するエレベーターの中で、山根一尉が言った。

「つまり、お二人のF35が島へ到達できる、ぎりぎりの位置です」


CICでの最終ブリーフィング――目的地である東沙島周辺の情況と、飛行コースの最終確認を終えたのち。

茜は、聡子と共に〈いずも〉ヘリコプター隊の救命装具室へ移動し、場所を借りてGスーツなど装具類を身につけた。

お互いの装備を、背中まで廻《まわ》って確認し合った。

身支度が済むと、装具室の外で待っていた山根一尉に案内され、格納庫へと降りるエレベーターに乗った。

装具室の室内では、二人きりだった。

Gスーツの具合を、お互いにチェックし合う間。

聡子があまりしゃべらないので、茜は口を開いて、言った。

「データリンク、してもらえないんですね」

「――――」

「やっぱり、無理なんでしょうか」

思い出す。

先ほど、CICの作戦図台の前で、マップに見入っていた音黒聡子が顔を上げて訊いたこと。

それは『リアルタイムのデータはもらえないのか』という質問だった。

「すみません」

ずっとマップに見入っていた聡子が口を開いたので。

話し合っていた男たちが注目した。

聡子は低いアルトの声で、訊いた。

「飛行中に、リアルタイムの情報はもらえませんか」

F35のコクピットの戦術航法マップには、データリンクを経由すれば、リアルタイムの情況を表示できる。

自機のレーダーを働かせなくても、またレーダーの捜索圏外であったとしても〈敵〉の勢力の分布をマップ上で知ることが出来る。

どこに、何がいるのか分かる。

だが、そのためにはデータリンクを繋いで、働かせなくてはならない（仮にわが国の領土から離れた位置でも、衛星を経由すればデータを受け取ることは可能だ）。

しかし
「台湾軍とのデータリンク、ということでしたら」

官僚は頭を振る。

「それは無理です」

「そうですか」

「ここに表示した情報は」

官僚は作戦図台を指す。

「台湾の国家安全局から、総理官邸地下のNSSオペレーションルームを介して、送られてきたものだ。前に常念寺《じようねんじ》総理が台湾へワクチンを援助した縁で、台湾当局とは友好的なパイプが出来ている。NSSでは、出来るだけ頻繁に送ってもらえるよう要望しているが――しかし自衛隊と台湾軍の間で相互データリンクを結ぶとなると、ハードルは高い。情報網をリンクさせれば、わが自衛隊の情報も台湾側へ流れるからです。残念ながら台湾軍の中には中国へ情報を漏《も》らす工作員がいます」

「その通りだ」

一佐の階級章をつけた人物――〈いずも〉の艦長らしい――がうなずいた。

「わが国も、よそのことは言えない。今回の〈任務〉に関する情報も、すでに漏れている可能性がある。私の杞憂《きゆう》ならばよいのだが」

「漏れているのか、あるいは漏れていないのか。それすらもはっきりとは分からない」

鴨頭海将補が言った。

「それが現実だ」

「でも、可能な限り」

箕輪三佐が言った。

「台湾側から送ってもらった情報は可能な限り迅速に、本艦からの衛星データリンク経由で機上へ届けます。数分おきになるかもしれないが、可能な限りリアルタイムに近い形で届けますよ」

「――舞島さん」

聡子が、Gスーツの背中の留め具を茜に締められながらつぶやいた。

「あれ、あなたなのね」

「はい？」

茜は手を止めて、聡子を見た。

あれ――って……？

「何でしょうか」

「FICで聞かされたこと。小松からのスクランブル。宍道湖の上空で、改造無人機に対処したの、あなたでしょ」

「…………」

一瞬、絶句した。

でも本当のことだ。

茜はうなずく。

「そうです」

「失敗もした？」

「え」

茜は息を止め、聡子のうなじを見た。

聡子は背中を向けたままだ。

「責めているわけじゃない」

聡子は頭を振る。

「羨《うらや》ましい」

「あなたの力量は」

「失敗は、成長の材料になる。これだけは実戦部隊にいる人にはかなわない」

「え」

「…………」

ふいに聡子は振り向くと、茜をまっすぐに見た。

「訓練の様子を、見ていれば分かる。あなたが全力を尽くして、それでも湖は」

「…………」

茜は思わず目を伏せた。

さっきの話が本当ならば。

宍道湖の生態系は死滅した。

死滅してしまったのだ。

聡子が『仕方ない』というふうに言ってくれるのは有難《ありがた》い。

でも。

でも、三機目のＪ７を阻止できず――撃墜できずに湖へ突っ込ませてしまったのは、私のミスだ。

私の――

唇を噛むと
「舞島さん」

聡子の声が間近でして、うつむいた頭をポン、と叩《たた》かれた。

(……!?)


目を上げると。

音黒聡子は茜よりも少し背が高く、黒い瞳を見上げる感じだ。

「舞島さん」

「……はい」

息のかかる近さで、聡子を見たのは初めてだ。

色白で美形なのだが。

大きな目の目尻には皺《しわ》があって、年齢相応よりも遥《はる》かに大きな何かをくぐり抜けたのではないか――そんな印象がある。

聡子の唇が動く。

「あなた、福島の浜通りよね」

「………」

ふいにまた、出身を訊かれた。

「そうです」

「ご家族は？」

「妹が、一人——」

生き残っています、という言葉は口に出さず省略した。

「そう」

聡子はうなずく。

「羨ましい。わたしは、もう、わたしひとり」

「——そうなんですか」

「あれの後」

聡子の黒い瞳が動き、どこか遠くを見た。

「体育館へは行った？　地元の」

「——はい」

「もう」

聡子が唇を噛む。

「もう、見たくないよね。あんな景色」

「――」

「データリンク、してもらえないかもしれないけれど」

聡子は続けた。

「出来る範囲で、何とかやるしかない」

「――はい」

「バクテリアを、島へ届ければ」

聡子は鼻をするようにした。

「世界中で大勢の人たちが、あの体育館みたいにならずに済む」

「――」

「行がな」

ふいに聡子の言葉が、故郷のイントネーションになった。

「行がな。仕方ね」

5

●護衛艦〈いずも〉格納庫

「こちらです」
エレベーターが降り切って、停止した。
扉が開く。
途端に
うわぁん
壁に反響する音で、空間の広さが分かる。
夜間照明で全体がぼうっ、と赤色に染まっている。
「来てください。足元に気をつけて」
山根一尉が先に立ち、エレベーターを出る。
茜は、聡子と並んで空間へ足を踏み入れる。
（――――）
広い――
金属の床面を踏んで歩く。
先ほどとは印象が違う。
格納庫を半分に仕切るように閉じていた大型のシャッターは、今は開放されていて、奥まで見通せる感じだが――

茜は目をすがめる。

天井の高い空間は、赤色の夜間照明のせいで薄暗い。

反対に、さっきまで開放されていた右舷側デッキサイド・エレベーターの開口部にはシャッターが降りていて、外の海は見えない。

密閉された空間に金属音が反響している。

「格納庫には、SH60Kがメインローターを広げたままで八機、入ります」

進みながら、山根一尉が言う。

「現在は周辺の哨戒に五機を出しているので、入っているのは整備中の三機だけです。あなたがたの機体は、そこです」

「――」

「――」

言われるまでもなかった。

黒い戦闘機――

独特の、悪魔の割れた尻尾のような尾翼。太い単発ノズル——ずんぐりした流線形が脚を踏ん張り、尾部をこちらへ向け駐機している。二機が縦一列に並ぶ形だ。

（——？）

パネルが、開いている……？

見ると。

機首のキャノピーは跳ね上がり、コクピットは開放されている。胴体左側面のアクセス・パネルが何枚か開かれ、細いケーブルが床まで伸びている。腹部ウェポンベイの扉も下向きに開放されている。

何の作業をしているのだろう。

近づきながら。茜は眉を顰めた。

発艦前の準備——そう聞いたけれど。

今回は急な来訪だ。〈いずも〉にはＦ35の有資格整備士は居ないはず。

ただ一人、やたら機体に詳しい、外部の技術者らしい男がいたが——

「こちらへ」

山根一尉は手招きすると、単発ノズルの後ろから機体左側へ廻り込んだ。

「紹介します」

（あ）

茜は、目をしばたたいた。

あの男だ。

茶色の作業服の男は、こちらに銀髪の後頭部を見せ、床に片膝をついてノートPCの画面を覗き込んでいる。

PCには、胴体側面アクセス・パネルから伸びたケーブルが繋がれている。

何をしているのだろう——

「ジェリー」

山根一尉が男を呼んだ。

「『お嬢さんたち』です」

●護衛艦〈いずも〉戦闘指揮所（CIC）

「整備作業、間もなく完了とのこと」

押井曹長が作戦図台へ寄って来ると、敬礼し、報告した。

「下瀬《しもせ》技術顧問からは『遅延せず発艦できる見込み』と」

「分かった」

箕輪三佐がうなずき、周囲のスクリーンもざっと見回したうえで、作戦図台に向かう三人へ報告した。

「本艦前方を哨戒中のスナイパー各機からも、潜水艦に関する哨戒情報なし。前方海域はクリアです」

「今のところ、予定通りだな」

鴨頭海将補は腕組みをし、うなずいた。

畳二枚分のディスプレー――作戦図台には今、広範囲の海域を網羅《もうら》した戦術情況図が表示されている。

台湾の陸地の東側を、ＤＤＨ１８３――〈いずも〉を表わす長方形の舟形シンボルが舳《へ》先《さき》を南南西へ向けて置かれ、その尖端《せんたん》部からピンク色の予定コース線が伸びる。

ピンクの線は、〈いずも〉の尖端からいったん左へ曲がり、フィリピンのルソン島の方角へ向かう。

情況図のずっと南方には、まるで台湾の南側を塞《ふさ》ぐかのように、広大な赤い縞模様の長方形が横たわっている。

ピンクの線は、その赤い長方形のすぐ外側を迂回して進む形だ。

「しかし」

鴨頭海将補は「しかし」とつぶやくと、作戦図台越しに島本一佐を見やった。

「我々の〈任務〉の内容は、漏れていると思うかね。艦長」

「何とも言えません」

島本一佐は頭を振る。

「スパイ防止法も無い国なんです。どこから、どう漏れているか。摑みようがない」

「どうであるにせよ」

見岳課長が言う。

「バクテリアは、島へ運ばなくてはなりません。実は」

「?」

「――――?」

四十代の官僚が懐《ふところ》から携帯電話を取り出し、その画面を確認するように見たので、作戦図台の周囲に立つ三人が注目する。

「実は先ほど」見岳はメッセージの表示されたページを読む。「下にいる、厚労省の仮屋《かりや》技官から知らせて来ました。バクテリアの共生していた植物プランクトンが、ついに寿命を迎えました。バクテリア単体で生存できるのは数時間だそうです」

●護衛艦〈いずも〉格納庫

「もう、終わるところだ」

銀髪の男はつぶやくように言うと、床面に置いたノートPCのキーボードで何か操作をした。

青く表示されていたPCの画面が、黒くなる。

「姉ちゃんたち」

男は立ち上がる。

茶色いつなぎの作業服に、胸には〈LOCKHEED MARTIN〉のロゴ。

もちろん自衛官ではない。外見は日本人に見えるが、巻き舌の口調は英語圏の外国人が後から覚えた日本語のようだ。

彫りの深い顔の、奥まった眼から茜と聡子を見下ろした。

「バックアップ・コムを少しいじった。編隊内での通話は、傍受《ぼうじゅ》を気にせず出来るようになったぞ」

「え」

聡子が、男の足元のノートPCと、ケーブルで繋がれたアクセス・パネル内部を交互に見た。

目を剝《む》いた。

「わたしの機体に、いったい何を」

「あぁ、あの」

山根一尉が、慌てた様子で割り込んだ。

「ご紹介します。こちらはジェラルド・F・下瀬氏。防衛省技術顧問です」

「――技術顧問？」

聡子は機体側面と、立ち上がった作業服の男――七十代なのではないか――を交互に見る。

「防衛省の？」

「ロッキード・マーチン社のフェローであったところを」

山根一尉は説明する。

「〈いずも〉の空母化に合わせ、わが国が招聘《しょうへい》しました。F35のエキスパートです」

「――――」

「――――」

技術顧問……。

この人がそうなのか。

茜は、銀髪の高齢の男と、憤慨《ふんがい》した様子の聡子を交互に見る。

Ｆ35Ｂは、二機が縦列で駐機している。

今、目の前にしているのは手前の機体――機首にロービジビリティ塗装で〈５００〉とナンバーが入っている聡子の一番機だ。

実験団のテストパイロットである聡子は、Ｆ35Ｂの運用評価試験の責任者だ。

日本国内では自分が一番、Ｆ35Ｂを知っている。

そういう自負はあるだろう。誰だか分からない人物に勝手に機体をいじられたので、腹が立ったのか。

「そう、怒るな」

ジェラルド・Ｆ・下瀬といったか（日系アメリカ人なのか）。

銀髪の男は「二人とも、来い」と言うと、機首左側に引き出されている内蔵式の乗降梯《ばし》子《ご》に足をかけ、するする登った。

「来てみろ」

「――」

「――」

聡子は、唇を結んで男を見上げている。

しかし男から「ほら」と促され、不満そうな横顔のまま乗降梯子を登った。

何か、説明しようというのか……？

茜も聡子に続いて、梯子を登る。

「コミュニケーション・コントロールパネルを見てくれ」

Ｆ35Ｂのキャノピーは前向きに開いている。男は、コクピットのすぐ後ろの機体の背に器用に座り、聡子と茜を招いた。

「そこのメインＰＣＤの下だ」

（――）

何だろう。

茜は、聡子に続いて梯子を登る。

聡子がコクピットに入り、射出座席に収まったので、自分は梯子のてっぺんから伸び上がって計器パネルを覗き込んだ。

コミュニケーション（通信機器）のパネル……？

「そこだ」

男は背後から、射出座席に着いた聡子の股下の辺りを指す。

横長のPCD——パノラミック・コクピット・ディスプレーは、機体に電源が入っていないので真っ黒のままだ。

ＰＣＤの中央の下に、正方形のパネルがあり、ディスプレーの輝度と、無線の送受信チャンネルを選択し音量を調整するつまみが付いている。無線の三つのつまみにはそれぞれ〈COM1〉、〈COM2〉、そして〈BACK UP COM〉の表記。

「あんたたちの〈任務〉飛行では通信管制をする」

男は続ける。

「無線は封止して行くわけだ。演習中の中国軍に、気づかれぬようにな。母艦との連絡は衛星経由の文字メッセージだけだ」

確かに、そうだ。

この〈いずも〉へ赴任する飛行ですら、与那国海峡で演習中の人民解放軍勢力に気取《けど》られぬよう、原則として無線は封止。低空を飛びながら、どうしても必要な時だけ短い日本語で通話した。

東沙島へ向かう飛行でも、同様――いや、さらに気をつけなくてはならない。

おそらく発艦の許可すら、無線ではされないだろう。

「しかし」男は言う。「それでは不便だ。せめて一番機と二番機の僚機の間だけでは、気兼ねなく通話できるようにしてやりたい――ということで」

「――――」

「――――」

「発艦したら、〈ＢＡＣＫ ＵＰ ＣＯＭ〉のつまみを引け。それで指向性秘匿通信が作動する。仕組みはこうだ。ＥＯＤＡＳが光学センサーで僚機の存在を捉え、ＡＥＳＡレーダーの素子《そし》の一部を使って、指向性の暗号パルスを飛ばす」

「――――」

「――――」

「君らの話す音声をセントラル・コンピュータのプロセッサで暗号化し、指向性パルスで僚機へ向けて送信する。受信にはパッシブ警戒機能を使う。パルスは弱いので、傍受は不可能。これは編隊僚機同士の秘匿通話のためロッキード・マーチンが開発し、つい先週出来上がったばかりの試作ソフトだ」

早口で説明されたが。

茜には、よく分からない。

でも。

とにかく、〈任務〉飛行中でも傍受されることを気にせず、一番機と通話出来るようにしてくれた。

そういうことらしい。

「――素子は」

聡子は振り返らずに、計器パネルを見たまま訊いた。

「どのグループを？」

「Gだ」

「――――」

「たとえ索敵中でも、並行してパルス通信をやり取り可能だ」

聡子は息をつき、コクピットの背後に座る男を振り仰いだ。

「いいけど。APG83の素子を指向性パルスに使うなら、僚機とは真横に並ばないと、双方向通話は出来ないわ」

「そういうことだが」

男はうなずく。

「無いよりは、いいだろ」

「――――」

聡子は、不満そうな横顔だったが。

少し納得したように、唇を結んだ。

そこへ
「俺のことは」

男は節《ふし》くれだった右手を差し出す。

「ジェリー、でいい」

「――――」

しかし聡子は、差し出された手を気味悪そうに見る。

「あぁ、そこに」

男は、聡子が握手をしてくれないので代わりにか、操縦席のグレアシールドを指した。

「あんたのヘルメットを調整して、置いておいた」

「え」

「被ってみろ」

ヘルメット……？

茜も、男の指さすグレアシールドの上を見る。

そこに、ＨＭＤ付きの黒いヘルメットが置かれていた。

(そういえば)

飛行甲板に着艦した後、私も聡子さんも、ヘルメットを預けたんだ……

この男の正体は分からなかったが。

機体はよく知っているようだし、自信ありげだったので、預けた。

見ていると。

また不審そうな表情になった聡子が、両手でヘルメット（ＨＭＤのバイザーが付いていて、かなりごつい）を両手で持ち上げる。手つきは、精密機器を取り扱う慎重さだ。後ろで髪を結んだ頭に、ゆっくりと被せる。

その瞬間
「………!?」

聡子の表情が変わった。

息を呑むようにして、男を見た。

ジェリーでいい。自分のことをそう呼ばせようとした男は、聡子に見返されると、軽く肩をすくめた。

「わたしは」

聡子は窮屈そうに振り向いたまま、言った。

「飛行開発実験団、音黒聡子一尉です」

「ジェリー下瀬だ」

男は、苦笑するような表情でうなずくと、機体の左下の方を目で指した。

「そら。あんたたちの〈積荷〉が来たようだ」

6

●護衛艦〈いずも〉格納庫

「こちらです」

機首の左下で、山根一尉の声。

「パイロット二名が、来ています」

茜が、搭乗梯子の上から振り向くと。

格納庫の床に金属音がして、いくつかの人影が、機体の後方から近付いてきた。

台車……？

（――？）

眉を顰める。

山根一尉が、機体の傍《そば》へ呼んだのか。

四名の保安隊員が前後に挟むように、台車を守っている。その真ん中で、銀色の台車を押しているのは細いシルエット――白衣姿だ。

誰だろう。

白衣姿は男だ。若い印象だが――

自衛官ではない（歩き方で分かる）。

「音黒一尉、舞島二尉」

山根一尉の声が呼んだ。

「降りてきてください、説明します」

●東京　永田町《ながたちょう》
総理官邸地下　NSSオペレーションルーム

同時刻。


「班長」

湯川雅彦《ゆかわまさひこ》が情報席から振り向き、ヘッドセットを手で押さえながら言う。

「〈いずも〉の見岳課長より報告。秘匿作戦機は、間もなく発艦します」

「うむ」

門篤郎《かどあつろう》は手にした携帯の通話相手に「頼む、また後でかける」と告げると、黒い上着の懐へしまいながら歩み寄った。

「バクテリアの様子は、どうだ」

「予断を許しません」

湯川は頭を振る。

「〈いずも〉に乗艦中の仮屋技官からは、十五分前に『植物プランクトンが死んだ』と」

「――」

門は腕組みをする。

プランクトンか――

共生している植物プランクトンが、ついに寿命を迎えたか。

覚悟はしていたが……。

ここ二か月間、シックス・βバクテリアを生存させ、増殖させる取り組みに関わって来たから、その意味は分かる。

シックス・βと呼ばれるアミノ酸を造り出すバクテリア。この生物は性質が難しく、ある限られた種の植物プランクトンと共生しなければ、生きていられない。

バクテリア単体になってしまえば、生きられるのはおそらく半日――いや数時間だ。

せっかく、同種の植物プランクトンが見つかったというのに……

考え込むと
「F35は、間に合うの？」

背中で声がして、ヒールの音をさせながら障子《しょうじ》有美《ゆみ》が歩み寄って来た。

情報席の画面には、洋上にいる〈いずも〉の発艦準備状況が、文字メッセージで何行も浮かび出ている。

「バクテリアは、もうそれで最後でしょ」

「ここ」

湯川は言いながら、自分のコンソールのキーボードを操作する。

「〈いずも〉は間もなく、発艦可能位置です。現在位置はここ」

「――」

「――」

門は有美と並び、情報席の画面を覗き込む。

画面に、情況表示マップ――カラーの戦術情況図が現われる。台湾の東海上を南下する護衛艦のシンボルが小さく表示され、その尖端部からはピンクの線が伸びる。線はいったん南東方向へ、迂回するように曲がっている。

「いったん発艦してしまえば。二機の秘匿作戦機は予定のコースを飛行し、二時間弱で東沙島です」

「そいつを」

門は情報席の画面を、顎で指した。

「メインスクリーンへ出してくれ」

●護衛艦〈いずも〉格納庫

「厚労省技官の仮屋です」

白衣の男は、ぼそりと言った。

「あなたたちに、これを頼みたい」


（――――）


茜は、搭乗梯子を降りた機体の横で、台車を押してきた男と向き合った。

聡子と一緒だ。

向き合って見上げると、白衣の男は三十代か。

しかし。

何だろう、この人は――

技官と名乗ったけれど。

髪は伸び放題、削《そ》げた頬《ほお》は不精《ぶしょう》ひげに覆われ、垂《た》れ下がった前髪の下からぎょろりとした眼がこちらを見る。

うっ
思わず、のけぞりかけた。

台車――四名の保安隊員にぐるりと守られたワゴンの上には、救急箱サイズの金属製ケースが載せられている。
ケースの側面――蓋《ふた》の留金の辺りに緑のランプ。
何だろう。

「こいつは」

男は、長い指でケースを指した。

「もう、最後なんだ。最後の生き残り」

「――――」

「――――」

茜は聡子と共に、男の手元を見やる。

パチン、と留金を起こして開ける指が、微《かす》かに震えている。

これは……？

プシュ
ケースは気密式だったらしい、空気の入る音とともに蓋が開く。

中には。

クッション材に突き刺すようにして、二本のペンのような物――銀色の細い物体が、夜間照明の下でも鈍く光っている。

「これを」

男は、そのうちの一本をつまみ上げると、まず聡子へ差し出した。

「届けて欲しい」

●東京　永田町
総理官邸地下　NSSオペレーションルーム

「正面スクリーン、戦術情況図を出します」

情報席の湯川がキーボードを操作すると。

白い地下空間の壁面――ドーナツ型会議テーブルの正面に当たるメインスクリーンに、カラーの戦術情況図がパッ、と浮かび上がった。

「自衛隊のデータリンクから得られる情報はリアルタイムですが、台湾南方海域の人民解放軍の情況については、およそ十分おきの過去情報です」

「うむ」

門は腕組みをし、メインスクリーンに浮き出た〈DDH183〉という舟形シンボルの位置を確かめた。

台湾の東側、与那国海峡を南下中か――

二機のF35Bの予定飛行コースを表わすピンクの線は、一度あさっての方向へ曲がり、台湾南方の海域を大きくブロックする『赤い長方形』を迂回する形だ。

こともあろうに。

人民解放軍が大規模に演習する真横を、迂回して行かなくてはならないとは……

「……くそ」

そこへ
「危機管理監、情報班長」

横から声がした。

「遅くなりました」

地下空間の入口だ。

総理首席秘書官の乾《いぬい》光毅《みつき》が、オペレーションルームへ入って来た。

どこかと通話しながら歩いている。携帯を耳につけたまま「あぁそうだ、何かあったらメモを入れる」と通話の相手に早口で告げ、ようやく電話を切る。

「すみません危機管理監、班長」

乾は携帯を上着にしまいながら言う。

「大事なところですが。総理はまだ国会です」

「予算委員会？」

有美が訊く。

「長引いているの」

「お察しの通り」

乾はうなずく。

まだ三十代だが、息を切らしている（エレベーターを降りてから、地下通路を小走りで来たのか）。

「総理はまだ、参議院の第一委員会室におられます」乾は天井の一方向を指す。「堤《つつみ》厚労相も、井ノ下《いのした》防衛相もです。福島からの処理水放出の件について、野党からしつこい追及が」

「そう」

有美は舌打ちしたそうな表情で、メインスクリーンを見やる。

「まずいな。台湾軍とのデータリンクの件、総理にプッシュしてもらおうと思ったのに」

「何とか、するさ」

門は腕組みをする。

同じようにスクリーンを見る。

「うちの舞島が、命がけで取り戻したバクテリアだ。何としてでも東沙島へ届ける」


「あれがコースですか」

乾は呼吸を整えると、メインスクリーンを仰ぐ。

スクリーンの下のドーナツ型会議テーブルは、すべて空席だ。

ここでもたれる『国家安全保障会議』のメンバー──総理以下の主要な閣僚たちは、まだ予算委員会への出席のため国会にいる(国会の規則により、閣僚は全員出席しなくてはならない)。

「バクテリアを携行したF35は、間もなく発進を?」

「あぁ」

門はうなずく。

「航続距離が届くようになり次第、すぐ──あと三分くらいだな」

「でも何か、ずいぶん遠回りするみたいですが」

「人民解放軍が、演習をやっているのよ」

有美が言う。

「知っているでしょ」

「それは分かります」

乾はうなずく。

「アメリカ下院議長の台北訪問で中国がぶちきれて、台湾の周りで大演習を始めた——悪いタイミングです」

「中国当局は」

門も言う。

「人民解放軍以外の船舶や航空機が〈演習海域〉に侵入したり、接近したりすれば安全は保証しない——そう宣言している。つまり、あの赤いエリアに入れば即、撃墜されるということだ」

「しかし」

乾は、このオペレーションルームと、予算委員会に出席中の常念寺総理との連絡役を務めるために来たわけだが。

メインスクリーンの情況図を見て、訝し気な表情になる。

「しかしF35は、ステルス機なんでしょう。あの赤いエリアを通過したって、見つからないのでは？」

「そういうわけには」

「そうよ」

有美は防衛官僚出身で詳しいのか、スクリーンを指して言う。

「あれを見て」

有美は上着のポケットからペンサイズのレーザーポインターを摑み出すと、スクリーンの赤い長方形を指した。

「台湾からのデータで、中国艦隊の布陣が分かる――湯川君、艦隊を拡大して」

「はい」

●護衛艦〈いずも〉　格納庫

「これは？」

音黒聡子は、受け取った物体を顔に近づけ、目を細めた。

それは夜間照明の下で鈍《にぶ》く光る、銀色のペンのような物体――

「これが、バクテリア？」

「あなた方が携行しやすいよう、ペン型の容器に封じ込めた」

右腕を上げ、細長い指でペン状の物体を指す。

男――厚労省技官を名乗った白衣の男は、うなずく。

「そうです」


（――――）

茜は、向き合った聡子と白衣の男を交互に見る。

あの細い小さなペンのような物が、バクテリアの容器……？

聡子が指でつまむ容器を、男が指さしている。

技官というのは、理科系の研究者なのだろうか。

その指先が微かに震えている。

「飛行服のペン差しに、入ると思うんだが」

「――あぁ」

聡子がうなずいて、右手の指でつまんだ容器を、自分の黒い飛行服の左上腕部にあるペン差し（すでにボールペンが一本ある）へ差し込む。

見た感じは、銀色のペンのようだ――

「小さいが」

男は言う。

「その状態で、内部の温度を六時間にわたって保ちます。両手で握ってひねれば開きますが、絶対に開けないで」

「はい」

「その状態のまま、東沙島の研究所の所員へ渡してください」

そこへ
「機体の準備はいいぞ」

茶色の作業服の技師――ジェリー下瀬と名乗ったか――が搭乗梯子をするする降りてくると、告げた。

「一番機からトラクターで押して、エレベーターに載せる。搭乗してくれ」

「分かりました」

聡子はうなずくと、もう一度、白衣の技官に向き直った。

二の腕のペン差しを、軽く叩く。

「預かります。任せてください」

7

●東京　永田町
総理官邸地下　NSSオペレーションルーム

「〈演習海域〉を拡大します」

湯川が情報席でキーボードを操作する。

「人民解放軍の艦隊です」

「――――」

「――――」

門は、メインスクリーンにウインドーが開き、台湾の南方を塞いでいる赤い長方形の一部が拡大される様子を見守った。

現われたのは。

多数の舟形シンボルだ。

中国の艦隊か――

その周囲に航空機らしいシンボルも多数、散っている。

「およそ十分おきに」

湯川が情報席から説明する。

「台湾の国家安全局から、静止画の形で情報が入ってきます。これは十分前の情況です」

やはり。

門は唇を嚙む。

艦隊の布陣は描き出されているようだが。リアルタイムのデータリンクではないから、十分おきでは、その間に戦闘艦は五マイルくらいは移動してしまう。航空機に関しては、データの意味がないくらい移動する。

参考程度にしかならないか。

（――――）

門は上着の上から、携帯を握った。

台湾国家安全局の楊子聞《ようしぶん》は、それでも動いてくれているが――こちらの要望は『台湾軍の生《なま》の情況データをすべて、一方通行で寄越《よこ》してくれ』という、虫のいいものだ。

自衛隊との相互データリンク、つまり『ギブアンドテイク』はどうしてもできない。自衛隊のシステムはアメリカ軍とも繋がっている。相互通行のデータリンクを構築すると、台湾軍の中にもし中国の工作員が居た場合、アメリカ軍のシステムにまで侵入されてしまう。

今回の〈任務〉の内容を開示すれば、台湾軍も協力してくれるかもしれないが——やはり軍内部に工作員が居た場合、中国側にバクテリアを運ぶミッション自体がばれる。

(いや)

すでに、ばれている可能性もある。

二か月前、日本海の海面から舞島ひかるを救出したのは海自のSBUチームだ。舞島ひかるが奪還した〈サンプル〉は、NSSから要請をして、都内の国立感染症研究所へそのままヘリで直接持ち込ませた。

あの時点で。あの無人機を来襲させた勢力には、我々が〈サンプル〉を奪還し確保した事実は知られていないと思う。

研究所ではバクテリアの増殖に尽力したが——〈日本科学会議〉には知られないよう極秘で行なった——しかし感染症研究所の中に情報提供者が紛《まぎ》れ込んでいたら、アウトだ。

わが国にはスパイ防止法が無い。心配を始めたらきりがない……

だが
「ありがとう」

門の懸念をよそに。

障子有美は湯川へうなずき、手にしたレーザーポインターで、スクリーン内のウインドーを指す。

「とりあえず、現時点で解析できている内容から説明します。ここを見て」

「――――」

「――――」

門は、首席秘書官の乾と共にスクリーンを仰ぐ。

有美の手にしたポインターの赤い光が指すのは、拡大された艦隊の中の舟形の一つだ。

中央の空母ではない。

空母らしい長方形の右横に浮かんでいる、空母よりはやや小さいシンボル――

「台湾軍の識別によると、このシンボルは〈南昌〉。055型ミサイル巡洋艦です。排水量一三〇〇〇トンの巨艦で、わが国のイージス艦に匹敵《ひってき》する能力を持つ――一部専門家の間では海自の〈まや〉を上回る能力を持つ、とさえ言われる」

055型ミサイル巡洋艦――か。

門も腕組みをして、ウインドーの中を注視する。

名称は、耳にしたことがある。

高性能のフェーズドアレイ・レーダーを持ち、多数のミサイルで武装する戦闘艦だ。

『中華版イージス』という異名を持つ。

「私は」

有美は続ける。

「人民軍の艦隊の旗艦は、この〈南昌〉だと思う」

「空母ではなくて？」

乾が訊き返す。

「危機管理監、一番大きい空母ではなく、巡洋艦が旗艦なのですか」

「おそらくね」

「巡洋艦〈南昌〉は」有美は続ける。「最新鋭の情報処理能力、指揮能力を有している。空母の艦載機部隊と、強襲揚陸艦の上陸部隊を一括して指揮できるのは〈南昌〉しかない。そして――」

有美は〈南昌〉と呼んだミサイル巡洋艦のシンボルを中心に、レーザーポインターで円を描いた。

「優れた探知能力がある。ステルス機を探知するには、複数のAWACSとイージス艦のレーダーを連携させた〈立体探知〉の技法があるけれど、そんな手段を用いなくとも、〈南昌〉の強力なレーダーならばたとえ海面すれすれを這っていても一五マイル以内に近づけば『バーンスルー探知』してしまう。つまり見つかってしまう」

「――――」

乾は、目をしばたたいた。

「つまり――F35でも、艦隊に近づいたら、見つかってしまうと?」

「ステルス機は万能じゃない」

門も口を開いた。

「〈敵艦〉の位置が分からずに、赤いエリアへ侵入するのは危険だ」

「門君」

有美が、門を見た。

「台湾側から、リアルタイムのデータリンクをしてもらえる見込みは？」

「今のところ」

門は唇を歪《ゆが》める。

「国家安全局の俺のカウンターパートが、動いてくれている。しかし発艦時刻までに間に合うかは」

「あの、班長」

情報席から湯川も言う。

「情報の解像度も問題です」

「解像度？」

「そうです」湯川はうなずく。「現在、台湾側からもらえている静止画の情報は、意図的にか容量が抑えられています。台湾軍のＥ２Ｋなら、もっと細かい飛行物体まで捉えられているはずですが」

「小さい物体は映っていない？」

有美が訊く。

「戦闘機とか？」

「いえ」

湯川は頭を振る。

「空母〈山東〉の艦載機は、映っています。しかし、偵察に使われるドローンのようなものは」

「そう」

「リアルタイムのデータリンクなら、フルサイズの情報が得られるのですが」

●護衛艦〈いずも〉艦尾デッキサイド・エレベーター
F35B　デビル編隊二番機

三分後。

（――――）


機体を載せたエレベーターが、ぐん、と上昇を始めた。

上がり始めた――

茜はコクピットの射出座席で、身体を固定する五点式のハーネスをもう一度確かめると、エンジン始動前の手順に取り掛かった。

右横から、風が吹き込んで来る。

酸素マスクを着けていても、潮の匂いが分かる（それに小松と比べて、頬に当たる風が生暖かい）。

閉めよう。

キャノピー、クローズ。

指抜きの手袋を着けた右手で、風防を閉じるレバーを押す。

頭上から、一体型のキャノピーが下りてくると、茜の上半身を包み込むように閉じた。

プシッ
耳に軽い圧力を感じながら、操縦席の左サイドの動力系パネルから始めて、まず全てのスイッチ類が所定の位置（ほとんどがＯＦＦ位置）にあることを、左手の指でなぞるようにして確かめる。Ｆ15に比べると、スイッチの数は格段に少ない。

（よし）

軽く息をつく。

エンジンをスタートするのは、飛行甲板へ出てからだ。

茜のＦ35Ｂは、尾部ノズルを海へ向け、機首を艦内側へ向けた状態でエレベーターに載せられている（格納庫の中からトラクターで押し出されてきた）。

目の前を格納庫の空間が下向きに流れ、すぐに艦体のトラス構造に隠されてしまう。

間もなく甲板だ――

その時
――『三時間』

ふと、声が蘇る。

思わず、左の二の腕のペン差しを見やる。

そこに、自分のボールペンと並んで、鈍く銀色に光る物体がある。

細長いペンのようなもの。

――『たった今から数えて三時間だ』

つい数分前。

機体の傍で、仮屋と名乗る白衣の男から銀色の容器を受け取った。

「いいですか」

茜へ容器を手渡しながら、仮屋は茜と、聡子の二人に向けて告げた。

肩を上下させ、憔悴《しょうすい》したように見える。

仮屋という技官の男は、おそらくここ二か月間、バクテリアの培養に注力をして、ずっとうまくいかずに来たのだろう。

この人が憔悴しているのは。

宍道湖が、あんなことになったせいだ……

そう思うと、茜は男の目が見られなくなった。

「いいですか」男の声が繰り返した。「たった今から数えて三時間だ。三時間以内に、植物プランクトンに共生させてやれれば、バクテリアは確実に生き残れる——でもそれを過ぎてしまったら保証はできない。三時間がタイムリミットだ」

「分かりました」

聡子がうなずく。

「二時間ちょっとで、届けます」

(——三時間か)

左手の時計を見ようとした時

ガコンッ

軽く機体が上下し、エレベーターが停止した。

●護衛艦〈いずも〉航空艦橋

発着艦管制所

「一番機——デビル・ファイブゼロゼロはエンジンをスタート、発艦位置につきます」

管制卓から、LSOの一尉が告げた。

展望窓に囲われた管制所も、今は赤色の夜間照明だけだ。

「二番機、ファイブゼロワンは甲板へ出ました」

「うむ」

川尻二佐は、一段高い飛行長席から伸び上がって、飛行甲板を見回した。

長大な甲板も、灯火《とうか》をほとんど点《つ》けていない。

左手——甲板上の艦尾・五番スポットの辺りに、黒いシルエットがある。

発艦位置についている。

LSOの告げた通り、エンジンをスタートしたらしい。暗闇を通して黒い翼の一部がパタ、パタと動く。機首前方に立った整備員が右手を上げ、各動翼の動きが正常であることを親指を立てて知らせている（エンジン・スタート後の動翼チェックだ）。黒い一番機は、標識灯を何も点けていない。

よし。

川尻はさらに左へ身体を捻《ひね》り、艦尾側のデッキサイド・エレベーターを見やった。目をすがめる。

こっちは、さらに暗い。

今夜は新月だ――暗がりの中、黒いずんぐりした戦闘機がエレベーターに載り、甲板レベルへ上がってきたところだ。

よし――

川尻は、デッキクルー――甲板要員の全員と通話できる無線インターフォンのマイクを取る。

「エアボスより全クルー」甲板を見下ろしながら指示を出した。「ファイブゼロワンは、エレベーター上でエンジン・スタート。トラクターによる牽引《けんいん》は省略する」

●護衛艦〈いずも〉飛行甲板

F35B　デビル編隊二番機

（ここでスタートか）

甲板レベルに上がって、エレベーターが停止すると。

すぐ、黄色い蛍光ベストの誘導員が機首正面へやって来て、両手の発光パドルを頭上でクロスさせ『そのまま停止』を合図した。続いて片手のパドルだけを回し『エンジン・スタート』を合図。

暗いけれど。

艦橋からのわずかな灯火と、発光パドルのおかげで誘導員の所作は分かる。

トラクターで発艦位置まで牽引されるのか、と思っていたが。

エレベーター上でエンジンをかけてしまえ、という指示らしい（あとは自走しろ、ということか）。

確かにその方が時間はかからない。

よし。

茜は両足を踏み込み、左手の親指でパーキングブレーキのレバーを引く（さっき機体をエレベーターに載せた際、主車輪に車輪止めは嚙ませたが、念のため機体のブレーキも掛ける）。

ブレーキ・ペダルが踏んだ位置でロックされると、前方から見えるように右手の親指を立てて『ブレーキセットよし』を合図した。

誘導員が『了解』の合図。

このあたりのやり取りの要領は、空自の基地と変わらない。助かる――

（電源を入れよう）

茜は再度、グレアシールドの上に両手を出すと、下に向けた左の手のひらに右の拳を下から叩きつける（『バッテリーON』の合図）。
前方で誘導員が『了解』と合図するのを視野の端で確かめつつ、左手の指でスロットルレバー後方にある動力系パネルのバッテリー・スイッチをつまみ上げ、ONにする。
カチ
途端に
フィイイイ
計器パネルの冷却ファンが廻《まわ》り出す低い唸りがして、茜の目の前のPCD——パノラミック・ディスプレーの右半分が明るくなる。〈STBY〉の文字が二秒間、明滅してからエンジン計器画面と燃料システム画面が浮かび上がった。
ピッ
〈ENG　RPM　LOW〉
PCDの上端に赤色のメッセージが出る。エンジンの回転数が低い、というアドバイザリー・ウォーニングだ（まだエンジンが廻っていないからだ）。
茜は続けて、同じ動力系パネルでIPP（補助動力装置）をON。
機体尾部に内蔵された小型のタービンエンジンが廻り出し、軽い振動が伝わって来る。
（よし）

ＩＣＣ1《ワン》と、ＩＣＣ2《ツー》をＯＮ。

憶えている手順に従い、補助動力装置から機体システムへの電力供給を開始させる。

すると
ピピッ
ＰＣＤの左半分も明るくなり、飛行計器画面と、フライトコントロール画面が浮かび上がった。

その時
『舞島二尉』

ふいにヘルメット・イヤフォンに声がした。

『舞島二尉、聞こえるか』

(――え？)

しわがれた声だ。

この声は。

『外部インターフォンを繋いだ』

あの人か。

ジェリー下瀬だ。

外部インターフォン……？

どこだ。

『機体の右側だ。電源が入ったから、聞こえるだろ』

「――？」


言われて、右側を振り向く。

身体を捻って右サイドを見やる時。

頭が軽い、と感じた。

ヘルメットが軽い――


そうだ。

先ほど格納庫で、この機体のコクピットへ上がり、操縦席のグレアシールドに置かれていた自分のヘルメットを被った時だ。

その瞬間。

軽く驚いた。

大型のＨＭＤを装着した、ごついヘルメット――慣れぬうちは、コクピットで左右を見回すだけでも一苦労だったＦ35専用ヘルメットが、なぜか、軽い。

どうしたんだ……？

軽い。首を回すのが楽だ。

これは――？

調整しておいてやる。

あの技師――ジェリー下瀬が、そう口にしていたのを思い出した。

でも。

どこをどう『調整』したら、このごついヘルメットが軽く――いや重量が変わるはずはないから軽く感じるようになる、首を回して左右を見るのがこんなに楽に感じるようになるんだ……？

分からない。

そういえばさっき、聡子さんが自分のヘルメットを被った瞬間、驚いたように技師を見返していた。

ジェリー下瀬という男――どんな技を持っているのか。

『聞こえるか、姉ちゃん』

「は、はい」

茜は右サイドを見やりながら、右手で操縦桿《かん》についたインターフォンの送話ボタンを押して答えた（地上で整備員との通話に使うものだ）。

「聞こえます」

『よし』

機体右側のインテーク（空気取り入れ口）の横に、茶色の作業服姿が立って、有線のインターフォンを機体側面のサービス・ジャックに繋いでいる。頭には、ごつい印象の防音ヘッドセットをつけている。

『エンジンをスタートする前に、さっき言いそびれたことを伝えておく』

「…………？」

茜は、男のシルエットに視線を向けたまま、首を傾《かし》げた。

言いそびれたこと……？

今、そう言ったのか。

何だろう。

『いいか、ＰＣＤで』

しわがれた声は言った。

『兵装管理画面を開けてみろ』

兵装管理画面……？

「…………」

茜は計器パネルへ向き直る。

目の前のコンソールの大部分を占めるパノラミック・ディスプレーには今、四種類の画面が表示されている。

左から飛行計器画面、フライトコントロール画面、エンジン計器画面、そして燃料コントロール画面だ。

兵装管理か──

茜は左から二番目の（どの画面を変えてもよいのだが）フライトコントロール画面の右上の端を人差し指で押し、画面切り替えのメニューを表示させると、その中の〈ＳＭＳ（ストア・マネジメントシステム）〉というアイコンをタッチする。

パッ

フライトコントロール画面が、兵装管理画面に変わった。

装備した武器の状態が分かる。

緑のワイヤフレームで描かれたF35の機体平面図の上に、兵装の搭載情況がイラストで表示されている。腹部ウェポンベイには、試験用に搭載して来たＡＩＭ１２０Ｃ中距離ミサイル（実弾）が二発。

ほかに、やはり運用試験用に装弾してきたガン——二五ミリ機関砲の砲弾が一八〇発。

画面上の〈WEAPON　SAFE〉という緑色のメッセージは、マスター・アームスイッチが現在OFFであること。同じく〈NO　WEAPON　SELECTED〉というメッセージは兵装が何も選択されていない、と知らせる。

『コード7G、というアイコンがあるだろう』

男の声が告げる。

『画面の右上だ』

（——？）

コード7G……？

茜は目で探す。

あった。

ワイヤフレームで描かれた機体平面図の、機首の横だ。

白いアイコンが一つ。

四角に囲まれて〈CODE　7G〉とある。

『押してみろ』

これを、押すのか。

茜は、右の人差し指で白いアイコンに触れてみる。

途端に
ピッ
小さくメニューのようなものが開く。

『ドローン・スイープというコマンドは出たか？』

「はい——あの」

茜は、開いたメニューの中に〈DRONE　SWEEP〉という文字列を見つけた。

これか。

「あります」

『そいつは秘密兵器だ』

「……え？」

『ドローン・スイープだ』

男の声が説明した。

『さっき説明した〈秘匿通話機能〉と同じく、ロッキード・マーチン社が試作したソフトだ』

「ドローン・スイープ……？」

　何だろう。

『いいか』

　声は続けた。

『ロッキード・マーチン社では中国製の軍用ドローンを世界中から収集して解析し、密《ひそ》かに干渉ソフトを開発した』

「……？」

『行く手に邪魔なドローンや、無人機が現われたら、そいつを使え。仕組みは、ＥＯＤＡＳで探知した空中のドローンへ向け、ＡＥＳＡレーダーの素子から指向性パルスを照射する。パルスは相手のパッシブ・センサーから入り込み、自律制御ＡＩに干渉して、帰投コマンドを発生させる――つまりウイルスを送り込んで追っ払う、ということだ』

「…………」

『わかったか』

「は、はぁ」

8

●護衛艦〈いずも〉飛行甲板
F35B　デビル編隊二番機

『それを使うチャンスが来るか、わからんが』

ジェリー下瀬の声は続ける。

『もしも中国の軍用ドローンを追い散らせれば、成功だ。使って、データを持ち帰ればロッキード・マーチンに恩を売れるぞ』


「あの」

茜は、機体の右側に立つ人影に向けて、訊いた。

「これは聡子さんの——いえ一番機にも装備させたのですか」

機体システムのことは、機種転換訓練で勉強はした。

F35のAESAレーダー——APG83は、優れた装備だ。アンテナは従来型レーダーのパラボラ式ではなく、フラットな円盤の上に無数の微小な素子が埋め込まれていて、前方空間を瞬時にスキャンする。

それだけでなく。

円盤上の各素子には、前方空間を索敵しながら、同時に様々な働きをさせられる――らしい。

正直、航空学生出身の自分は機械工学の専門家ではない。詳しいことは分からないが、そういうことらしい。

たった今説明されたドローン・スイープとかいう機能は、自分にはよくわからない。しかし防大卒のテストパイロットである聡子であれば、きっと仕組みを理解して試せるだろう（さっきの〈秘匿通話機能〉の説明の時も、システムについて質問していた）。

だが

『あっちの機体には、実装していない』

え……？

茜は眉を顰める。

私の機体にだけか？

どういうことか。

『時間が無くてな』

男の声は言う。

『先に格納庫へ入った、あんたの機体にだけ装備した。〈秘匿通話機能〉の方が優先だったから、仕方がない』

「――――」

『言っておくことは、それだけだ』

簡潔に言い切るとプツッ、とインターフォンは切れた。

コクピットから見下ろすと、機体右サイドのインテークの陰から防音ヘッドセットをつけた作業服姿が歩み出て、外したインターフォンのコードを掲げて見せるようにすると、茜に向かってラフに敬礼した。

「――――」

茜も、暗がりの甲板上に立つシルエットへ敬礼する。

よく分からないが――

とりあえず、行って来ます。

心の中で言うと。茜は前方へ向き直り、機首の先に立つ誘導員へ、右手の人差し指を立てて合図した。

「エンジン――」

エンジン・スタートと口に出しかけた時。

ふいにドドドッ、と腹に響くような轟《とどろ》きが、甲板上の空気を伝わって来た。

●護衛艦〈いずも〉 航海艦橋

「予定通りの時間です」

艦橋の右舷側の窓から甲板を見下ろし、南場副長が言った。

「一番機が発艦」

「――」

「――」

発艦の様子を見ようと、ＣＩＣから上がって来ていた鴨頭海将補、島本一佐が揃って甲板の影を目で追う。

黒い鋭い影が真っ暗な甲板を、左から右へ走り抜ける。

暗いので形状はよく見えない。

ドドドッ、と轟音《ごうおん》で舷窓《げんそう》の強化ガラスが震え、あっと言う間に影は甲板を走り抜けて宙空へ舞い上がった。

「おう」

「おぉ」

離昇する影が小さくなるときに、その尾部ノズルが斜め下を向いていたのがちら、と見えた。

「大したものだな」

鴨頭がつぶやく。

「蒸気カタパルトも無しで、固定翼の戦闘機が発艦して行くとは」

「あれは単発ですが」

横で島本が言う。

「推力は、凄《すご》いらしい。アフターバーナー無しでも音速を超えられるらしいですよ」

●護衛艦〈いずも〉　航空艦橋
発着艦管制所

「デビル・ファイブゼロゼロ、発艦」

ＬＳＯが、艦首方向へみるみる小さくなる黒い影を追いながら言う。

すぐに影は夜空に溶け込み、見えなくなった。

「続いて」LSOは甲板の艦尾方向を見やる。「デビル・ファイブゼロワンはエンジン・スタートを完了、発艦位置へ移動します」

「よし」

川尻二佐は飛行長席から手を伸ばし、CICへの直通インターフォンを取る。

「航空艦橋よりCIC。『デッキ・クリア』のメッセージを出せ」

●護衛艦〈いずも〉　CIC（戦闘指揮所）

『繰り返す』

天井スピーカーから飛行長の声。

『デビル・ファイブゼロワンへ「デッキ・クリア」だ』

「哨戒長」

航空管制卓についた電測員の一人が、哨戒長席を振り向いて告げた。

「データリンクを使い、二番機へ『デッキ・クリア』――発艦許可を伝えます」

今回の〈任務〉では。

発艦する二機に対し、原則として〈いずも〉は無線を使わない。

通常の発着艦では、航空艦橋の管制所にいるLSOが、甲板をじかに見て無線通話で指示を出すのだが。

今回は代わりにデータリンクを経由させ、文字メッセージで『発艦許可』を伝えなければいけない（データリンクによる連絡を行なうのはCICだ）。

「よし」

哨戒長席で、箕輪三佐がうなずく。

「許可を出せ」

「はっ」

航空管制担当の電測員はうなずき、コンソールのキーボードに向かう。

そこへ
「哨戒長」

もう一人の航空管制担当電測員が、振り向いて報告した。

「発艦した一番機——デビル・ファイブゼロゼロのデータリンクは正常。スクリーンに位置が出ます」

●東京　永田町

総理官邸地下　NSSオペレーションルーム

「一番機が発艦しました」

湯川が、コンソールの画面を見て言う。

「データリンク、来ます」

（──────）

門は腕組みをして、メインスクリーンを見上げる。

出たか。

戦術情況図の中──ポツッ、と小さな緑の三角形シンボルが一つ、〈DDH183〉の舟形の舳先に現われる。

シンボルの表記は〈DVL500〉。コールサインの脇に、さらに高度、速度などを示す数値が現われる。

三角形シンボルは、中抜きの緑だ。

これは、〈いずも〉のレーダーが捉えたターゲットではなく、レーダーに映らないステルス機がデータリンクを通して、自らの存在と飛行諸元を通報して来ているのだ。

「データリンク、働いているようね」

障子有美が隣に来て、言った。

「予定通り、無事に着いてくれたらいいけれど」

「無事に着くさ」

門はスクリーンを見ながら言う。

「ああやって、わざわざ人民軍の〈演習海域〉は避けて行くんだ――時間的には、ぎりぎりになるが」

「それがね」

有美は、門に身体を寄せると、小声になった。

「ちょっと、気になることがある」

「え」

●護衛艦〈いずも〉 飛行甲板

F35B デビル編隊二番機

（よし、行こう）

エンジンが正常にスタートした。

機体電源がエンジン・ジェネレータへ自動的に切り替わり、油圧が供給され、ＰＣＤ上端に表示されていたアドバイザリー・ウォーニングメッセージがすべて消える。

茜は、スタート後の一通りの手順を終え、離陸前チェックリストを完了すると、両手をグレアシールドの上へ出し、左右の親指を外側へ向けて合図した。

車輪止め《チョーク》、外せ。

機首の先に立つ誘導員が『了解』の合図を返す。

左右で、消火器を足元に置き待機していた甲板要員二名が機体の下へ走り込み、主車輪に噛まされていた車輪止めを外して退避する。

ピッ

〈ＤＥＣＫ　ＣＬＲ〉

ＰＣＤの上端部、アドバイザリー・ウォーニングを表示させる細いスペースに、白い文字メッセージが浮き出た。

デッキ・クリア——発艦してよし。

(行こう)

茜は両手の指で、ヘルメットの眼庇《まびさし》に跳ね上げていたＨＭＤのバイザーを下ろす。

途端に

うわ、見える……。

息を吞んだ。

視界が白、黒、グレーの世界になる(自動的に〈暗視モード〉になっている)。

シミュレーターで経験していたが。

実際に夜間飛行で暗視モードを使うのは、初めてだ。

眼球を動かすと。左右いっぱい、全部見える――甲板と、その上に立ち働く人々、右手にそびえる艦橋など、色彩が無いだけで、まるで昼間と同じように――

視線を上げると、甲板の向こうにグレーの水平線。

これなら灯火も要《い》らない。

闇夜でも、バーティゴ(空間識失調)に陥《おちい》らずに飛んで行けそうだ……

そう思う間に、機首前方に立っていた誘導員が右手へ退避して、スタート中に機側についていた二名の甲板要員と並んで整列した。

コクピットを見上げ、一斉に敬礼してきた。

作業服姿の男も、その横で茜を見上げている。

男は、両手を後ろに組み、こちらを見上げている（HMDの暗視モードのおかげで、ジェリー下瀬の苦笑するような表情まで分かる）。

「行ってきます」

茜はもう一度、四人へ答礼をすると、前方へ向き直った。

両足を踏み込み、パーキングブレーキを外す。

●護衛艦〈いずも〉　航空艦橋

発着艦管制所

「デビル・ファイブゼロワン、エレベーターから移動開始」

ＬＳＯが甲板の艦尾方向を見やって、言う。

「発艦位置につきます——予定通りです」

●護衛艦〈いずも〉　ＣＩＣ（戦闘指揮所）

「デビル・ファイブゼロワン、発艦位置へ」

航空管制担当電測員が、管制卓から振り向いて告げた。

「間もなく、出ます」

「うん」

箕輪三佐は、哨戒長席でうなずく。

その視線は、CICの正面スクリーンへ向けたままだ。

周囲の情況を表示するマップの中、すでに一つの航空機シンボルがある。

ゆっくり、尖端を左へ廻す――

中央の〈いずも〉を示す舟形から離れた緑の三角形〈DVL500〉が、艦の周囲を廻る待機パターンへ入っていく。

高度表示は『005』――五〇〇フィート。

二番機の発艦を待ち、上空で編隊を組んで出発する段取りか――

間もなく、二番機のシンボルも現われるだろう。

「官邸経由でもたらされる情報は」箕輪はスクリーンから目を離さずに言った。「遅滞なく、本艦からのデータリンクで二機へ伝えるんだ」

「わかっています」

哨戒長席の横へ、押井総長がやって来ると、並んでスクリーンを見た。

「ぬかりなく、やりますよ」

そこへ
「箕輪哨戒長」

別の声がした。

背中から、速い呼吸で歩み寄って来た。

「鴨頭司令は、どちらですか」


（………？）

見ると。

あのダークスーツの官僚――本省情報本部の見岳課長だ。

さっき、司令や艦長と共に、いったんＣＩＣを出て行ったが。

司令とは一緒ではなかったのか。

「司令なら」

箕輪は天井を指す。

「発艦の様子を見に、艦長と艦橋へ上がったままですが」

「そうですか」

「何か」

官僚の様子が、少し不安げに見える。

どうしたのだろう。

その手には、携帯を握っている（〈いずも〉艦内でもスマートフォンは限定的な場所で使用できるが、通話を許可される人員は限られる）。

「実は」

見岳課長は、ＣＩＣのスクリーン群を見回しながら言う。

「たった今、市ヶ谷の本省から知らせてきたのですが。少し気になる情報が」

「――――？」

●東京　永田町
総理官邸地下　ＮＳＳオペレーションルーム

「気になること……？」

門は、横に立つ有美を見た。

「何だ」

障子有美は大学の同級生だ。法学部で、同じゼミに居た。

一応、現在の地位は内閣府危機管理監である有美の方が、NSS情報班長の自分よりも上だ。

しかし職務に夢中になっていると、いつの間にか昔の対等な話し方になってしまう。

門は、有美が上着の上から胸ポケットを押さえているのが気になった。

どこかと微妙な通話をした後、自分もよく、無意識に同じような所作をするからだ。

「どこかから、何か?」

門が訊くと。

有美は「うん」とうなずき、どこか後ろの方をちら、と振り返った。

「たった今。古巣から、ちょっとね」

9

●護衛艦〈いずも〉飛行甲板

F35B　デビル編隊二番機

(――ブレーキ・オフ)

茜は、エレベーターの上でパーキングブレーキをリリースすると、左手のスロットルレバーをわずかに前へ出した。

エンジン計器画面でRPMのグラフがわずかに立ち上がり、機体が身じろぎする。

ゆっくり前へ――

動き出した。コン、と前車輪のタイヤがエレベーターと甲板のつなぎ目を乗り越える。

そのまま人が歩くくらいの速さで、甲板を右舷から左舷へ――横切るように移動して飛行甲板の滑走トラックへ。

HMD視野で、灰色に見えるセンターライン(昼間は黄色だった)が横向きに近付いて来て、機首の下へ隠れる――

この辺か。

茜はタイミングを見計らって右足でラダーペダルを大きく踏み込み、同時にスロットルを引いてアイドル位置へ戻した。

ぐうっ

その場で廻るように、F35の機体は向きを変える――灰色のラインが、ちょうど前方へまっすぐに伸びる。

艦首方向へ向く。

（よし）

発艦位置についた。

ちょうど今、滑走トラックの真上――艦尾五番スポットの上あたりだ。

ラダーペダルを戻し、ブレーキを両足で踏み込む。

機体を確実に止めると、ＰＣＤへ視線をおとし、画面の表示をもう一度、端からざっと確かめる。

左から飛行計器、フライトコントロール、エンジン計器、そして燃料コントロール画面
――

（すべてよし）

うなずくと、両足のブレーキをしっかりホールドしたまま左手を伸ばし、人差し指でグレアシールド左端のＳＴＯＶＬスイッチを押す。

ピッ
〈ＳＴＯＶＬ〉

フライトコントロール画面に黄色い文字メッセージが浮かび、明滅する。

同時に
ブォオ――
背中でリフトファンのハッチが上向きに開く気配がして、ファンが廻り出す。
まるで脱水する洗濯機に背中をつけているようだ、射出座席のバックシートが細かくビリビリ振動する。
ブォオオオオオッ
ピピ
〈ＳＴＯＶＬ〉
文字メッセージが明滅を止め、緑に変わる。
フライトコントロール画面にはＦ35の側面図と、上から見た平面図がワイヤフレームで表示され、いまリフトファンと、尾部ノズルが共に『60』――下向き六〇度の角度に向けられたことを教える。
ピッ
ＨＭＤ視野の右下にも、簡略化された推力軸のグラフが出て、緑の〈ＳＴＯＶＬ〉の文字が現われる。
ショートテイクオフの準備よし。

全システム、異常なし――

（――）

うなずく茜の視界で、機首の右前方に灰色のベスト（黄色は灰色に見えるらしい）を着けた発艦信号員が立ち、発光するパドルを艦首方向へ振る。

進路クリア、発艦せよ。

茜は合図に応え、右手を上げると、前方へ振った。

発艦する。

「テイクオフ」

つぶやきながら右手を操縦桿へ戻し、顎を引く。

両耳で、水平線の左右の端を摑み、眉間《みけん》をセンターラインの一番奥、みぞおちを飛行計器画面の姿勢シンボルに合わせるようにする。

HMD視野の中、すでに左端の速度スケールが『040』を指して、細かく上下している（〈いずも〉が三〇ノットで前進し、艦首方向からさらに風速一〇ノットの向かい風が吹いている）。

茜は、眉間とみぞおちをセンターラインの一番奥と飛行計器の姿勢シンボルから離さないよう気をつけながら、しっかりとブレーキを踏み込み、左手のスロットルを前方へ出す。

RPM、七〇パーセント。

その位置で、いったんスロットルを止め、エンジン計器画面を一瞬だけチェック。

異常なし。

スロットルを思い切り前へ。

カチン

同時にブレーキを放す。

●護衛艦〈いずも〉　航海艦橋

「おぉ」

「おう」

鴨頭空将補と島本一佐が見下ろす中。

飛行甲板の艦尾方向から、黒いシルエットが甲板上を左から右へ走り抜けた。

今度も「あっ」という間に黒い影は走り抜け、斜めに宙へ舞い上がった。

ほとんど同時に、影は闇に溶け込んでしまう。

「どこへ行った……？」

「全然、見えませんね」

●与那国海峡　上空
F35B　デビル編隊二番機

（――くっ）
HMD視野で、速度スケールがするする増え『040』から『080』へ達するのはほぼ一瞬だった。
対気速度八〇ノットを超える瞬間を捉え、茜は右手の手首をこじるようにして操縦桿を手前へ。
ぐんっ
途端に
フワッ
前方から足元へ、吸い込まれるように流れ込んでいたセンターラインと甲板が下向きに吹っ飛ぶように消え、視野は空だけになる。

機首を上げ過ぎぬよう、右手首をすぐに押さえる。

（ギア、アップ）

左手で着陸脚レバーを摑み、引き出すようにしてから〈UP〉位置へ。

発艦したら、五〇〇フィートでレベルオフする計画だ。すかさず右手の操縦桿をさらに押して上昇を止める。

同時にスロットルを引き戻す。

ブォオオオッ
HMD視野で速度スケールが『180』を超え、視野右下では推力軸グラフの矢印が二本とも持ち上がって後方へ向く。

もう、ショートテイクオフ・モードは要らない。スロットルを戻した左手で、STOVLスイッチを押す。

ピッ
〈STOVL〉の文字表示がHMD視野右下で明滅し、消える。推力軸のグラフ表示も消える。

同時に背中で、空気抵抗に逆らいながらリフトファン吸入口のハッチが前向きに閉じていく。

ブォオッ

ゴン

閉じた。

「――」

急に、コクピットが静かになる。

ほとんど風切り音だけだ。

エンジンのRPMはいま七〇パーセント――

速度スケールが依然としてぐんぐん増える、三〇〇ノットを超えていく。

パワーもこんなに要らない、スロットルをさらに引く。

RPM、四〇パーセント。

速度スケールも『350』で、ちょうど落ち着く。

「はぁ、はぁ」

水平飛行に落ち着いた。

高度は五〇〇フィート。

（燃料は）

どれくらい使った……？

エンジン計器画面を見渡す。

さっき、甲板から宙へ舞い上がる際。一瞬、燃料流量が『２３０００』という恐ろしい数字になっているのが目に入った。

今はエンジンＲＰＭ四〇パーセント、高度五〇〇フィートで対気速度三五〇ノット、エンジン計器画面の燃料流量値は『６４００』を示している。

今の状態で一時間当たり、六四〇〇ポンドの燃料消費率か。

手持ちの残燃料は。

燃料コントロール画面を見る。燃料総量の数字は、機体内、左右翼内タンクを合わせてトータルで『１２１００』――

（一二一〇〇……!?）

嘘。

眼を見開いた。

そんなに、使ってしまったか。

出発前は、フルタンクで一三三〇〇ポンドの燃料を持っていたんだ。

「…………」
息を呑んでいると
ざぁあっ
ふいに右横に風切り音がした。
(──?)
はっ、と気づくと。
すぐ右横だ。
真っ黒い何かが視野の後方から追いついて来て、横に並んだ。
機体が軽く揺れる。
いけない。
目をしばたたく。
発艦したら、五〇〇フィートで編隊をジョインナップする計画だった──
(何をやっているんだ)
茜はマスクのエアを吸う。
燃料のことに気を取られた。

飛ぶことに、集中しなくては――

軽く頭を振り、視野の右横を見る。

すぐ横にいるのは、灯火を点けていないF35B――一番機だ。

出発前に、打ち合わせた。

聡子さんは私が発艦するまで、待機パターンを周回して待っていてくれる。発艦後、後方から追いついて来て横へ並ぶ。

でも

(――何を合図している……?)

茜は眉を顰める。

暗視モードの視野でも、コウモリのようなシルエットは真っ黒い。そのコクピットで、黒い人影が左手を上げ、計器パネルの下の方を指す。

何だろう。

「あっ」

そうだ。

バックアップ・コムを入れなくては。

茜は気づき、計器パネルのすぐ下――PCDの真ん中の下にあるコミュニケーション・

コントロールパネルへ左手を伸ばす。
何をやっている。
発艦したら、すぐこのスイッチを入れるはずだったのに……！
〈BACK UP COM〉と表示されたスイッチをつまみ、引く。
途端に
『──聞こえる？　舞島二尉』
ヘルメットのイヤフォンに声がした。
聡子の低い声。
『秘匿通話で呼んでいます。聞こえたらチェックインして』
「は、はい」
茜は左手の親指で、スロットルレバー横腹の無線送信ボタンを押し、応える。
「デビル・ファイブゼロワン、チェックイン」
『ラジャ』

●与那国海峡上空
F35B　デビル編隊一番機

（――――）

緊張しているな。

左の真横に浮いている二番機を視野の中で捉え、音黒聡子は思った。

キャノピーの下の人影――舞島茜は、こちらが手で合図して、ようやくバックアップ・コムを入れる手順に気づいた。

操縦でいっぱいいっぱいか――

無理もない。

わたしもシミュレーターでさんざん練習したとはいえ、護衛艦の甲板から発艦したのは初めてだ。

まして、あの子は昨日、Ｆ35Ｂの操縦資格を取ったばかりだ。

「フューエル」

何かしゃべらせて、緊張をほぐそう。

聡子は左の親指で無線の送信ボタンを押し、二番機の舞島茜に『手持ち燃料の申告』を指示した。

あの男――ジェリー下瀬が急ごしらえで追加してくれた〈秘匿通話機能〉は、うまく働いているようだ（レーダーの素子を送信に使うので、真横に並ばないと双方向通話はできないけれど)。

『は、はい』

舞島茜の声が応える。

無線に呼吸音が混じっている。

『フューエル、ワンツーワン・ハンドレッド』

一二一〇〇……。

マスクの中で唇を噛む。

予想はしていたが――

(――――)

聡子は、自分のPCDの燃料コントロール画面を見る。

残燃料は『12300』――一二三〇〇ポンド。

フルタンクから、ちょうど一〇〇〇ポンド使った。

舞島茜の機よりも二〇〇ポンド、多く持っている。

同じように発艦をし、二番機を待つために待機パターンを大きく一周して、この数字だ。

いや。

同じではない――

横の舞島茜の機を、ちらと見る。

あの子は発艦の時に、スロットルレバーを全部、突き当たるまで出したのだろう。

確かにテクニカル・オーダーには「そうしろ」と書かれている。

だが、甲板上の合成風力がすでに四〇ノットもあった。

わたしはぎりぎり性能を見切り、発艦時のパワーをRPM九五パーセントでとどめておいた（読みの通りに、甲板の長さの中で離昇できた）。

甲板を蹴ったら、直ちに着陸脚を上げ、パワーをやや絞《しぼ》り、機首を早めに下げて斜めに上昇しながら一八〇ノットに達して、素早くSTOVLモードをオフにした。

STOVLモードでは、リフトファンを駆動するため燃料を食うし、リフトファンのハッチが大きな抵抗になるから、いつまでも出しているとさらに燃料を食う。

でも、あの子に同じ節約術をやれと言っても、無理だ。

F35Bは、尾部ノズルを斜め下へ向けるSTOVLモードでは、アフターバーナーは点火しない。燃料をバカ食いはしないが、それでもスロットルを最前方までフルに出していたら、舞島茜の二番機は、発艦中には毎時二三〇〇〇ポンドくらいの燃料消費率になっていたのではないか。

「ラジャ。大丈夫よ」

エンジン計器画面の燃料流量値を見ながら、聡子は無線に言う。

今、『６４００』――高度五〇〇フィートで毎時六四〇〇ポンドの消費率だ。

ステルス機に対する〈立体探知〉を確実に避けるには、さらに高度を下げて、海面上三〇〇フィートで行きたいところだが。そうすると消費率はやや増え、毎時六五〇〇ポンドになるだろう。

毎時六五〇〇ポンドの消費では、舞島茜の二番機は島に着く前に燃料切れになるかもしれない。

今のまま、だましだまし行くしかない――

「このまま、五〇〇フィートで行きましょう」

『えっ』

予定と違うことを言われたせいか。

無線の向こうの後輩――舞島茜の声は驚いた呼吸になる。

『五〇〇フィートで、いいんですか』

「大丈夫」

聡子は繰り返した。

「わたしに、ついて来なさい」

●東京　永田町
総理官邸地下　NSSオペレーションルーム

「古巣から？」

門は、訊き返した。

障子有美が「気になることがある」と言う。

古巣から知らせて来た、と。

障子有美は、今は内閣府危機管理監だが。

もともとは防衛官僚だ。防衛省からNSSへ出向し、門の同僚として企画政策班長を務めていたが、常念寺総理に働きが認められて危機管理監へ引き上げられた。

古巣というのは、市ヶ谷か。

「何を知らせて来たんだ」

「アメリカ軍のこと」

有美は、メインスクリーンの方を見て言う。

「フィリピンのクラーク基地に、アメリカ軍がF22を二機、派遣している」

「それが気になる――？」

「そう」

　Ｆ22……？

　アメリカ空軍のステルス戦闘機か。

　確か、Ｆ35よりも前に開発された。双発エンジンの贅沢《ぜいたく》な造りで、制空戦闘に特化され『世界最強』の異名を取る。

　ただ、あまりに高価なためにアメリカも大量には生産できず、現役のＦ15戦闘機の代替にはなりえなかった。数が足りなくて、世界各地のアメリカ空軍基地のすべてには配備できず、苦肉の策として国外へは『巡回配備』が行なわれている（例として、沖縄県の嘉手納基地へはアラスカ基地所属のＦ22が定期的に『巡回』し、抑止力を担保している）。

　元警察官僚の門が、Ｆ22について知っているのはそれくらいだが――

「それは」

　門もスクリーンを見やる。

　戦術情況図には、〈いずも〉の航行する与那国海峡のずっと右下――南東方向に海を隔《へだ》ててフィリピンのルソン島がある。

「定例の『巡回配備』じゃないのか」

「分からない」

有美は腕組みをする。

スクリーンでは、〈いずも〉の舳先の辺りから二つの『中抜き緑』の三角形が現われ、尖端を揃えて南下し始める。

「今回の人民解放軍の演習に呼応して、抑止力を示すためフィリピンへ派遣したのなら、アメリカはもっと大っぴらに言うはず。防衛省が、今になって派遣していたことに気づくというのは」

第Ⅶ章　南シナ海の魔女

1

●護衛艦〈いずも〉戦闘指揮所（CIC）

「クラーク基地に、F22ですか」

箕輪三佐は哨戒長席《しょうかいちょう》から降りると、見岳課長と共に作戦図台へ歩み寄り、戦術情況図を見渡した。

鴨頭海将補は、まだ艦橋のようだ。

情報本部の課長は「司令の耳に入れたい」と言う。

艦橋へは一報を入れ、司令を待つ間、箕輪は見岳課長と話した。

耳に入れたい情報とは。

フィリピンのクラーク基地に、F22が二機、居るという。

「確か、アメリカ軍はF22を、海外の駐留基地へは『巡回配備』させていると」

「そうです」

見岳課長も戦術情況図を覗《のぞ》き込み、画面の一方の隅《すみ》――〈いずも〉から見て南東の方角を指す。

海を隔《へだ》てて、フィリピンのルソン島がある。

今、〈いずも〉から発艦した二機のF35Bが、揃《そろ》ってルソン島の方角へ針路を曲げるところだ。

「その一環《いっかん》とも思われるが。違うかもしれない」

「違う?」

箕輪も広大なテーブルの隅を見る。

クラーク基地はルソン島北部の西岸にあり、アメリカ軍が駐留している（前に、フィリピン政府の意向でアメリカ軍が一時駐留を止めていた時期に、中国が南シナ海に一気に人工島を造りまくって軍事基地化したのは知られている）。

今、クラーク基地に復帰しているアメリカ軍は南シナ海に対し、再度、抑止力を働かせようとしているが。南シナ海全域を勢力圏化しつつある中国に対して、うまくいっているとは言い難《がた》い――

「二機が派遣されたのは」見岳課長は続ける。「一週間前らしい」

「一週間前？」

「そうです」

課長はうなずく。

「一週間前というのは、シャイア下院議長のアジア歴訪の時期と一致する。アメリカがF22を派遣したのは、前の訪問先のクアラルンプールから台北へ向かう議長の専用機を、密《ひそ》かに護衛するためだった。派遣を公《おおやけ》にしなかったのも、そのためでしょう」

「なるほど」

「ところが議長の台北訪問で刺激された中国が、大規模演習を始めた。専用機護衛のために派遣されていたF22二機は、抑止力の一端としてそのまま、クラーク基地に居残ることにさせられた――そう思われるのだが」

「それは」

箕輪は腕組みをしながら、うなずく。

課長の説明する情況は、リーズナブルな話だ。

公海上を飛行する政府要人の特別機に、危害が加えられる恐れがあるなら、アメリカ政府は軍に命じてステルス戦闘機を出動させ、密かに警護に当たらせるだろう。フィリピンの基地に居るというF22の存在。

でも課長は、不安げな表情だった。

何だろう。

「真っ当な話に聞こえますが。何か問題でも」

●東京　永田町

総理官邸地下　NSSオペレーションルーム

「問題なのは」

障子有美が、スクリーンを顎《あご》で指して言う。

「クラーク基地の位置」

「――――？」

門も、メインスクリーンの戦術情況図を見る。

今、与那国海峡の〈いずも〉を離れた二つの緑の三角形――〈DVL500〉と〈DV

〈L501〉が、揃って尖端《せんたん》を右下――南東の方角へ向け、進み始めた（二機の位置と飛行諸元は衛星経由で送られて来る）。

二機は、ピンク色に引かれた航路線上にいる――広範囲を映し出す情況図の中では、動いているのが分からないくらいのゆっくりした歩みだ。

航路線は南東へしばらく伸びた後、ルソン島の北側で針路を真南へ振り、人民解放軍の〈演習海域〉をすぐ横に見つつ南下する。ある程度南下したら、赤い縞模様《しまもよう》の長方形に入らぬよう、外側を廻《まわ》り込むように真西へ向きを変える――

クラーク基地の位置……？


アメリカ政府へは。

門は思い出す。

今日、緊急に実施することとなった自衛隊の〈任務〉について、まだ通知していない。

アメリカへは知らせていないのだ。

何もかも急だった。

（――――）

思わず、時計を見る。

東沙島の入江の奥の汽水池《きすいち》に、我々の求める植物プランクトンがあるらしい――

そう判明したのが、ちょうど昨夜の今頃。

台湾国家安全局の楊子聞が知らせて来た。シックス・β《ベータ》バクテリアを共生させられる可能性が極めて高いDNA組成のプランクトンが、島の汽水池で見つかった。

南シナ海の入口にある東沙島は無人島だが、台湾政府が領土としての権益を保持するため、海洋生物研究所を置いている。バクテリアの実物を運んで行きさえすれば。現地の研究員の手によって、延命措置は可能。そればかりか現地研究所においてシックス・βアミノ酸の量産に着手できるかもしれない、という。

実現すれば、日台協力によって、世界を覆《おお》う新型コロナウイルス禍《か》を終息させられるかもしれない――

ただちにNSSから常念寺総理へ報告が行なわれ、井ノ下防衛相、堤厚労相が呼ばれて緊急に対応が協議された。

問題は、急に出現した〈演習海域〉――東沙島の北方ほぼ全域において人民解放軍が演習中で、通り道が塞《ふさ》がれていることだった。

通常の航空路を通って行くことは出来ない（撃墜されてしまう）。

これに対し、井ノ下防衛相から、台湾東方の与那国海峡へすでに海自の第一護衛隊群を演習監視のため派遣してあること。また岐阜の飛行開発実験団において二機のF35Bと二名の実働パイロットを確保できることが示された。第一護衛隊群には護衛艦〈いずも〉がある――

ならば。

府中の国立感染症研究所から陸自のオスプレイで〈いずも〉まで、バクテリアの生き残ったサンプルを運び、〈いずも〉から東沙島まではF35Bで運べばいい。

輸送手段の概要は目途《めど》が立った。

すぐに総理の裁可は下りた。

井ノ下大臣の指揮により、緊急に〈特別輸送任務〉が立案された。

そうして一昼夜だ……。

門は腕組みをする。

ただ一つ、意見の割れた問題がある。

アメリカ政府に、今回の〈特別輸送任務〉について告知するべきか――

総理を中心とする協議の中で、持ち上がったイシューだ。

〈任務〉の実施に当たり、アメリカ軍の協力が得られれば、心強いのではないか。

アメリカ政府へ告知しておいたらどうか。

常念寺総理は、そのように言った。

しかし

「やめてください」

悲鳴に近いような声を上げたのは堤厚労相だった。

「総理、やめてください」

「いいですか、皆さん」

堤美和子《みわこ》は、憔悴《しょうすい》した中に大きな目だけがぎょろりと上を向くような、門から見ても凄《すさ》まじい表情で言った。

「アメリカでは。今、新型コロナウイルス向けのワクチン開発と製造で空前の、莫大な利益を上げている巨大製薬企業がいくつもあるのです。莫大な利益です」

美和子は「莫大な利益」と繰り返して強調した。

「――」

「――」

「いいですか」

驚いて見返す一同へ、美和子は肩で息をしながら続けた。

「〈特別輸送任務〉についてアメリカ政府へ通知をして、それで軍の協力が得られればいい。でも」

「――」

「――――」

「そうなればいいけれど。でももしも、反対のことが起きたら、どうするのです⁉」

「クラーク基地の場所が」

門は、有美に訊《き》いた。

「どう影響を？」

●護衛艦〈いずも〉 戦闘指揮所（ＣＩＣ）

「南方〈演習海域〉には」

見岳課長は、戦術情況図の南方を指して言った。

「〈山東〉を中核とする、人民解放軍の空母打撃群が活動中です」

「――――」

箕輪も情況図を見渡す。

今回の〈任務〉の目的地である東沙島。

戦略的にも重要な位置にある。

もしも中国が台湾へ軍事侵攻を行なう時は、本土に先がけてまず東沙島を獲《と》りに行く
――そう見られている。

確かに、その際には〈山東〉を主軸とする空母打撃群が使われるだろう――

「なるほど」箕輪はうなずいた。「アメリカ軍としては、是非この機会に近くまで忍び寄って、打撃群の能力を偵察したいところだ」

「その通り」

見岳もうなずく。

防衛省の官僚は、図上の赤い長方形と、フィリピンのルソン島を交互に指した。

「アメリカ軍としては、将来起こりうる台湾有事で大きな戦力となる打撃群の能力を、是非偵察したい。クラーク基地にF22を残しておいたのは」

「――――」

「その目的も、あったかもしれない」

「――なるほど」

箕輪は自分の時計をちら、と見た。

愛用しているのはアナログ式の、ムーンフェイス・ウォッチ（月齢が分かる）だ。

「しかも今夜は新月だ」

●総理官邸地下　NSSオペレーションルーム

「つまり」

門もスクリーンに眉《まゆ》を顰《ひそ》める。

「アメリカ軍はクラーク基地からF22二機を出し、〈演習海域〉へ侵入して、空母打撃群を密かに偵察させる――？」

「その可能性は、高いと思う」

有美はうなずく。

「今夜は新月らしい」

「新月？」

「そう」

有美は天井を見上げる。

「都会にいると分からないけれど。月の無い闇夜の洋上は、専門家に言わせると『本当に何も見えない』って――やるならば多分、今夜」

「――」

門は息を呑《の》み、もう一度ルソン島北部と、〈演習海域〉の赤い長方形の配置を見やる。

もしもクラーク基地から南方〈演習海域〉へ向かおうとすると――

「予想できるアメリカ機のコースは」

まずい。

門は唇を嚙《か》む。

F22がクラーク基地を発進して、秘かに〈演習海域〉へ侵入しようとした場合。

赤い長方形の東側の一辺のどこかで、〈いずも〉を発進したF35B二機の予定コース
――ピンク色の線と、完全に交差する。

「クラーク基地にF22がいることは、中国は？」

「当然、知っている」

有美は腕組みをする。

「アジア全域のアメリカ軍の基地には。日本も含めてだけれど、飛行場フェンスのすぐ外に工作員がいて、航空機の出入りを逐一記録して、報告している。防衛省よりも情報は早いわ」

「――」

「湯川君」

有美は情報席を振り向いた。

「もう一度、〈演習海域〉の艦隊の布陣を拡大して」

●護衛艦〈いずも〉　戦闘指揮所（CIC）

「〈演習海域〉の人民軍の布陣を、もう一度、見てみます」

箕輪は言うと、タブレット端末のように手で触れて、台上の情況図の一部を拡大した。

赤い長方形がぐっ、と大きくなる。

その中に、多数の舟形シンボル、三角形の飛行物体シンボルが散っている。

「中国は」箕輪は覗き込みながら言う。「ルソン島のクラーク基地からF22が離陸した場合、その初動は摑《つか》めますよね」

「当然です」

見岳課長はうなずく。

「アメリカ軍や自衛隊の基地のフェンスのすぐ外側には、民間人を装った工作員が張り付いていて、航空機の出入りはすべて報告される。いくらステルス機でも、離陸するところを人目から隠すことは出来ない」

「それを承知でF22を偵察に出すのであれば、アメリカ軍は洋上で見つからない自信がある、と」

箕輪は拡大された情況図の中の、多数のシンボルの配置を見回す。

「ステルス機を探知するには、複数のAWACSとイージス艦を組み合わせた〈立体探知〉が必須です。今のところ、艦隊の周辺上空には二機のKJ2000メインリングが滞空し、艦隊の中央に055型巡洋艦〈南昌〉――これはわが方のイージス艦に匹敵《ひってき》する能力の艦です。確かに〈立体探知〉の布陣は出来ている」

「うむ」

「しかし、それでも」箕輪は艦隊の布陣をぐるぐると指《さ》す。「F22が海面上を超低空で侵入してきた場合は近距離へ接近するまで探知できません」

●総理官邸地下　NSSオペレーションルーム

「艦隊の周辺上空を」

湯川が情報席から言う。

「KJ2000という、中国版のAWACSが滞空しています。二機」

「――――」

門は有美と並んで、メインスクリーンを見る。

ウインドーが開き、〈演習海域〉の人民解放軍の様子が拡大されている。

多数の舟形シンボルと、細かい航空機シンボル。

（ただし、これは）

門は拡大されたウインドーを目で探りながら思う。

今から十分前の、ある瞬間の索敵画像だ――

「AWACSが二機と」

有美が言う。

「055型巡洋艦がいるから。一応、艦隊輪形陣へ近づくステルス機が居れば、探知できる」

「そうではありますが」

湯川が言う。

「しかしF22が超低空で、海面を這《は》って侵入して来た場合。これでは探知できません。〈立体探知〉が成り立たない――巡洋艦の一五マイル以内まで接近した場合は別ですが、少なくとも〈演習海域〉に入ってきたところは捉《とら》えられません」

「普通に考えれば」

門は口を開く。

「中国の艦隊——空母打撃群は、間近まで接近されるのをよしとはせず、〈演習海域〉の東側に沿って警戒監視を強めるはずだ」

「そうだと思われますが」

湯川はうなずく。

「しかし今のところ、〈演習海域〉東側に重点を置くような配置ではないです」

●護衛艦〈いずも〉　戦闘指揮所（ＣＩＣ）

「情報本部が危惧するのは」

見岳課長は腕組みをする。

「人民軍が、〈演習海域〉東側の監視態勢を密にするだろう、ということです」

「ううむ」

箕輪は唸《うな》り、赤い長方形の東側の一辺を指す。

「確かに、東側からアメリカ軍のＦ22が来る、と分かっているなら。この辺りを重点的に警戒してもおかしくない」

赤い横長の長方形の、東側の一辺。

今夜、そこからアメリカ軍のＦ22が〈演習海域〉へ侵入する可能性が高い。

先ほど〈いずも〉を発艦したＦ35Ｂ二機も、赤い長方形の東側の辺に沿って、長方形のすぐ外側を飛行する予定だ……

「どのみち〈立体探知〉で見つけられないなら」

箕輪はつぶやく。

「人民解放軍は何か、別の〈策〉を取るか――」

●総理官邸地下　ＮＳＳオペレーションルーム

「海域への侵入をレーダーで捉えるのが困難なら」

門はつぶやく。

「何か、別の〈奇策〉を取るか」

「〈奇策〉……？」

有美は門を見る。

「例えば？」

「中国なら」

門はスクリーンを見上げたまま、腕組みをする。

「人海戦術は得意だろう」

●護衛艦〈いずも〉　戦闘指揮所（ＣＩＣ）

「素人《しろうと》考えですが」

見岳課長は言う。

「中国は、人ならいくらでもいますから。〈演習海域〉東側の海面に多数の工作漁船を浮かべ、人間の目で空を見張るというのはどうです」

「海上民兵ですか」

箕輪は腕組みをする。

赤い長方形の、東側の一辺――

「確かに」箕輪はうなずく。「あらかじめ、今夜の偵察飛行を予想していたならば。中国側が工作漁船を数百隻――あるいは一千隻くらい、〈演習海域〉東側に配置し、漁船の海上民兵に暗視ゴーグルをつけさせ、じかに空を監視させている可能性はある。爆音は隠しようがないから、漁船のどれかがF22を発見する」

「そのような態勢が敷かれているとすれば」

課長は赤い長方形と、ピンク色の航路線上を進行中の二つの三角形――〈DVL500〉、〈DVL501〉の位置を見比べる。

三五〇ノットという、ジェット戦闘機としては遅めの経済巡航速度だが。

二機は間もなく、ルソン島の北側へ達し、真南へ針路を変える（発艦から十五分ほど経《た》っている）。

真南へ伸びる航路線は、赤い長方形のすぐそばを通って行く。

「わが方のF35二機も、見つかってしまうかもしれない」

2

●台湾南東方　上空

F35B　デビル編隊二番機

（変針点だ）

ピッ

視野はグレー一色。

空は、白に近い薄いグレー。海面は濃いグレー。

水平線は濃淡のグレーの境目（世界を上下に分割し、真横一線に伸びている）だ。

今、そのHMD視野の右下に『WPT02』という黄色い文字が浮かび上がると、明滅した。

ピピッ

ぐうっ

オートパイロットにコントロールを任せている機体は、緩《ゆる》やかに傾く――

右バンク。傾いた水平線が左へ流れる。

水平線に重なり、視野右下の『WPT02』――ウェイポイント・ゼロツーを意味する文字は二度明滅して消え、代わりに緑の『WPT03』が現われる。

視野下側の、分度器のような方位スケールが廻り、〈S〉の文字が中央に来たところで機体の傾きが戻る。

グレーの水平線がまっすぐに。

機首が真南へ向いた――

（――十六分、か……）

茜はちら、とＨＭＤから視線を下げ、腕時計を見る。

時計の面に重なり

――『三時間』

また脳裏に声。

仮屋技官のかすれた声だ。

――『たった今から数えて三時間だ』

発艦してから十六分。

真南に針路が変わった。

今、どの辺りだ……？

「…………」

茜は、下げた視線をＰＣＤに移し、左から二番目の画面――戦術航法マップを見る。

左から二番目は、発艦時にはフライトコントロール画面にしていたが。今は戦術航法マップを選択し、位置と周囲の情況が分かるようにしている。

マップは、機の進行方向が上になっている。

中央の、自機を表わす三角形からまっすぐ上――南方向へピンクの線が伸びている。

航路を示すピンク線は、ほんのわずか、自機シンボルよりも右にある（目を凝《こ》らさないと分からない）。

先ほど、オートパイロットに機の操縦を任せる時。茜は〈オフセット機能〉を使って、インプットされた航路から左へ〇・五マイルずらして飛ぶよう設定した。

自機のすぐ右横に、重なるように緑の菱形《ひしがた》シンボルが並んでいる。

聡子の一番機だ――今、同じように南へ変針した聡子の〈ＤＶＬ５００〉は、航路から反対側の右へ、やはり〇・五マイルずらして飛んでいる。

結果、真横に幅一マイルの間隔をあけた編隊を組んでいる。もしも何かあった時――何があるか分からないけれど、二機ともいっぺんにやられるようなことが無いように。

編隊は、離して飛びましょう。

聡子は秘匿通話越しに、そう言って茜にルート・オフセットを指示した。

そうやって、十六分、飛んで来た——

（——間もなく）

間もなく〈演習海域〉のすぐ横だ……

広げて見よう。

「レンジ、ワン・シックス・ゼロ」

茜は唇を動かし、ボイスコマンドでマップの表示範囲を拡大させた。

中央の自機シンボルと緑の菱形（二番機）がぎゅっ、と縮んで、半径一六〇マイルの広範囲が表示される。

左上（南東）に現われたのはルソン島北部の海岸線。

現在位置は、ここか——

（——）

もうすぐ〈演習海域〉の真横に差し掛かる。

戦術航法マップ上でも、人民解放軍の〈演習海域〉は赤い長方形で示され、いまその一辺がゆっくりと画面の上方から近づいて来る——

近い。

茜は唇を噛む。

航路のピンク線は、赤い長方形の東側の一辺とほとんど重なる。

『フューエル』

ふいにヘルメット・イヤフォンに声。

聡子の低い声だ。

茜は目をしばたたき、燃料コントロール画面へ視線をやる。

変針点を通過したので、手持ち燃料を確認させるのか。

画面の数値は『10400』――

●総理官邸地下　NSSオペレーションルーム

「例えば、中国側が漁船をたくさん出すとして」

門はスクリーンを見上げながら、訊いた。

今のところ、戦術情況図の赤い長方形の東側には何も表示されていないが。

「それらは情況図の中に、探知されて出て来るものなのか？」

「なんとも、言えません」

情報席から湯川が答える。

「台湾海軍のP3C哨戒機《しょうかいき》は、見通し範囲内の水上物体を捉えられるとは聞いていますが。〈演習海域〉北側に滞空して監視している場合、東側の海面までは」

「E2Kもか」

「E2は早期警戒機よ」

障子有美が言う。

「空中目標が専門。空に浮いている物は、小さくても捉えるけれど。海面の小型船舶を探知するのはたぶん無理」

そうか――
門は唇を嚙む。
スクリーン上の二つの緑の三角形は。
もう間もなく、ピンクの線に沿って南下し、赤い長方形のすぐそばを通る――
そこへ
「班長」
湯川が振り向いて、言った。
情報席の画面には、何かのテキストがずらりと表示されている。

「今、F35Bのスペックについて、あらためて調べてみたのですが。EODASという赤外線センサーは極めて優秀で、自機から二五マイルの範囲内にある人工の物体は、空中と言えど地上と言えど、見つけ出すそうです」

「——二五マイルか」

その時

ブーッ

ふいに門の上着の内側で、携帯が振動した。

●護衛艦〈いずも〉戦闘指揮所（CIC）

「デビル編隊へ」

見岳課長は言った。

「もう少し、〈演習海域〉から離れて、迂回《うかい》するよう指示してはどうですか」

「ううむ」

箕輪は腕組みをする。

確かに、〈任務〉を遂行《すいこう》する上での細かい指示は、〈いずも〉ＣＩＣから発出するようになっている。

例えば、気象衛星の観測データによって、航路の前方に発達した積乱雲が確認された場合。戦闘機には気象レーダーは積まれていない（どのみち秘匿任務でレーダーの類《たぐい》は一切使えない）から、ＣＩＣからデータリンク経由で警告メッセージを送り、編隊長に注意を促《うなが》す。

そのくらいは、哨戒長である箕輪の裁量で出来る。

「しかし」

箕輪は唸る。

「現在の航路でも、東沙島までの飛行に使う燃料は、ぎりぎりなのです」

「それは分かりますが」

見岳課長は戦術情況図の一方を指す。

「艦隊の周辺を飛んでいる飛行物体。このうち〈Ｊ15〉と表示されているものは、空母〈山東〉の艦載戦闘機ですね」

確かに。

台湾側から十分おきにもたらされる索敵情報では。空母打撃群の周囲を、J15戦闘機が複数――二機編隊ツー・ペア、合計四機が周回していると分かる。

これらは戦闘空中哨戒（CAP）と呼ばれる行動だ。艦隊に近づく外敵が見つかった場合、急行して阻止《そし》行動を行なう。

もしも漁船の通報で、これらが向かって来たら――

「いや、でも」

箕輪は頭《かぶり》を振る。

「もし海面に漁船がたくさんいれば。だいたい二五マイルくらい手前で、F35の光学センサーは探知するはずだ」

「そうですか」

「デビル編隊が漁船群を探知すれば、データリンクを介して、この情況図にも表示されます。それから判断しても遅過ぎはしない」

●台湾南東方上空

F35B　デビル編隊二番機

「フューエル」

茜は、酸素マスクのマイクに申告した。

「ワンゼロフォー・ハンドレッド」

手持ち燃料は一〇四〇〇ポンド。

するとー
『ラジャ』

秘匿通話の向こう側で、聡子の声が短く答えた。

編隊行動では、編隊長が僚機《りょうき》の残燃料を把握するのは必須だ（茜も、自分が編隊長の時には必ずそうする）。

特に今回は重要——

わずかな間があって
『もつね』

もつね。

このまま飛行して行けば、東沙島まで燃料はもつ——

そう言ってくれた。

（でも）

茜はPCDの燃料コントロール画面、その隣のエンジン計器画面を見比べて、マスクの中で唇を噛む。

燃料流量は今『6400』、一時間当たり六四〇〇ポンド。

戦術航法マップの右上に表示されている、目的地への残り飛行時間は『1：37』――一時間三十七分。

マイナスではないが。

これでは島の真上へ到達して、計算上五〇ポンドしか残らない。

燃料を食うSTOVLモードや、さらに莫大に燃料を食うHOVERモードで着陸するのは無理だ――

島の写真で見た、あの短い滑走路へ滑《すべ》り込むしかない……

「…………」

茜は息をつき、視線を上げる。

目の前は白とグレーと黒の視界。

横一線に伸びる水平線の上に、小さな緑の円――ベロシティ・ベクターがぴたり、と重なっている。

視野右端の高度スケールは『500』、左端の速度スケールは『350』で安定している。
オートパイロットに任せているから、右手は操縦桿《かん》から離して構わない。
(体力を使わなくていいのが)
唯一の救いか……。

でも、静かだ。
白に近いグレーの空と、濃いグレーの大海のほかは何も見えない。
何も動いていないように見える。
目の前にはただ、夜の海。
風切り音だけだ。
(────────)
首を回し、右横を見やると。
一マイル──一八〇〇メートル余りの間隔をあけ、黒い機体がぽつんと浮いている。
この夜の海の上に。
私と、あの人だけか……
「あの」

茜は思わず、左の親指で無線の送信ボタンを押していた。

何か話していないと、燃料の数字ばかり目に入って来る——

訊くと、悪いかな。

そうも思ったが。

気づくと、話しかけていた。

「音黒一尉は、もう、お一人なんですか」

●総理官邸地下 NSSオペレーションルーム

「——そうか、分かった」

門は手にした携帯へ応《こた》えた。

意識せぬうち、携帯を持ったまま通話の相手へ頭を下げていた。

「すまん、助かる——おい」

最後の「おい」は、振り向いて情報席の湯川へ向けて言った。

ふいの着信は、台湾国家安全局のカウンターパート、楊子聞からだった。

軍部を説《と》き伏せた、という。

生《なま》のデータがもらえる――

門は通話の終わった携帯を懐《ふところ》へしまいながら、情報席へ歩み寄った。

「今の通話は台湾からだ。台湾軍の索敵情報を、リアルタイムで、生でもらえることになった」

「本当ですか⁉」

ざわっ

オペレーションルームの地下空間にいた全員が、情報席に屈《かが》みこむ門に注目する。

「すぐに受け入れの準備を」

門は指示する。

「生のデータが流れ込んで来るぞ」

●台湾南東方上空

F35B　デビル編隊二番機

『――そう』

少し、間があったが。

低い声は応えた。

『そうよ。独《ひと》り』

（――――）

茜は、右横一マイルの空中にぽつんと浮いている、小さな機影を見た。形は分かる。しかしキャノピーの下の人影は、判別できない。標識灯は何もつけていない（それは自分の機も同じだ）。そのほかはグレーの水平線以外、前方も、右も左も何も無い。機体を包むのは風切り音だけだ。

『わたしはね』

聡子の声はぼそり、と続けた。

『弟がいた』

「――弟さん、ですか」

『空自の航空学生を目指していた。生きていれば。たぶん、あなたの』

「――――」

家族の話を、初めてしてくれた。

先ほど装具室で、茜が「妹が、一人（生き残っています）」と口にした時。「羨ましい」と言ってくれた。

そうか。

福島県の浜通り地方は、茨城《いばらき》県の百里《ひゃくり》基地が近い。航空祭へ出かけて、空自の戦闘機パイロットを目指そうと思い立つ男の子は多い。

聡子には、そういう弟がいたのか。

生きていれば。私の後輩になっていたかもしれない――

『防大に入って、二年目の夏に帰省した時、わたしがうっかり「P適《ピーてき》もってる」って漏《も》らしたら。「すごいな姉ちゃん、パイロットになれよ」――って』

「――――」

『それが最後だったかな』

「――――」

『妹さんは元気？』

「はい」

茜は、右横二マイルの機影を見ながらうなずく。

「同じ、自衛隊に居ます」

『そう――』

聡子の声は、何か言いかけたが。

次の瞬間

『――!?』

ふいに、何かに気づいたように息を止めた。

同時に

チカッ

茜も視野の端に、何かが閃《ひらめ》くのを感じた。

3

●台湾南東　上空

F35B　デビル編隊二番機

「……何だろう」

茜は前方へ視線を向け、目をしばたたいた。

何かが光った。

水平線の上。

今、視野のずっと前方で――

すると

チカッ

（あっ）

また光った。

遠く、小さな閃光《せんこう》だが一瞬白く輝き、目をすがめたくなるような強い光だ。

何か――

爆発した……？

●護衛艦〈いずも〉　戦闘指揮所（ＣＩＣ）

「哨戒長」

作戦図台に向かう箕輪の横へ、押井曹長が歩み寄ると報告した。

「官邸オペレーションルームからです。台湾軍とのデータリンクが開通します」

「何」

戦術情況図を覗き込んでいた箕輪は、目を見開いた。

「リアルタイムの生データか」

「はい」

押井曹長はうなずく。

「今、官邸から知らせて来ました。台湾軍のデータです。生の、圧縮も無しだそうです」

「情況図に出せ」

箕輪は台上を指す。

隣で見岳課長も覗き込む。

台上の情況図では、ちょうど赤い長方形の一辺に、二つの緑の三角形が重なるようにして南下し始める。

「準備出来次第、あの二機へも中継して送るんだ」

●台湾南東　上空

Ｆ35Ｂ　デビル編隊二番機

『舞島二尉』

聡子の声が訊いた。

秘匿通話越しの声。

『見た？　今の』


「はい」

茜はうなずく。

「見ました」

『EODASはまだ、何も探知してない』

聡子は続けて訊いて来た。

『実戦の勘なら、あなたが上。今のあれは何。ここから、どのくらいの距離――？』


「――――」

今の閃光……

二人、同時に気づいた。

何だったのか。

考えながら戦術航法マップへ目をやるが。

変わった表示は何も出ていない。

茜は視線を上げ、ＨＭＤ視野のグレーの水平線に目を凝らす。

目で探る。

白い空。

白い閃光は、あの辺り――水平線の少し上で一瞬、小さく輝くと消えてしまった。

そこにはもう、何も見えない――

（くっ）

茜は思わず両手で、ヘルメットのバイザーを上げてみる。

生の眼球で、見てみたい。ＨＭＤの暗視モードでは強い光は白く表現される。たった今の閃光は、どんな色だったのか。何か残滓《ざんし》のようなものが残っていないか――

だが
「うっ」

前方空間は真っ暗だ。

黒い。

バイザーを跳ね上げてしまうと、風防の向こうは真っ黒い闇だけだ。何も見えない。

駄目か。

バイザーを戻す。

白とグレーの視界が戻る——機体の表面六か所に埋め込まれたEODASのカメラ（光学センサー）が捉え、ヘルメットのバイザーに描き出す景色だ。

まだVRモードにはしていないから、機体を透かして下方が見えるわけではない。

何色の光だったんだろう。

茜にはわずかだが実戦経験がある。例えば、AAM3ミサイルが命中して空中目標が爆散すると、オレンジ色の火球が出来る（直視できないくらいの強い閃光だ）。

たった今の光も、相当、強かった。

「——例えば」

茜は秘匿通話へ応える。

「ミサイルの爆発だとすれば、遠い——三〇マイルくらい前方です。光は強いけれど、小さかった」

二つも爆発が……？

茜は眉を顰める。

●総理官邸地下
NSSオペレーションルーム

「データリンク、来ます」

湯川が通信画面を見て、告げた。

「台湾軍の生のデータです、メインスクリーンへ出します」

「――――」

「――――」

地下空間の全員が、メインスクリーンの戦術情況図を見上げる。

台湾の南東方の様子。

今、緑の三角形〈DVL500〉と〈DVL501〉は揃って、赤い長方形の東側の一辺のすぐ傍《そば》を南下中だ。

「よし」

門はスクリーンを見上げ、うなずく。

「〈演習海域〉周辺を拡大――ん?」

湯川へ指示しようとして、門は「?」と眉を顰めた。

何だ。

赤い長方形の東側――すぐ外側だ。

そこに――今まで何もなかった空間に、何か出て来た。

何だ。

(――点……!?)

目を凝らす。

点々だ。無数の黄色い点――細かい点々がぎゅっ、と密集して現われた。

位置は、二つの緑の三角形のすぐ前方。

「おい、あれは」

「あれは何!?」

同時に障子有美も声を上げる。

「ちょっと、あそこ――拡大してっ」

●護衛艦〈いずも〉　戦闘指揮所（ＣＩＣ）

「データリンクが来ました」

航空管制担当の電測員が、管制卓から報告した。

「作戦図台へ出します――が」

「——？」

箕輪は、コンソールに向かう電測員が変な声を上げたので、管制席を振り向いた。

「どうした」

「何か変です。このデータは」

「いいから」

箕輪は指示した。

「こっちへ出せ」

●台湾南東上空
F35B　デビル編隊二番機

（——）

何か、起きたのか。

茜は目を凝らすが、何も見えてこない。

前方、三〇マイルほどの空間（距離は勘）だ。その辺りで何か爆発した。

二度も。

かなりの空中爆発だ。

これが、自機から約二五マイル以内の範囲であれば、ＥＯＤＡＳが光学センサーで探知した空中・地上目標をパイロットへ知らせてくれるが。

今のは、ＥＯＤＡＳの探知圏外か。

「――く」

思わず、左の親指でスロットルレバー横腹の兵装選択スイッチに触れる。

スイッチをスライドさせ〈ＭＲＭ〉――中距離ミサイルモードを選択すれば、機首のＡＰＧ83レーダーが前方空間を索敵する。かなりの範囲の空間を、瞬時にスキャンしてくれるが――

駄目だ。

頭を振る。

今、人民解放軍の〈演習海域〉のすぐ横を飛行している。索敵レーダーのパルスを出せば、遠くない上空で警戒監視中のＫＪ２０００メインリングが、パッシブ・センサーでたちどころに気づく。

方位を割り出され、艦隊周辺をＣＡＰ中の戦闘機を差し向けられたら、面倒だ。逃げるのに余計な燃料を使えば島へたどり着けない。

と
ピッ
〈DATALINK AVAIL〉

PCD上端、アドバイザリー・ウォーニングの欄《らん》に白いメッセージが出た。

何だろう。

データリンク、アベイラブル——？

目で読んで、理解する。

そうか。

（データリンクが来た）

台湾軍からの、リアルタイムの索敵情報か。

ピピ
PCDの左から二番目、戦術航法マップ右上にも〈DATALINK〉の白い文字が明滅すると、前方空間に何かが現われた。

「……‥!?」

茜はバイザーの下で、目を見開く。

何だ。

何か出た。

ぎゅっ、と黄色いものが固まっている。

「レンジ、エイト・ゼロ」

ボイスコマンドで表示を拡大させると。

これは……？

自機シンボルの前方、浮かび上がったのは無数の――そうだ、夜空に星を散らすような無数の黄色い点々だ。

何だ、これは――

●護衛艦〈いずも〉戦闘指揮所（ＣＩＣ）

「何だ、これは」

箕輪は作戦図台に浮かび上がった光点の群れに、息を呑んだ。

拡大させた〈演習海域〉の東側に、無数の黄色い点々――

黄色は『未確認』を示す（台湾軍の基準も同じはず）。

ぱっ、と見ても。

数百――いや一千個くらい散っているぞ……!?

「細かい反応だ。ものすごく多い」

「やはり漁船ですか」

見岳課長が言う。

「〈演習海域〉の東の海面に、多数の漁船を配置していた?」

「いえ――いえ違う」

箕輪は頭を振る。

これらの表示は。

急いで、両手を使い画像表示をさらに拡大する。

「待ってください、こいつらは『空中目標』だ。見てください。これらの点々それぞれに、高度の表示がついて――あ」

次の瞬間。

箕輪は目を見開いていた。

点々が、消えた。

消えた……!?

どういうことだ。

自分で手を使って拡大表示させた戦術情況図。

今、その赤い長方形の一辺の東側――ピンクの航路線が伸びていく先の方に、無数に浮かび上がっていた黄色の点々。

それらがフッ、と消えてしまった。

現われた時と同じように、唐突にすべてなくなった。

●総理官邸地下
NSSオペレーションルーム

「消えたぞ……？」

門は情報席を振り向くと、スクリーンを指して訊いた。

無数の黄色い点々が、唐突にすべて消えた。

わけが分からない。

「今のは。何か、データのバグみたいなものだったか？」

だが

「いえ、違います」

湯川はキーボードを使い、情報席のコンソール画面で送られて来ていたデータの詳細をチェックしている。

何行もテキストが出て来る。

「今の、無数の黄色い点々は。台湾空軍の早期警戒機E２Kが実際に捉えた、リアルの空中目標のようです」

「何」

「どういうこと」

門と有美が、同時に情報席へ歩み寄って、コンソールを覗き込む。

その二人へ
「データのバグではありません」

湯川は画面を見ながら言う。

「今の無数の小目標は、飛行物体です。E２Kに三〇秒ほど前に探知され、つい今しがた一斉にロストしました」

「――――」

門は絶句する。

またスクリーンを見る。

二機のF35Bの、進路前方の空間だ。

そこに、無数の小さな飛行物体が姿を現わし、姿を現わしたと思ったら唐突にすべて消えた……？

「――どうなっている」

「いえ、ちょっと待って」

隣で有美が言う。

防衛官僚出身の危機管理監は、何か考えるように、額《ひたい》に手を当てる。

「待って」

●台湾南東　上空
F35B　デビル編隊二番機

(……消えた？)

茜は、目をしばたたいた。

戦術航法マップの前方空間に。うわっ、と浮かび上がった無数の黄色い点々。

それらは、たった今、現われた時と同じように唐突に消えた。

全部消えた……

どうなっているんだ。

今のは。〈演習海域〉北方に滞空している台湾軍の早期警戒機が捉え、リアルタイムで送ってくれた索敵情報のはずだが……。

「………」

茜は右方向を見る。

右横、一マイル離れて並行に飛ぶ一番機。

「どうしますか」

短く、秘匿通話で訊いた。

前方の空間が、何か怪しい。

何があるのか分からない、前方で爆発が二回起き、一分に満たない間だが無数の空中目標らしきものが現われ、消えた。

「迂回、しますか」

『――』

聡子は無線の送信ボタンは押しているようだが、声を出さない。

考えているのか。

もしも迂回をすれば。

聡子さんはともかくとして。

私の余裕燃料は五〇ポンドしかない、余分に迂回して飛べるのは、時間にしてわずか三十秒しかない──

しかし
『──このまま』

4

●総理官邸地下
NSSオペレーションルーム

「──────」

障子有美は額に手を当て、数秒間、何か考える仕草《しぐさ》だったが。

目を上げると、口を開いた。

「そうだ」

「湯川君」

有美は情報席へ再び屈みこむと、訊いた。

「さっきの黄色い点々――E2Kが捉えた空中目標って、言ったわね」

「そうです」

湯川はうなずく。

「台湾軍の早期警戒機です」

（――？）

門は、すぐ横で聞いていて「何だろう」と思った。

障子有美が、何か気づいたのか。
●護衛艦〈いずも〉戦闘指揮所（CIC）
「待てよ」

箕輪は作戦図台から顔を上げた。

「ひょっとすると——」

「どうしました」

見岳課長が横から訊く。

作戦図台には、戦術情況図が拡大されたままだ。

二つの緑の三角形は、ピンクの航路線の上を少しずつ——さらにじりっ、と南下する。

「何か、分かりましたか」

「ちょっと、いいですか」

箕輪は作戦図台の端の方を指でつつく。

メニューのようなものが浮かび上がった。

「フォーマットが、我々のものに近いとすると。送られてきたデータの詳細が、これで分かる——」

あぁ、やっぱり。

箕輪はうなずくと、メニュー画面からデータの詳細を呼び出した。

そこへ

って来た。

しわがれた声がして、スキンヘッドに艦内帽を被《かぶ》った将官が、天井の低い空間へ歩み入
CICの各管制卓に着席する電測員たちが立ち上がると、一斉に敬礼する。

鴨頭海将補は「ご苦労」と答礼しながら作戦図台へ歩み寄った。

「どうだ哨戒長、情況は」

「遅くなったな」


「はっ」

箕輪も振り向いて敬礼し、群司令を迎える。

「お待ちしておりました」

「早く降りたかったのだが」

鴨頭は、天井を指した。

後ろには船務士の山根一尉を従えている。

艦橋からここまで、速足で降りて来たのか。少し呼吸が速い。

「〈いかづち〉に収容した例の国会議員が『司令を出せ』と大騒ぎしていてな。今まで、対応しておった」

「ご苦労様です。現在の情況ですが」

箕輪は、鴨頭に対して、ここ数分間の情況を説明した。

デビル編隊の進行状況。見岳課長から伝えられたアメリカ軍の動向と、二機のF22が今夜、同じ時間帯に偵察のため〈演習海域〉へ侵入するかもしれないこと。たった今、台湾軍からのデータリンクを介して不可思議な空中目標が現われたこともかいつまんで説明した。

「無数の小目標か」

鴨頭は作戦図台を覗き込む。

「それは穏当でないな。哨戒長、君の見方は」

「は」

箕輪はうなずくと、あらためて作戦図台の面に指を滑らせ、メニューボタンを触って、データの解析にかかった。

「これについて、私の推測ですが――ちょっと巻き戻します」

データリンクで送られてきた画像を、箕輪はいったん止めると、メニュー操作で巻き戻した。

消えた無数の小目標――黄色い点々が、時間を巻き戻された戦術情況図の上に、再び現れる。

「――」

「――」

鴨頭海将補、見岳課長、それに山根船務士も覗き込む。

「ご覧ください」

箕輪は、黄色い点々の現われた空間をさらに指で拡大する。

「これら無数に見える点々――〈演習海域〉の東の端のすぐ外側に群れをなして浮いている点々は、それぞれすべてが高度表示を伴っている。つまり台湾軍のE2Kが探知した空中目標です。問題は」

●総理官邸地下　NSSオペレーションルーム

「問題は」

有美は、情報席の湯川のコンソール画面を指して言う。

「E2Kホークアイの背負ったレーダーが、パルス・ドップラーレーダーであること」

「――」

「――」

門と、その隣で乾首席秘書官も、有美の指す画面を覗き込む。

「湯川君」

有美は湯川に指示する。

「ここで、データリンクの画像を巻き戻して、三次元モデルで拡大できる？」

「やってみます」

「そのパルス・ドップラーレーダーというのが」

門が質問した。

防衛装備のことについては。

警察官僚出身である自分よりも、障子有美がずっと詳しい。

「何が、問題なんだ」

「パルス・ドップラーレーダーは」

有美は、湯川がキーボードを操作する間、振り向いて言った。

「戦闘機や、早期警戒機に積まれている。空中目標を探知するためのレーダーよ。特徴としては、高い高度から、海面を背景にした低空の目標を探知できる」

「それの、何が――」

「動いている物しか映らない」

「え？」

●護衛艦〈いずも〉戦闘指揮所（ＣＩＣ）

「Ｅ２Ｋのパルス・ドップラーレーダーは」

箕輪は説明した。

「ご承知の通り、海面近くを低空で飛行する物体を捉えられます。しかし海面の反射の中から飛行物体を拾い上げるのにドップラー効果を利用することから、動いている物にしか反応しません。静止した物体の反応は、海面から突き出た岩のような地形の一部とみなし、画面に表示しないのです」

「うむ」

鴨頭は腕組みをする。

「そう言えば。Ｆ15の索敵レーダーにはホヴァリングしているヘリコプターが映らない、という話は聞いたことがある」

「おっしゃる通りです」

箕輪はうなずいて、続ける。

「つまり、これらは」箕輪は指で画面を操作する。「このように、斜めから見た三次元立体モデルにすると分かりやすい。見てください、無数の小目標が、空中に動かず止まっているのです」

「では」

見岳課長が訊き返す。

「こんなものがあるとして――さっきはなぜレーダーに映ったのです」

「おそらく、何かの理由で一斉に動いた」

「――」

「――」

「群れが一斉に動いた数十秒だけ、E2Kのレーダーに映ったのです。そして」箕輪も腕組みをする。「また空中に止まり、姿を消した」

●台湾南東上空

F35B　デビル編隊二番機

(──何だ……?)
ピッ
茜の視界に、ふいにポツ、ポツと小さな点が浮かんだ。
ピピ

何だろう。

白に近いグレーの空。

今、前方の空いっぱいにポツ、ポツッと次々に小さな黄色い点が浮かび始めた。ほぼ等間隔で左右、上下いっぱいに──次第に数はどんどん増える。

ピピピ
ピピピピ
これらは何だ……?

点が現われる度、それら一つ一つが小さな四角形で囲われ、その横に数字が出る。

(EODASが)

光学センサーが、赤外線で前方に何かを見つけて、私に知らせているんだ。

まさか。
さっき、少しの間だけ戦術航法マップに現われた、データリンク経由の無数の小目標は
――
「これか」
『舞島二尉』
秘匿通話を通して、聡子の声。
『前方。何か、いっぱい居る』
「はい」
茜は、右横の一番機を見やる。
聡子の機でも、表示されているのか。
どうすればいい。
さっきは「迂回しますか」という問いかけに、「そのまま」と答えた。
聡子は航路を保って直進する、と言った。
確かに。
前方の様子が怪しいからといって、大きく迂回して行く燃料の余裕は無い――

でも。

「どうしますか」

『このまま』

このまま……？

（？）

茜は眉を顰める。

何か、わけのわからない物が無数に、前方の空間を占めて浮かんでいるのだ。

このまま進む――？

しかし

『たぶん、ヘリコプター・タイプの小型ドローン』

「――⁉」

えっ。

聡子の言葉に、茜は目をしばたたき、真横に小さく見える一番機の姿とＨＭＤ視野の前方を交互に見る。

今、何と言われた……⁉

「――ドローン、ですか」

『前方に、無数にホヴァリングして浮いてる』

聡子の声は続ける。

『たぶん中国艦隊のステルス機対策』

●F35B　デビル編隊一番機

「あれは」

音黒聡子は、HMD視野に現われ続ける黄色い点々を見ながら、酸素マスクのマイクへ言った。

「あの群れは、おそらくステルス機の侵入を探知し、防ぐのが目的」

二番機の舞島茜へ告げる間にも。

聡子の視界に現われる点々は、増えていく。

まるで前方の空を、すべて等間隔に埋めるような――

（――でも）

マスクの中で唇を嘗《な》める。

あれらは、ついさっきEODASのカメラが捉え、赤外線の反応点としてHMD視野に投影し始めた。

ということは二〇マイル強、前方か。

黄色い点々が、空を埋めるように増え続けているのは、自分たちが飛行物体の群れへ向かって接近しているからだ。

どんどん増える。

群れには厚みがある——

目で探る。

群れの下方は、海面すれすれに。上方は——視線を上げると、おそらく一〇〇〇フィートくらいの上空まで。

左右も。気づくと水平線の上、目の届く限りにいる。

いったい、何基いる——?

まるで何かに統制されているように、無数の小物体の群れが広大な空間を均等に埋め、滞空している。一つ一つはヘリコプター・タイプの小型ドローンだろう。宙に止まっていられるからパルス・ドップラーレーダーには映らない。

(でも)

そうであっても。くぐり抜けられないくらい『密』ではない。

「舞島二尉」

●護衛艦〈いずも〉　戦闘指揮所（ＣＩＣ）

「ヘリコプター型のドローン……!?」

鴨頭海将補は、作戦図台を見渡しながら声を上げた。

情況図の中にウインドーを開いて、描き出されているのは三次元立体モデルだ。

無数の点々が立体的に、格子《こうし》状に空間に配置され、全体で一辺が数十マイルにもなる『巨大な直方体』を形成している。

「これらが、全部か」

「おそらく、一千基はいます」

箕輪は立体モデルを指して言う。

「見た感じでは、一基、一基が衛星からの位置情報をもとに、自らの受け持ちポジションをキープしている。全体を統御しているのはＡＩでしょう——多数のドローンの群れを統合制御する技術が中国にはある。東京オリンピックの開会式で、夜空に立体図形を描いたドローンの群れをご覧になったでしょう。あれのずっと大規模なものです」

「――」

「――」

「まずいのは」

箕輪は続ける。

「これら一基、一基はおそらく、赤外線センサーや磁気センサーを備えている。飛行物体が近くを通過すると探知する――ステルス機であっても至近距離を通過したら、発見され、位置を艦隊へ通報されます。さらにまずいのは」

「さらにまずい――？」

鴨頭が訊き返す。

「何がまずいのだ」

「ドローンが、もしも単に飛行物体の探知を目的としたものでなく、爆弾を抱えた自爆型――言わば〈空中機雷〉であった場合です」

●台湾南東　上空
F35B　デビル編隊二番機

『舞島二尉』

聡子の声が言った。

『オートパイロットを解除して』

「オートパイロット解除、ですか」

茜は目を前方視界から離せぬまま、訊き返す。

空間を埋める黄色い点々――EODASのカメラが見つけ出してマーキングしてくれている空中目標の群れは、ぐんぐん近づいて来る。

数も増える。

もう、一〇マイルくらい前方――

まさか。

「あの中を――」

『そう』

聡子の声はうなずく。

『あの中を、抜けます』

●デビル編隊一番機

「あれらは『密』に見えるけれど」

聡子は前方空間を目で探りながら言う。

頭の中で、計算をフル回転させる。

「ドローン一基と一基の間隔は、目測で約〇・三マイル——二〇〇〇フィートくらいは空いている」

そうだ——

もしも。

もし群れをかわすため上昇すれば、〈立体探知〉に引っかかる——中国艦隊にCAP中の戦闘機を差し向けられ、追い回されたら、逃げ切ることは可能だろうが燃料がなくなる。

群れを大きく迂回しても燃料が足りなくなる。島へたどり着けない。

この先の海域では、着水しても救助は期待できない。

生命《いのち》が惜しければ。

ここで一八〇度ターンし、〈任務〉を中断して母艦へ戻るか——

(——————)

聡子は、自分の飛行服の左肩——左の二の腕を見た。

銀色のペン型容器が、そこに刺さっている。

と
ピッ
PCDの上端部分にメッセージが出た。

〈いずも〉からか。

文字を読み取る。

〈CNL MISSION RTB〉

キャンセル・ミッション、RTB——〈任務〉中止、リターン・バックせよ。

「——」

聡子はもう一度、袖《そで》の銀色の容器をちらと見た。

それから視線を前方へ戻す。

前方を見たまま、左の親指で再び無線の送信ボタンを押した。

「オートパイロットを解除。これよりマニュアル・コントロールで、ドローンの群れの隙間を抜ける」

●F35B　デビル編隊二番機

「了解」

　茜は無線に応えながら、右手で操縦桿、左手でスロットルレバーを握り直すと、顎を引いて両耳を水平線の高さに合わせた。

　マスクの中で唇を嘗める。

　みぞおちで、HMD視野のベロシティ・ベクターを摑むようにして、細く息を吐いた。

　それから右手の親指を、操縦桿の頭にある自動操縦解除ボタンにかけた。

　PCDの上端部には白い文字メッセージが出ている。

〈CNL　MISSION　RTB〉

　でも。

　これは、見なかったことにしよう。

「オートパイロット、解除」

　ブーッ
　短い警告音がして、自動操縦が外れ、視野の目の前に〈MANUAL〉という黄色い文字が現われ、二度明滅して消えた。
「デビル・ファイブゼロワン、オートパイロット解除。マニュアル・コントロールで、ドローンの隙間を抜けます」

5

●台湾南〈演習海域〉
中国人民解放軍　055型巡洋艦〈南昌〉

同時刻。

艦内戦闘指揮所。

「ご報告します」
管制席の一つから通信士官が立ち上がると、空間の中央へ向け声を上げた。
「上空のKJ2000〈千里眼《せんりがん》01〉より報告。四分前に起きました二度の爆発により、破片の飛散と落下を確認。二度確かめましたが確実です。わが空中機雷群によりアメリカ軍のF22を二機、撃墜いたしましたっ」

すると

おぉおぉおっ

薄暗い、天井の低い空間にどよめきが起きた。

情報スクリーンに囲まれた戦闘指揮所には、多数の人員が詰めていたが。

次の瞬間、全員が天井に向けて両手を突き上げた。

「万歳《ばんざい》」

「万歳っ」

「人民解放軍万歳」

「共産党万歳っ」

次いで、強力な空調の唸りをかき消すような、激しい拍手が沸《わ》き起こった。

パチパチパチパチパチ

パチパチパチ

「政治士官どの」

壁面の十数枚の情報スクリーンの照り返しを浴《あ》びながら、指揮所の中央の席にいた年配の将校（艦内服の肩に大きな星が一つある）が立ち上がると、隣の席に座っていた色の違う軍服の男に深々と礼をした。

「おめでとうございます。わが艦隊へ秘かに接近しようとした、アメリカが『世界最強』をうたうステルス戦闘機を、見事撃墜することが出来ました」

「――――」

戦闘指揮所の空間の中央には、艦隊司令官が着席して指揮を執《と》る席と、党政治士官が着席して監督・指導をする席が並んでいる。

政治士官のシートには金色のカバーが掛けられ、背もたれには銀と真紅の糸で〈龍〉の刺繍《ししゅう》が施《ほどこ》されていた。

そのシートを深々と倒し、長い脚を組んでいたのはまだ三十代前半と見られる男だ。

男は、空間に詰める全員の視線が自分に集まっているのを、目だけを動かして確かめると「しょうがないな」という表情になり、うっそりした動作で上半身を起こした。

「――ふん」

「ふん、司令官」

男は、自分より二回りも年かさの将官が真横で最敬礼しているのを横目で見て、うざったそうに手で「もういい」という仕草をした。

「司令官、わが叔父の名を冠した兵器は、少しは役に立ったか」

「は。はは」

司令官、と呼ばれた将官は、なお『気をつけ』をした姿勢で、うなずいた。

「素晴らしい戦果です。さすがは、アメリカのステルス機を打ち負かすため開発された新兵器——その余りの先進性に最高指導者である学延辺《がくえんぺん》国家主席が『我が名を冠せよ』とお命じになられた空中機雷——〈延辺《えんぺん》機雷〉であります」

すると

「政治士官、政治士官」

横の方からもう一人、肩に二本の線と四つの小さな星をつけた幹部が割り込んで、唾《つば》を飛ばす勢いで言った。

「何という〈延辺機雷〉の威力でしょう。これでアメリカも、南シナ海の支配者が誰であるのか。偉大なる国家主席のお力を思い知り、ひれ伏すことでしょう」

「——」

男はまたうざったそうな表情になり「名前つけて胡麻《ごま》をすってるのはお前たちだろうが」と小声でつぶやいたが、大声にはしなかった。

「いいから皆、座れ」

「いいか」

深緑の軍服を着た政治士官の男は、戦闘指揮所の人々に業務へ戻るよう手で促すと、簡潔に言った。

「アメリカに、後で文句を言われた時のために。記録はちゃんと取っておけ。その二機のF22というステルス戦闘機は、わが〈演習海域〉へ侵入しようと接近したので、事前に警告された通り撃墜された」

「は」

「ははっ」

司令官と、それに次ぐ地位にあるらしい将校——副司令官か——は揃って頭を下げた。

「ぬかりなく」

「そのようにいたします」

「まぁ、いい」

男は、学寵臣《ちょうしん》という名だ。三十三歳。太子党《たいしとう》と呼ばれるグループの一員だった。

父親も親族も中国共産党の高級幹部。

自身は幼少期からアメリカに留学し、アメリカ国内の有名大学で学位も得ている。

数年前、父親の求めに応じて帰国し、党のポストとして人民解放軍の上級政治士官となったが。

軍では、平民上がりの将校たちが国家主席の甥《おい》である自分へ取り入ろうとして来る。

日常から、それをうるさがっていたが、自身の役職を考え、あまり態度には出さないよう努めていた。

「これで、わが叔父がやる気にさえなれば。アメリカの介入を受けずに東沙島くらいは占領できるだろう。戦果は中央へ報告しておけ」

「はっ」

「ははっ」

「訓練統制士官」

学寵臣は、ついでに別の幹部へ問うた。

上級政治士官は、党が政府の上にあるのと同様、軍では司令官よりも序列が上だ。

事実上、この男が〈南昌〉を基幹とする空母打撃群の最上位の地位にあった。

「夜間上陸演習の、仕上がりはどうか」

「は」

別の幹部士官が立ち上がり、クリップボードを手に報告をしようとするが

そこへ

「ご報告します」

ふいに、若い声が被さった。

管制席の一つからだ。索敵担当の管制員が、振り向いて声を上げた。

「報告します。緊急です。東側の空中機雷群より反応信号あり。ステルス機と思われるものが、もう二機います」

●台湾南東上空

F35　デビル編隊二番機

「――――」

何とか、行けるか――

小物体の群れの中へ分け入った。

三五〇ノット。

速度はそのまま（減速しても消費燃料は増える）。

このまま、行くんだ。

茜は両耳でグレーの水平線の左右の端を摑み（こうすると機の姿勢がよく摑める）、顎を引き、脇を締めるようにして右手の操縦桿を操《あやつ》った。

目は見開いたまま。

前方から、四角いボックスに囲われた黄色の点――小型飛行物体が次々に迫って来る。

来る。

「くっ」

右手首を柔らかくこじり、ボックスに囲われた点と点の間を、すり抜ける。

くっそ――

いや。

何とか、行ける……。

先ほど、聡子が言った通り。

HMD視界に、次々に迫って来る点――その一つ一つがヘリコプターのような小型ドローンであるらしい――は、それぞれが宙に一定の位置をキープしているようだ。間隔は、三分の一マイルくらい。

やっていると、次第にコツは摑めてくる。

視野の中で、三つくらい先までの点の位置を読んで行けば。最小限の右手の操舵《そうだ》量で、F35Bは身をくねらせるようにして、ドローンとドローンの間を抜けて行く。

しかし
（たくさん、いる――）

いったい。

どれくらいの数が、浮いているんだろう……

と
ブンッ
いきなり、茜の右の目の上を何か角ばった物が唸りを上げてすれ違った。

「い、いけない」

茜は息を吞む。

ちょっとでも気を抜くと、すれすれになってしまう――

●台湾南〈演習海域〉

中国人民解放軍　055型巡洋艦〈南昌〉

「ステルス機が、まだ居るだと……⁉」

声を荒らげたのは星四つの将校――副司令官だ。

索敵と空中機雷のオペレーションを受け持つ管制席へ、足音を立てて駆け寄る。

「本当か」


〈南昌〉は、人民解放軍の最新鋭ミサイル巡洋艦だ。

強力なレーダーと多種類のミサイル（ＶＬＳと呼ばれる垂直発射器に計百十四発）、それに情報処理／指揮統制機能を持つ。

能力は『アメリカや日本が保有するイージス艦より上』とうたっている。

今回の〈演習〉でも、〈南昌〉には艦隊司令官と上級政治士官が座乗し、戦闘指揮所において空母打撃群の指揮を執っている。

「情報では」

副司令官は、管制席を覗き込む。

「クラーク基地のＦ22は、二機だったはずだぞ」

戦闘指揮所は、今回の〈演習〉では通常よりも大人数の士官や幕僚が詰めているので、ごった返す感じだ（パイプ椅子《いす》を持ち込んで、通路に座っている者もいる）。

副司令官が覗き込む管制席を、周りから何人もの将校たちが覗く。

「いえ、ご覧ください」

管制員は、自分のコンソールの画面を指す。

「ここです」

「――」

「――」

副司令官を含め、五、六人が覗き込む。

管制員は「ここに」と画面を指し、説明する。

横長のディスプレーには、細い網状のワイヤフレームで構成された直方体が、三次元モデルとして描出されている。

「ＫＪ２０００のレーダーには映っていませんが。空中機雷群のレーザー格子を横切る反応が、ここに二つ――海面付近の低空にステルス機が二機いるのです」

「――」

「――」

「ほら、動きました。時速六〇〇キロメートルくらいで移動しています」

だが
「よくわからんぞ」

副司令官は、不満そうな声を出す。

つい先ほど、アメリカ軍のF22を二機、空中機雷群のうち十基余りを体当たりさせて『撃墜』したばかりだ。

だが管制員は、ステルス機がまだ二機いる、という。

ひょっとしたら、さっきの『撃墜』は間違いだったのだろうか――？

「おい、まさか」

「いえ大丈夫です」

管制員は、副司令官の疑念を察したように言う。

「さっきは、ちゃんと撃墜できています。これらは新手《あらて》です」

若い管制員は、階級こそ初級下士官の中士だったが。

学歴は、北京《ペキン》大学の工学部を卒業していた。ここ最近の中国では大学新卒者への求人が極めて少なく、人民解放軍の技術系下士官の採用試験でも大変な倍率だった。

「ご承知の通り」

管制員は説明した。

「空中機雷群は、衛星からの位置情報により自分たちの空中でのポジションを保つのと同時に、互いに極細のレーザービームをやり取りし、位置の修正と、通過物体の検出を行ないます。格子状に張り巡らされたレーザーが、もし通過する物体によって遮《さえぎ》られると。そこを『飛行物体が通過した』と分かるわけです」

「――」

「――」

「ステルス戦闘機と言えど、レーザーを遮らずに飛ぶことは不可能ですから、この機雷群にいったん入り込めば、必ず探知できます。撃墜する場合は、飛行物体の進行方向の機雷――ドローン群をAIによりコントロールし、物体の進行方向にいる群れの間隔をすぼめ、魚を獲《と》る網を絞《しぼ》り込むように包囲してからドローンを体当たり、あるいは自爆させて処理します」

「そんなことは分かっている」

副司令官は、苛立《いらだ》ったような声を出す。

「ステルス機がまだ居るなら、さっさと撃墜しろ」

「は」

だが

「ちょっと待て」

制止する声を出したのは学龍臣だ。

「待つのだ」

●台湾南東上空

Ｆ35Ｂ　デビル編隊二番機

(どこまで、続くんだ……)

ピッ

ＨＭＤの視野には。

あとからあとから、新しい空中目標がＥＯＤＡＳに検出され、四角いボックスに囲われた黄色い点として現われる。

こちらへ迫って来る。

これら全部、ドローン――

この辺りは。

茜は前方から近づく黄色い点から注意は離さず、目で一瞬、周囲を見回す。

この辺は、さっき二度の爆発が起こった場所に近いんじゃないか……？

目を動かすと、ＰＣＤの戦術航法マップもちら、と視野に入る。

ピンクの航路線からは、そう外れていない。

今のところ、五〇ポンド以内の燃料消費増で何とか行けるか――

だが

（さっきの爆発は）

さっき目にした、二度の爆発。

あれは何だったのだろう。

茜はマスクの中で、唇を噛む。

台湾軍機だったのだろうか。

台湾軍は、多数の航空機を〈演習海域〉の周辺に出動させている。

このうちＥ２Ｋは高空を飛ぶが、Ｐ３Ｃ哨戒機は低空にもいるだろう。

ひょっとしたら。

視線を前方へ戻す。

ぶつかってはいけない——さっきの二度の爆発は、ひょっとしたら低空を飛ぶ哨戒機が知らぬ間にドローン群の中へ入り込み、ぶつかってしまったか……？

(三五〇ノットで飛んでいるんだ)

ぶつけたら、やばい……

「…………」

待てよ。

茜は、目をしばたたく。

ドローン——

ドローンか。

そう言えば。

6

●台湾南〈演習海域〉

中国人民解放軍　０５５型巡洋艦〈南昌〉

「待つのだ」

学寵臣は、政治士官席から立ち上がると、索敵担当席の前で声を荒らげる数人の者たちを制止した。

撃墜しろ……？

性急な。

先ほど、自分の席へ来て唾を飛ばして世辞を言った副司令官。普段からうるさい男だが、その男が今度は「撃墜しろ」と息巻いている。

だが。

ステルス戦闘機だとすれば、アメリカ軍だ。

情況を把握せず、簡単に撃墜を命じて良いわけがない。

「ちょっと待て」

薄暗い、天井の低い空間に詰める全員の視線が、集まってくる。

学寵臣は、わずかに顔をしかめながら長身を運んで、索敵担当席のコンソールの後ろに立った。

席を囲んでいた数名の将校が、威儀《いぎ》を正すように一礼して脇へ下がる。

副司令官もその中の一人だ。

「管制員」

学龍臣は将校たちを無視し、索敵担当席に屈み込むと、コンソールに向かう管制員へ問うた。

「その新たに現われた二機だが。詳しく知りたい。ステルス機なのか」

「はい、政治士官」

若い管制員はうなずく。

「上空に滞空中の〈千里眼01〉、〈千里眼02〉ともレーダーでは当該目標を探知できておりません。ステルス機が低空を飛んでいると見られます」

「飛行方向は、どうなっている？」

「はっ」

管制員はコンソールのキーボードを操作し、すぐに答える。

「判明しました——進行ベクトルは磁方位一八〇度。わが〈演習海域〉の東端に、平行に南下しております」

「うむ」

学は腕組みをする。

画面を見下ろす。

横長のディスプレーに描き出された、ワイヤフレームの直方体。

これは、中国の最新ドローン技術とＡＩ技術を結集した産物だ。今日は大型輸送艦で一千基の自律型ドローンを東側の海面へ運ばせ、日没と同時に空中へ放出した（バッテリーはスペック上、一晩はもつという）。今夜、アメリカ軍が秘かにＦ22を偵察に差し向け、〈演習海域〉に侵入して来るとの情報を得ていたからだ。

結果、新兵器の実験は成功した。

Ｆ22を二機撃墜――

これは、いい。わが〈演習海域〉に侵入しようとすれば安全は保証しない――そのように事前通告しているのだから、警告を無視したＦ22が二機とも撃墜されたってアメリカ政府は文句を言えまい。

しかし――

「では」学寵臣はディスプレーを見やりながら訊いた。「その新手の二機は、わが〈演習海域〉へ侵入しようとはしていないのだな」

「その通りです」

管制員はうなずき、ディスプレーを指す。

「現在二機は、〈演習海域〉東端と平行に南へ向かっております。今のところ、侵入しようとして来る動きはありません」

「ならば」

学もうなずく。

「様子を見るべきだな」

●台湾東方　洋上

護衛艦〈いずも〉戦闘指揮所（ＣＩＣ）

「中止命令は、届いているのか？」

鴨頭海将補が作戦図台を見下ろし、腕組みをする。

「二機は引き返して来ないぞ」

「――いえ」

箕輪は、作戦図台を挟《はさ》んで差し向かいに立つ群司令と、台上の戦術情況図とを交互に見た。

しまった――

無数のドローンが『空中機雷かもしれない』と言ってしまったのは、自分だ。

しまった、と思った。

戦術情況図では〈DVL500〉、〈DVL501〉の二つの三角形は、尖端を真下――南へ向けたままゆっくり進む。

赤い長方形のすぐ横だ。

今、燃料をもたせるため、あの二人は無数のドローンの群れの中を通り抜けて行こうとしている。迂回していたら、島へはたどり着けない。しかし、ドローンが〈機雷〉である可能性は、あの飛行開発実験団の女パイロットならば当然気づく。

音黒聡子一尉は今きっと、〈機雷〉である可能性には気づかないふりをして、僚機の舞島二尉を率いて飛んでいる。

「データリンク経由のメッセージは、届いているはずなのですが」

俺のせいだ。

自分が〈機雷〉の可能性を告げてしまったため。

鴨頭海将補は「〈任務〉を中止し、帰投させろ」と命じた。

この人に。

また箕輪は、差し向かいで作戦図台に向かう五十代の将官をちら、と見た。

目尻にしわがある。

（この人に、部下に対して『済まんが、君たちの生命をくれ』なんて言えるわけがない）

唇を噛むと。

「仕方ありませんね」

鴨頭の横で、山根船務士が控えめな口調で言った。

「メッセージに気づかないうちに、ドローンの群れの中へ入り込んでしまったのでは」

●台湾南〈演習海域〉
中国人民解放軍　055型巡洋艦〈南昌〉

「せ、政治士官、政治士官」

慌《あわ》てた様子の声を出したのは副司令官だ。

学寵臣と、索敵担当管制席の間へ割り込むようにして「政治士官」と唾を飛ばした。

「恐れながら。今やらなくては、あの二機は空中機雷群を通り抜けてしまいます」

「仕方ないだろう」

学寵臣は腕組みをする。

アメリカ育ちで長身なので、指揮所の将校たちの大部分を見下ろす感じだ。

「我々が国際社会へ公言しているのは『〈演習海域〉へ侵入しようとしたら安全は保証しない』だ」

「――――」

「入って来ようとしない者を撃ちおとせば。共産党は国際社会で非難され、外交交渉でアメリカから何らかの譲歩を迫られ、下手《へた》をすれば『台湾統一』への正当性が失われてしまう」

「し、しかし」

副司令官は顔を赤くした。

「せっかくの手柄が」

手柄……？

学は眉を顰めた。

目の前の副司令官。

この男。副司令官まで上がって来ながら、自分たちの勝手な行動で中華人民共和国の国際的な立場がどうなるとか、想像できないのか……？

だが
「恐れながら申し上げます」

副司令官は顔を赤くし、さらに唾を飛ばした。

「政治士官は、我らがこれまでどれだけアメリカに馬鹿《ばか》にされ、悔しい思いをして来たか、ご存じないのであります」

「……何？」

「アメリカ人どもは」副司令官は、どこか後ろの方を指すようにした。「アメリカ人どもは自分たちが世界で一番強いとか思い込んで、我ら人民解放軍を、いえ我ら『中華民族』を小馬鹿にして来たのであります。旧ソ連製のコピー兵器しか持っていないとか、練度が低くて戦争しても勝てないとか、好きなだけ言われて来たのであります」

「…………」

学は、うっ、と少しだけのけぞった。

副司令官だけではなく、その両脇にいる将校たちも同じような目つきで、自分を睨《にら》みつけて来たからだ。

この連中。

そういう思いを抱いていたのか。

そんなに、アメリカに勝ちたいのか……？

「政治士官」

副司令官は、さらにずい、と近寄ると上目遣《うわめづか》いに睨んできた。

その両目が血走っている。

「確かに、アメリカのステルス戦闘機の技術は凄《すご》いものがあります。しかし今日、我らにもそのステルス戦闘機を撃ちおとす技術が手に入ったのであります。我らが憎きアメリカのステルス戦闘機をばたばた撃墜すれば。党も人民も、こぞって我らを称賛するでありましょう」

「政治士官」

「その通りです政治士官」

「アメリカに勝ちましょう」

「勝ちましょう」

「いいや、駄目だ」

学は撥《は》ねつけた。

「侵入して来ようとしない者を、先に攻撃して撃ちおとせば。我々が先に手を出したことになり、国際社会で不利になる」

「いえ、恐れながら」

横から、別の声がした。

「恐れながら申し上げます、政治士官」

比較的、冷静な声だった。

学が目をやると。

肩に大きな星をつけた将官――先ほどの艦隊司令官だ。

将校たちが自然に左右へ下がり、定年退官が近い将官は学の前へ進み出て来た。

「今、気づいたのですが。政治士官。私が思いますに、我らは嵌《は》められている可能性があります」

「……………？」

何だ。

何と言った……？

「嵌められた？」

「そうです」

「アメリカにか」

「いいえ」

司令官は頭を振ると、右手を上げ、天井を指した。

「空軍にです」

「……空軍？」

学は訊き返す。

「どういうことだ」

「は」

●台湾南東　上空
F35B　デビル編隊二番機

（──ドローン、か）

茜は顎を引き、前方空間を注視しながらも、ＰＣＤをちらと見た。

そうだ。

思い出した。

確か、役に立つものがある。

ええと、コード7G――

どうやって出すんだったか。

右手は操縦桿から離せない。

左手で、PCDの右サイドにある燃料コントロール画面に触れようとするが

ブンッ

「うわ」

一瞬、前方から目が離れた。

四つの小型ローターを上に向けた物体――ドローンの一つがうわっ、と目の前に迫り、キャノピー左上をすれすれにかすめてすれ違った。

ギシシッ

機体が揺れる。

「くそ」

●台湾南〈演習海域〉

中国人民解放軍　055型巡洋艦〈南昌〉

「空軍に嵌められた、とは」

学龍臣は訊き返す。

「どういうことだ。司令官」

「は」

二回り年かさの艦隊司令官は、丁寧な物腰を保ったままで続けた。

「実は、先ほど上空の〈千里眼01〉からもたらされた『撃墜』の報告ですが。あれは、嘘《うそ》かもしれません」

「――何」

学は眉を顰めた。

何を言われたのか、一瞬、分からない。

F22二機が空中機雷にやられ、破片が飛び散るところを、KJ2000のレーダーが捉えたのではなかったか（ステルス機は、破壊されれば破片は映る）。

「どういうことか」

「政治士官、上空にいる〈千里眼01〉と〈千里眼02〉、二機の早期警戒管制機は空軍の所属です。我らと同じ海軍ではありません。本土の基地から飛来し、艦隊の上空で警戒に当たっております」

「うん」

「実は、空軍の連中は、我らを良く思っておりません」

「？」

　空軍が、海軍を良く思っていない――？

　同じ人民解放軍ではないのか。

「どういうことか」

「は」

　司令官は続ける。

「最近、我ら海軍は空母の建造、艦載機の調達など、有難《ありがた》いことに党から多額の予算を頂いております。三隻目の空母〈福建《ふっけん》〉には電磁カタパルトが装備され、四隻目の空母はいよいよ原子力推進となる予定です」

「うむ」

「我ら人民解放海軍には多くの予算が振り分けられ――おかげさまで私も造船企業からキックバックを受け取ってマンションを十軒買いました。それは、それなりの地位にあるので当然のことですが、空軍の連中にはそれが出来ないので、我らがうらやましくてたまらないのです」

「――――」

「ですから空軍は、我らの足を引っ張りたくてたまらないのです。先ほどの空中機雷群による攻撃は、もしかしたら、何らかの理由で失敗している可能性があります。二機のF22は、まだ無事なのかもしれません」

「何」

「そうでなければ、クラーク基地に二機しかいなかったはずのステルス戦闘機が、なぜ四機いるのか。説明がつきません。さっきの攻撃は」

司令官はまた天井を指した。

「失敗だった可能性が高い――さっきの二機はやられていない。空軍は、我らに嘘をついて『攻撃は成功した』と思い込ませ、後でステルス機は撃墜されていなかったと公表して、我らに恥をかかせ、面子《メンツ》を潰《つぶ》すつもりなのです」

「むう」

学は、腕組みをした。

「ではさっきの撃墜は、失敗だったかもしれないのか」

「政治士官」

司令官は畳みかけた。

「クラーク基地の二機のF22は。先ほど一度は、わが〈演習海域〉へ侵入しようとしていたのですから、警告された通りに撃墜をされても、アメリカは文句を言えないのではないでしょうか」

「――うぅむ」

「政治士官」

横にいた将校たちが、口々に「政治士官」と呼びながら詰め寄った。

「政治士官、やりましょう」

「あそこの二機を撃墜しましょう」

「やりましょう政治士官」

●台湾南東上空

F35B　デビル編隊二番機

ピピッ

（――!?）

何だ。

茜は視線を前方へ戻し、操縦に集中しようとしていたが。目に何かを感じた。

違和感だ。

視界に、違和感がある――

数秒して、違和感の正体が分かった。

前方の黄色い点々――ＥＯＤＡＳによって探知され、四角くマーキングされた多数の空中目標が、なぜかぐうっ、と視野の中央に向かって寄り集まって来る。

「な」

何だ……⁉

目を見開く。

錯覚の類か……？

いや違う。

確かに無数の点々が――視野の周囲から急速に、真ん中へ寄り集まって来る――？

（いや）

それだけではない、視界の左右からも上下からも、四角に囲まれた黄色い点々が急速に、自分の方へ寄り集まって来るのだ。

ピピッ

ピピピッ

ピピピピ

何だ。

何が起きている——!?

「お」

茜は左の親指で無線の送信ボタンを押す。

「音黒一尉」

7

●台湾南東　上空

F35B　デビル編隊一番機

『音黒一尉』

ヘルメット・イヤフォンに声。

舞島茜だ。
『音黒一尉、変です』
（――――）
聡子はマスクの中で唇を嚙む。
ドローンの動きが変。
それは分かっている。群れが一斉に、間隔を狭め始めた。
まずい。
目をすがめる。
前方視界の四角形に囲まれた点々が、周囲から中央へ向け、一斉に寄り集まって来る。
包囲して来る……？
やはり。
ＡＩで一元統御されていたか。
隙間を抜けて来ても、センサーで探知されたか。
「くっ」
それでもまだ、目の前へ迫る小型飛行物体を右手の操作で避《よ》け続けながら、聡子は思考を回転させる。

ブンッ

「――くそ」

すんでのところで避けた。

駄目か、これまでか――

いちかばちか。

視線を上げる。

急上昇し、群れの上へ出るか――

しかし

「駄目だ」

視線を上げ、顔をしかめる。

頭上を覆って、群れが天井のように下がって来る。

「EODAS、VRモード」

ボイスコマンドで命じ、一瞬だけ振り向いて後方、そして機体の腹の下を見る。

後方も――

「──下もか。くそっ」
逃げ場がない……!?
どうすれば。
そこへ
『一尉』
舞島茜の声が言う。
『待ってください、戻るのは待って』

●F35B　デビル編隊二番機

「待って」
茜は左の親指で無線の送信ボタンを押し、一番機の聡子へ告げると、その左手でPCDの画面に触れようとするが
「──うわ」
ブォッ
目の前に迫った飛行物体──四つのローターが廻っているのがはっきり見えた──を右

手の操作で、すんでのところでかわす。
く、くそっ……。
どうすれば、画面を変えられる――
(いや)
いや待て。
この機体はF35だ。
焦りまくって、忘れていた。
声で命じればいい。
「兵装管理画面っ」
だが。
視野の下側のPCDでは何の変化も起きない。
ボイスコマンドが働かない――⁉
いや、違う。
(そうか、英語で命じるんだ)
「――ストア・マネジメントシステムっ」

ピッ
するとたちまち、ＰＣＤの右端が燃料コントロールから兵装管理画面に切り替わった。

いいぞ。

「コード７Ｇ」

ピッ
Ｆ35Ｂの機体をワイヤフレームで表した画面の右上。

ＣＯＤＥ７Ｇと表示されたアイコンが白から緑に変わる。

メニューが開く。

開いた……！

「アクティベイト」

茜はマスクの中で怒鳴《どな》った。

「ドローン・スイープ！」

だが声を上げるのとほぼ同時に、目の前に物体が迫る。大きくなる。

（し）

しまった……！

ぶつかる。

反射的に目をつぶった。

しかし
ブブンッ
何かがすぐ左横を通り過ぎ、機体が激しく揺れた。

それだけだ。

まだ、死んでいない――

(――――)

ピピ
目を開いたHMD視野に〈DRONE SWEEP〉という緑の文字表示が浮かび、明滅している。

ドローンが、避けて行った……?

はっ、として視野を見回す。

前方の様子――

今まで、視野の周囲から中央へ寄り集まって来るようだった黄色い点々――飛行物体の群れが、すぼまる動きを止める。

「……………！」

茜は目を見開く。

離れる。

逆に、離れて行く……⁉

まるでトンネルのように、前方に『通り道』が空いていく。

●F35B　デビル編隊一番機

「くそっ」

聡子は右手の操縦桿を本能的に動かし、前方から押し寄せる物体の群れをかろうじて避け続けていたが。

駄目だ。

もう避けられない、このままでは十秒ともたない。

ぶつけられる――

やはり群れへ突っ込むのは、無謀だったのか。

仮に、ここで空中に停止しても。

引き返しても。

後方から下方から、ドローンは押し寄せるのだ。中国の新兵器を甘く見ていた。

「くっ」

聡子は右手を、操縦桿から離してベイルアウト・ハンドルへ移そうとする。

だがその時

『音黒一尉っ』

また耳元で、舞島茜の声。

『待って』

●F35B　デビル編隊二番機

「待って。いま行きます」

茜は無線に叫んだ。

「大丈夫です、そのまま飛び続けてっ」

ドローン・スイープが働いている。

押し寄せて来ていた飛行物体──ドローンの群れが、みずから避けて行く。

ＡＥＳＡレーダーの素子《そし》から発振されたパルスが、ドローンのＡＩに働いて『戻れ』というコマンドを発生している。

ジェリー下瀬の説明の通りなら。

今、それが目の前で起きているのだ。

だが
(聡子さんの機体には、装備されていないんだ)

あの老技術者の言葉の通りなら。

音黒聡子の一番機には、ドローン・スイープ機能を実装する時間がなかった。

でも。

私が、前に出れば――

もう前方ばかり注視する必要はない。

茜は頭を回し、右横――約一マイル側方を見やる。

黒く小さく見える音黒聡子の一番機は、まるでハエにたかられるコウモリだ――

「くっ」

一番機の、前へ出なければ。

反射的に左手でスロットルレバーを摑み直すと、前方へ出した。

運動エネルギーが要《い》る。思い切り前へ――

カチン

ドンッ

アフターバーナー点火。

●F35B　デビル編隊一番機

「――！」

音黒聡子は息を呑んだ。

前方から三個の物体が迫り、視野を埋めた。

まるで壁だ。

避けようがない――

だが右手でベイルアウト・ハンドルを引こうとした、その瞬間。

信じられないことが起きた。

手に力を入れ、脱出装置（脱出してもドローンに当たれば即死だ）を起動しようとしたとき。

ブン

ブンッ

ふいに、激突しようとしたドローンが右方向へ、吹っ飛ぶように避けて行った。

（………!?）

ドローンが。

自分から避けて行った……!?

入れ替わりに

ドゴォッ

何だ。

跳ね飛ばされるように避けて行ったローター付きドローンの代わりに、聡子の目の前に

左側から現われたのはF35だ。

尾部からオレンジの焔《ほのお》を噴《ふ》き、踊《おど》るように聡子の直前方へ占位した。

がくがくっ

ノズルからのブラストを受け、機体が激しく揺れる。

「――ま」

聡子は目を見開く。

「舞島さん⁉」

『大丈夫ですっ』

茜の声は言う。

呼吸が速い、肩で息をする姿が見えるようだ。

『私の後に、ついて来て。ドローンは跳ね除《の》けます』

●台湾南〈演習海域〉

中国人民解放軍　055型巡洋艦〈南昌〉

「おかしい」

索敵担当席で、管制員が首を傾《かし》げた。

「ドローンの動きが、変だ」

「どうしたっ」

管制席の後ろから、食いつくように覗き込んでいた副司令官が声を上げた。

「さっさと始末しろ」

せっかく、艦隊司令官のとりなしで、政治士官から攻撃の許可が出たのだ。

早く始末しなければ、二機のステルス機は空中機雷群を通り抜けてしまう。

手柄がふいになる。

しかし
「ドローンが、ぶつかっていこうとしません」

管制員は頭を振る。

「逆に道を空けて――通り道を空けてしまう。どうしたんだ」

「構わん」

副司令官は、管制員の襟首《えりくび》を後ろから摑んだ。

「爆破しろ」怒鳴った。「全部のドローンを爆破して、始末してしまえっ」

●台湾南東　上空
F35B　デビル編隊二番機

ゴォオオッ

(――――)

まるでトンネルを抜けるようだ――

茜は肩を上下させ、酸素マスクのエアをむさぼり吸いながら前方を睨む。

HMD視野の中、黄色い点々で表現されている小型飛行物体は、見えない手によって押し退《の》けられるように、進路からどいていく。

行く手には、黄色い無数の点々に囲われた一本のトンネルが出来ていく——

その中央を、茜のF35Bは突進した。

「はぁっ、はぁっ」

スロットルは中間位置へ戻し、アフターバーナーはすでに切れている。

目の前の視野の速度スケールは『400』。

ちら、と風防のフレームについたバックミラーへ目をやる。

聡子さんの機、ついて来ている——

ピピ
ピ——

EODASの警告音が、ふいに止《や》んだ。

新たに検出される空中の物体が、なくなったのだ。

「——！」

茜は目を見開く。

出口か。

あれは。

機の進む前方──四〇〇ノットで突き進む空間の前方に、白い『円』が現われた。

何もない空間だ。

黄色の点々に囲われ、白い円がポツ、と現われるとみるみる大きくなる。

（トンネルの出口だ）

近づいて来る。

ゴォオオオオッ
Ｆ35Ｂは、無数の小飛行物体が形成する『円筒』のような中を、その出口へ向け突進する。

すぐ後から、もう一機のＦ35Ｂ。

それは傍から見ると、二匹の黒いコウモリが無数の昆虫の群れの中を超音波の鳴き声で道を空け、通り抜けていくかのようだ。

「聡子さんっ」

茜は無線に怒鳴った。

「出口です」

いつの間にか『音黒一尉』ではなく、心の中でいつも呼んでいる呼び名になっている。

そんなことに気づく余裕もない。

トンネルの出口の円は、さらに大きくなり目の前に迫る。

もう少しだ――

8

●台湾南東　上空

F35B　デビル編隊二番機

(もう少しだ――)

茜はHMD越しに前方を睨んだまま、右手の操縦桿を保持し続けた。

ゴォオオッ

周囲から反響する轟音《ごうおん》は。円筒のように取り囲む無数の物体にエンジン排気音が跳ね返っている……?

もう少し。

風を切って進む。

白に近いグレーの空が、まるで円いトンネルの出口のように、茜の眉間《みけん》の向こうから近づいて来る。

もう少しで。

無数のドローンの群れの中を抜け出る――

そう思った瞬間だった。

キカッ

(――!?)

ふいに周囲がすべて、真っ白になると閃光が茜の視界を奪った。

え――!?

次いで

ドガガッ

凄まじい衝撃が襲い、機体を上下左右に激しく揺さぶった。

ドガガガガッ

叩《たた》きつけるような衝撃と共に、機体が回転する。

ぐるっ

「う」

声を上げることも出来ない。

コクピットが回転する。

「………！」

何だ。

爆発……⁉

●台湾南　人民解放軍〈演習海域〉　055型巡洋艦〈南昌〉

「ただいま自爆コマンドを起動」

管制員がコンソールから顔を上げ、報告した。

「全ドローン、自爆しました」

一千基のドローン――空中機雷をすべて自爆させた。

最初の攻撃をかわしたらしい、アメリカ空軍のF22と思われる二機のステルス機。

それらを確実に葬《ほうむ》るため、〈演習海域〉東側に沿って配置していた空中機雷群を一度に全部自爆させたのだ。

指揮所の空気は「全ドローン自爆」の報告に一瞬しん、となったが。

「よ、よし」

副指令官がうなずいた。

その額には光るものが滴っている。

「これで、アメリカのステルス機は、完全に撃滅したぞ」

「ば」

傍に立っていた将校の一人が、気づいたように両手を挙げた。

「万歳」

「ば、万歳」

「万歳」

「万歳っ」

次々に伝染するように、指揮所の人員が両手を突き上げた。

「万歳」

●台湾南東　上空
F35B　デビル編隊二番機

「うわぁああっ」

視界が回転している。

遠心力。

五点式ハーネスが身体《からだ》に食い込み、両腕はシートのひじ掛けに押し付けられ、上げることが出来ない。

（くそっ）

操縦桿が――

握れない。

茜はただ回転する白とグレーの世界を見ているしかない。

何か、爆発したのか。

この機体はどうなってしまう――

だが次の瞬間。

ピピピ

茜の視野の中央に〈ＲＥＣＯＶＥＲＹ〉という大きな白い文字が浮き出ると、明滅した。

（……えっ）

同時に、操縦桿とスロットルレバーが勝手に動き出し、ＰＣＤ左側にフライトコントロール画面がポップアップすると、そこにも〈ＲＥＣＯＶＥＲＹ〉の文字が現われた。

さらに

ピッ

〈ＡＵＴＯ　ＲＥＣＯＶＥＲＹ〉

〈ＡＣＴＩＶＡＴＥＤ〉

スロットルレバーが勝手に前へ出て、背中でタービンが唸りを上げた。

「そ」

そうかっ……。

自動リカバリー機能――〈低高度墜落防止機能〉が起動したのか。

シミュレーターで一度だけ体験していた。

低高度で、パイロットが制御しきれない機体姿勢の乱れが起きた時。

ひとりでにオートパイロットがエンゲージして、機体のすべての舵面《だめん》を動かす。パイロットの操作無しで、自動的に姿勢を回復してくれる（F35最大の安全機能だ）。

ざぁああっ

風切り音と共に、視界の回転が止まる。

ずんっ

数秒もかからず、水平姿勢に戻った。

「――――」

数秒間、茜は息も出来なかった。

「――はぁ、はぁ」

そこへ

『舞島二尉』

声がした。

無線越しだが。

すぐ近くに聞こえる――

『ここよ。起きてる？』

「――？」
キャノピーの右側に気配を感じる。
頭を回して右を見やると。
ちょうどもう一機のＦ35Ｂが後方から追いつき、すぐ真横に並ぶところだ。
ぐらっ
煽《あお》られて揺れるのを、操縦桿を摑んで止める。
ピッ
自動的にオートパイロットは外れる（役目が済むと、操縦をパイロットへ返す）。
「――聡子さん」
無事でしたか。
茜は無線に応えようとする。
たった今、無数のドローンが形成する『トンネル』を、抜け切る直前だった。
周りのドローンが、一斉に爆発した……？
そうなのか。
何が起きたのか、よく分からない。
ＨＭＤ視野には、頭を横へ向けていても飛行諸元は表示される。高度スケールは『２０

0』、速度スケールは『300』——

海面上二〇〇フィートか。

もう少しで、海面へ突っ込むところだったのか——

「はぁ、はぁ」

『無理に話さなくていい』

右の真横、すぐのところに並んだF35のコクピットから、聡子は言ってくれた。

『今のは、助かった。ドローンを排除する機能は、例のあの——?』

「はい」

茜はうなずく。

「あの人です。時間がなくて。聡子さんの機には実装できなかった——って」

『フフ』

聡子の声は笑った。

『どうだか。わたしがまた怒ると思ったのよ。「余計な物をつけるな」——って』

「——」

『でも、助かった。ありがとうね』

「あの、聡子さん」

茜は思い出して、無線に呼びながら右手を一瞬だけ操縦桿から離すと、ＰＣＤの右端をタッチして燃料コントロール画面へ戻した。

「――うわ」

思わず、声が出た。

『どうした』

「燃料が」

総燃料量のデジタル値を目で読む。

「さっきのアフターバーナーで、だいぶ使いました。島へはもちません」

手持ち燃料の残りは『８４００』――八四〇〇ポンド。

ドローンの群れを抜けるために、数分間で二〇〇〇ポンドも使ってしまった（五〇ポンドしか無駄遣いできないのに）。

もう到底、東沙島へはたどり着けない。

生命は助かったけれど。

ここで〈任務〉をあきらめて、〈いずも〉へ戻るしかないのか……。

だが

『平気よ』

●台湾東　洋上
護衛艦〈いずも〉戦闘指揮所

「おい」

鴨頭海将補が作戦図台を見下ろして、唸った。

訳が分からない、という表情。

戦術情況図の中。表示されている緑の三角形二つは、急に尖端をくるくる回した後、赤い長方形の中へ入り込む形で止まったように見えた。

「いったい、何が起きているんだ」


（――――）

箕輪は腕組みをしていたが。鴨頭と共に戦術情況図を見下ろしながら、しかし心の中で「やった」と思った。

やった――

データリンクの信号は、消えていない。

あの二人はとりあえず生き残っている……。

つい数分前から、衛星経由で送られてくる〈DVL500〉と〈DVL501〉の飛行諸元は、無茶苦茶《むちゃくちゃ》な変化をしていた。

ドローンの群れの中へ突っ込み、避けまくりながら飛んでいるのか。

箕輪は航空管制の資格も持っている。二機の苦闘する様子は、高度、速度、機首方位などの細かな目まぐるしい変化から、読み取ることが出来た。

そして、ほんの三十秒前のことだ。四〇〇ノットの直進状態から急に、海面めがけて突っ込むような高度変化をした。「やられたか」と、一瞬びくっ、とした。

しかし今は、二機とも赤い長方形の中へ斜めに入り込む形で、低空だが安定して飛んでいる。

〈空中機雷〉の攻撃があったのかもしれない。

「いえ、でも」

箕輪は口を開いた。

「危機は、ひとまず乗り切ったと思います」

「だが〈演習海域〉に、入ってしまっているぞ」

「そのようですが」

箕輪は唇を舐める。

あそこまで、飛んで行ったのだ。

あとはもう、編隊長の判断に任すしかない。

「私は、あの二人に任すしかないと思います」

●台湾南〈演習海域〉上空
F35B　デビル編隊二番機

『平気よ』

聡子の声は告げた。

『島へは、辿《たど》り着けます』

「えっ」

茜は右手で操縦桿を保持したまま、聡子の機体を見る。

辿り着ける……？

「どういうことです」

『最短距離で、行けばいい。それだけのこと』

「――」

最短、距離――

思わず、戦術航法マップを見る。

確かに。

いつの間にか。自機を表わすシンボルは、赤い長方形の内側へ入ってしまっている。

HMD下側の機首方位スケールは『240』――南西を向いている。

「レンジ、スリー・シックス・ゼロ」

ボイスコマンドで、マップの表示範囲を広げて見る。

茜は目を見開く。

これは……。

（爆発に巻き込まれ、進行方向がねじ曲がったんだ……）

いつの間にか、真南に向かって飛んでいたのが、南西へ向いている。

表示範囲を三六〇マイルに広げたマップでは、自機シンボルのずっと上――今の機首方位のはるか先に、ぽつんと陸地が現われている。

視力検査の『C』の字のような形――

これは。

『マップで見えるでしょう』

聡子は言う。

『このまま進めばいい。島まで、三三〇マイル』

「で、でも」

戦術航法マップ。
台湾軍からもらっているリアルタイムのデータは、幸い、途切れていない。
最短コース――つまりこのまままっすぐに島を目指せば。
（燃料は――もつ）
しかし、問題は。
自機シンボルと、島を直線で結ぶと。
多数の舟形シンボルが寄り集まる、そのグループの真上を通るのだ。
「中国の艦隊の、真上を通ります」
しかし
『大丈夫』
聡子は言う。

『０５５型巡洋艦の十五マイル以内さえ避ければ、見つからない。今夜は新月』

「――――」

茜は息を呑む。

中国の空母打撃群の、真上を越えて行く……!?

思わず、横を見る。

右横に浮いているＦ35Ｂのコクピットから、聡子の頭がこちらを向いている。

茜も操縦桿から手を離し（手を離してもフライバイワイヤは機体姿勢を維持する）、ＨＭＤの大型バイザーを、両手で額の上へ跳ね上げた。

直接、顔が見たかった。

島へは、どうしても行きたい。

それは私も同じ――

勝算があるのなら行きたい。

「――聡子さん、私も」

だがその時。

洋上の暗闇の中。

じかに肉眼で、真横の聡子の機体を見やった茜は、言葉を失った。

「――!?」

何だ。

この機体の色は、――

9

●台湾南〈演習海域〉上空

F35B　デビル編隊二番機

「――聡子さん」

茜は右横へヘルメットの頭を向けたまま、目を見開いた。

何だ。

聡子の一番機の、機体の色――

闇夜に黒く溶け込むはずのF35B。そのコウモリのようなシルエット全体が、なぜか淡い緑色に光って見える……。

光っている？

HMDのバイザーを上げ、肉眼で見たので気づいた。

「機体に、色がついてる」

『え？』

近接編隊を組み、顔の見える近さに浮いているＦ35Ｂのコクピットから、音黒聡子は不審そうな声を出した。

『どういう──』

「機体が光っています」

『待って』

一番機の、コクピットのキャノピーの下で、聡子のシルエットもバイザーを跳ね上げるのが分かった。

すぐに

『舞島さん。あなたの機体も』

「──えっ」

『光ってるわ』

「──」

茜は息を呑む。
頭を回し、自分の機体を見られる範囲で振り返って見る。
(――嘘)
しかしすぐに、右主翼が燐光《りんこう》――緑色の淡い光を発しているのが目に入った。
私の機体も、光っている――!?
絶句する茜へ
『塗料をかけられた』
聡子の声が言う。
『爆発に巻き込まれた時、浴びたんだと思う』

●台湾南〈演習海域〉
人民解放軍　055型巡洋艦〈南昌〉

「〈千里眼01〉より報告」

歓声に沸いていた戦闘指揮所の空間へ向け、通信士官が立ち上がって告げた。

「報告です」メモを見て、読み上げる。「赤外線センサーに感あり。〈演習海域〉東部より本艦隊へ、接近する飛行物体があります」

「────」

「────」

天井の低い空間で、ひしめき合って歓声を上げていた将校たちが、急に固まった。

両手を『万歳』の形に、中途半端に上げたままの者もいる。

まさか。

疑いの視線が、通信席と、索敵席の方へ向けられる。

「お、おい」

副司令官が、通信士官を睨みつける。

「どういうことだ」

「飛行物体です」

通信士官は、無線から書き取ったメモにもう一度、目をやる。

「〈千里眼01〉が、赤外線により探知しました。〈演習海域〉東部から接近中。機数は二

──レーダーには映っていないそうです。ステルス機と思われます」

「────」

「────」

人民解放軍の軍人たちは。

一般に、自分たちの技術力を、自分たちでは信用していない——そう言われている。

万歳の途中で固まった将校の中には『やっぱりか』という表情の者もいる。

そこへ
「たぶん、さきのステルス機でしょう」

索敵席から、管制員が振り向いて言う。

「撃破は出来ていなかった、と思われます。しかし空中機雷は、自爆する時に〈赤外線感応塗料〉をばら撒《ま》きます。たとえステルス機を撃破出来なくても、赤外線センサーで容易に検知できる塗料を空中へぶちまけ、ステルス機に浴びせて、存在を明らかにするわけです。今回は、その機能がうまくいっ——うわ」

「何が『うまくいった』だ」

副司令官が索敵席へ駆け寄ると、管制員の襟首を掴み上げた。

「さっさと撃墜しろ」

「副司令官」

指揮所の中央にある作戦図台から、艦隊運用指揮官が言った。

「すでに〈千里眼01〉に誘導させ、近傍空域にいる戦闘哨戒中のJ15を二機、向かわせております。飛行物体を確認させます」

「撃墜命令を出せ」

艦隊司令官が命じた。

「わが〈演習海域〉へ、明らかに侵入している。撃墜してかまわん」

●台湾東　洋上
護衛艦〈いずも〉戦闘指揮所

「おい」

鴨頭海将補が、戦術情況図を見下ろしてまた声を上げた。

「あの二機、予定のコースに戻らず、斜めに進み始めたぞ……!?」

「――」

「――」

作戦図台を囲む数人が、同時に息を呑む。

確かに。

二つの緑の三角形――〈DVL500〉と〈DVL501〉は、おそらく中国側から何らかの攻撃を受け、一時的に姿勢と飛行方向を乱した。

幸い、『攻撃』はかわし、無事に切り抜けた——そう見えたが。

一息つく間もなく。

二機は、情況図にあらかじめ引かれたピンク色の線——赤い長方形を迂回する航路へは戻ろうとせず。あろうことか、そのまま斜めに進み始めた。

斜めに進んで行く。

「このままでは」

山根船務士が、鴨頭の横で控えめな声で言う。

「〈演習海域〉の奥——中央部へ向かいますね」

●台湾南　〈演習海域〉上空
F35B　デビル編隊一番機

「大丈夫」

音黒聡子は、秘匿通話越しに告げた。

すぐ左横に浮いている二番機。

そのコクピットにいる舞島茜が肉眼で見て、気づいてくれた。

機体が何らかの塗料のようなものを浴びせられ、燐光を発している。

二機ともだ。

原因は、さっき周囲で一斉に爆発した〈空中機雷〉だろう。おそらく、あれらは自爆すると周囲へ赤外線感応剤のようなものをぶちまける。

この燐光のせいで。

中国側の赤外線センサーには存在を捉えられてしまう――

だが
「大丈夫、このまま行く」

●F35B　デビル編隊二番機

「――えっ」

舞島茜は目をしばたたく。

このまま行く……？

大丈夫――そう言ったのか。

「このまま、行くんですか」

『赤外線では見つかる』

聡子の声は言う。

『でもレーダーには捉えられない。位置が分かっても、測距できなければロックオンは無理』

「――――」

『攻撃される前に、抜けてしまえばいい。スーパークルーズで行く』

「スーパークルーズ、ですか」

『舞島二尉、編隊を離して』

聡子は指示して来た。

『高度、針路そのまま。音速まで加速』

●台湾東　洋上
護衛艦〈いずも〉戦闘指揮所

「二機が、速度を上げたぞ?」

鴨頭が唸った。

情況図を指す。

「このままでは中国艦隊へ、まっすぐ近づくことになる」

「――」

「――」

作戦図台を取り囲む全員が、息を呑んだ。

鴨頭海将補の指摘する通り。

〈DVL500〉、〈DVL501〉の二つの三角形は尖端を斜め下――南西方向へ向けたまま進んで行く。

それればかりか

「な――七一〇ノット……?」

見岳課長が目をしばたたいた。

「どれだけスピードが出ているんだ」

これは。

箕輪は、二つの三角形の動き――広範囲を表示する情況図の中でも移動しているのがはっきりわかるくらい速い――を目で追いながら思った。

例の『スーパークルーズ』か。

話には聞いていたが——

「司令」

箕輪は視線を上げ、鴨頭を見た。

「おそらく、燃料が無いのです」

「燃料……？」

鴨頭が訊き返す。

「予定のコースを飛べないのか」

「その通りだと思われます」箕輪はうなずき、情況図を指す。「彼女らは今、東沙島へまっすぐに向かっている。おそらく、さきの攻撃をかわす際に燃料を消耗《しょうもう》した。予定のコースを飛びきる燃料が、もう無いのです。だからまっすぐに」

「——」

「——」

「まっすぐ行けば、およそ三〇〇マイルだから近い——たまたま、結果的に中国艦隊の真上を通ることになりますが」

「しかし、〈南昌〉の近くを通れば」

鴨頭が言う。

「F35と言えど、〈バーンスルー探知〉で見つかってしまうのではないか」

「いえ」

箕輪は頭を振る。

「たとえ一度ロックオンされても、敵艦がミサイルを発射する前に走り抜けてしまえばいい。F35にはスーパークルーズ能力があり、アフターバーナーを焚《た》かなくても長時間の超音速飛行が可能と」

「だが」

見岳課長が情況図を指す。

「だが、あれを――中国側のあのシンボルは戦闘機だと思うが」

「――」

「――」

「〈J15〉と言うのが二つ、前方から近づいて来る。もう発見されているのでは」

●台湾南〈演習海域〉上空
F35B　デビル編隊二番機

ズゴォオオッ

(――凄い音だ……)

茜はマスクのエアを吸いながら、眉間の先の濃いグレーの水平線を睨んでいた。

前方から足元へ、猛烈な勢いでグレーのまだら模様――海面が押し寄せる。

小刻みに揺れているが。

右手は操縦桿に、軽く添えたまま。

摑んではいない。

フライバイワイヤの操縦系は、パイロットが力をインプットしなければ、そのままの機首姿勢を保持し続ける――だから水平飛行が維持できていれば、下手に触らない方がいい。

眉間の先で、緑の小さな円――ベロシティ・ベクターが、水平線のやや上にぴたりと止まっている。

高度は二〇〇フィート。

スピードは。

(――マッハ一・〇五か)

左手のスロットルレバーは前方に押し進めているが、突き当たるところまでは出していない。

機体はびりびり振動しているが、アフターバーナーは点火していない。

ＰＣＤの右にあるエンジン計器画面ではＮ１回転計が九五パーセント、燃料流量値は『９０００』――毎時九〇〇〇ポンド。

（――――）

小さく肩を上下させ、エアを吸い続けながら茜は頭の中で計算する。

残燃料は、あと七五〇〇ポンド。一時間当たり九〇〇〇ポンドの消費率なら、飛んでいられるのはあと五〇分――

ＰＣＤ左の戦術航法マップ。目的地の島は、一目でわかる――三〇〇マイル先。

三〇分もかからずに着ける、燃料はもつ。

問題は。

「――――」

航法マップの前方を見て、茜は唇を結ぶ。

ぎゅっ、とまとまった形で多数の舟形シンボル――人民解放軍の空母打撃群だ。

この艦隊が一三〇マイル前方にいる……

ピッ

(艦隊だけじゃない)

データリンクで、人民解放軍の動きは分かる――

多数の飛行物体が浮いて見えるが。

その中で、〈J15〉という表示の付いたオレンジの菱形シンボルが、二つ。

やや右前方から、こちらへ近づき始める。

近づいて来る。

間合いは八〇マイル。

ピピピピ

10

●台湾南〈演習海域〉上空

F35B　デビル編隊二番機

(J15か)

ピピ

マップ上では、まだ八〇マイル前方だが。

パッシブ警戒システムが早くも警告音を発し『索敵レーダーのパルスを受けている』と知らせる。

ピピ

ピピピ

続けざまに警告音が鳴り、マップ上の〈J15〉を示す二つのオレンジのシンボル横に、さらに細かい表記がつく（警戒システムも、パルスの解析結果から『接近して来る目標はJ15』と判定した）。

二機が急速に近づきながら、こちらを探している。

だが、レーダーのパルスを受けても。

F35は、パルスを発振元の方へは跳ね返さない。見つかることは無い――

『来るね』

ヘルメット・イヤフォンに聡子の声。

『J15か』

「はい」

茜はうなずく。

視線を右横へやると。

濃いグレーの水平線の少し上、コウモリのような機影が小さく浮いている。

音速を出す前に、互いの衝撃波を受けないよう、編隊の横間隔は少し離した（三〇〇フィートくらいか）。

「二機、来ます」

『その後ろにも二機』

聡子が指摘する。

『CAPには計四機、出ていた。空母からも多分、もっと上がってくる』

「はい」

そうだ。

茜はちら、と戦術航法マップを見やる。

あそこには空母もいる。

戦闘空中哨戒《CAP》の予備機として、たぶんもう二機は、すぐに発艦できる態勢にあるはず

——

ピッ

考えているうち、艦隊輪形陣の中央付近に新たなオレンジの菱形が出現した。

（出て来た）

●台湾南〈演習海域〉

中国人民解放軍　055型巡洋艦〈南昌〉

「戦闘哨戒中のJ15二機、指向されました」

対空戦闘管制席から、別の管制員が報告した。

「〈蒼鮫《あおざめ》01〉および〈蒼鮫02〉、赤外線で探知された標的へ向かいます」

「――」

「――」

戦闘指揮所の全員の視線が、対空管制席へ集中する。

「標的、現在、わが艦隊の北東一二〇マイル」

管制員はさらに報告する。

「一直線にやって来ます」

管制席のコンソールには大型ディスプレーがあり、頭上に滞空するKJ２０００早期警戒管制機二機からのデータリンクにより、周囲の情況が見られる。

「そうやって、赤外線で」

副司令官が、管制席を後ろから覗き込んで訊く。

「ステルス機の位置は分かるのだな？」

「は」

管制員はディスプレーを指す。

画面上では赤い『未確認』を示すシンボルが二つ、北東方向から画面中央――艦隊の位置へ接近して来るところだ。

距離は一二〇マイルを切り、さらに近づく。

「この通り、〈千里眼01〉が標的二つを赤外線センサーで捉えております。ただし」

「ただし？」

「レーダーで捕捉したわけではないので、精確な位置情報ではありません」

「ではJ15は、ミサイルを使って、これらを墜《お》とせるのか？」

先ほど空中機雷がばらまいた〈赤外線感応剤〉の効果で。

アメリカ軍のF22と思われる二つの飛行物体——ステルス戦闘機は、赤外線センサーによって存在を掴むことが出来るようになった。

しかし依然として、レーダーには映らない。

「いいえ、ステルス機と言えど」

管制員は、画面上の〈J15〉を表わすシンボルを指して言う。

「J15が間近まで接近し、火器管制レーダーを照射すれば、ロックオンは可能かと思われます」

「J15が携行しているのは、赤外線誘導ミサイルだろう」

横から別の将校が言う。

「赤外線で探知出来ていれば、レーダーなんか要らないんじゃないのか」

「いいえ」

管制員は画面を指しながら説明する。

海軍の軍艦の中なので、ここで航空機の兵装に一番詳しいのは対空戦闘管制員だ。

「〈蒼鮫01〉と〈蒼鮫02〉が携行するのは、赤外線誘導方式のPL8型ミサイルですが。これは射撃管制レーダーで標的への距離を精確に測り、データをインプットしてやらないと、標的が射程外にあるのか射程内にあるのか、あるいは危険なほど近距離にいるのかの判定が出来ず、弾頭が作動しません」

「赤外線誘導でも、レーダーによるロックオンは必須なのか」

「そうです」

管制員はうなずく。

「しかし、いくら相手がステルス機でも。J15が真後ろ一マイルくらいまで肉薄すれば、ロックオンは可能だと思われます」

●台湾南〈演習海域〉上空
F35B　デビル編隊二番機

『でも、何機が来ようと』

聡子の声は言う。

『攻撃したければ、わたしたちの真後ろへ食いつかなければならないわ』

「はい」

出発前に、聡子と話したのは。

中国側が戦闘空中哨戒に出している艦載機――J15戦闘機のことだ。

Ｊ15は、スホーイ33戦闘機の艦載型と言われる。第四世代戦闘機であり、空戦性能はF15イーグルとほぼ互角――そう見られているが。

現在、中国が保有する航空母艦には艦載機を射出するためのカタパルトは装備されておらず、代わりに『スキージャンプ甲板《かんぱん》』を使って発艦を行なう。

カタパルトで押し出すのではなく、自機のエンジン推力のみで発艦しなくてはならないので、艦載機は発艦重量が限られる。空母から出てくるＪ15戦闘機は重量の制限を受けるため、重たい中距離ミサイルは装着出来ない。携行しているのは、軽量・短射程の赤外線誘導ミサイル二発だけだ。

万一、島への途上で遭遇し、追いかけられても。

おそらく、真後ろ一マイル以内に接近されなければ。射撃管制レーダーの測距機能が働かないから、ミサイルも機関砲も当てられる心配はない（機関砲は三〇〇〇フィートまで近づかないと、どっちみち当たらない）。

ピピ

二機のＪ15戦闘機を示すオレンジの菱形二つは、やや右前方から急速に近づく。みるみる近づいて来る（相対速度は音速の二倍以上か）――

「――」

茜は唇を嘗《な》める。

どのみち空戦をしている暇など無い。

ただ、進むだけだ。

(気をつけるのは、この巡洋艦)

マップの前方、もう一〇〇マイルくらいだ。艦隊輪形陣のほぼ中央にいる舟形シンボル――〈TYPE055 DDG〉と表示されている一隻。これはイージス艦と同等か、それ以上の対空防御能力を持つミサイル巡洋艦だ。

強力なフェーズドアレイ・レーダーを持ち、F35と言えど近距離に近づくと探知され、対空ミサイルにロックオンされてしまう。

(これの一五マイル以内に近づいては――)

ピピピ
「――えっ」

考えているうちにも。

茜のHMD視野の右上の方に、何か現われる――四角で囲われた黄色い点だ。

二つ。

(……‼)

目をしばたたく。
頭上へ目をやる。
もう、ＥＯＤＡＳがＪ15をカメラで捉えた……？
四角に囲われた二つの黄色い点は、白い空の中をたちまち後方へすれ違う。
目で追おうとするが、相対速度が大きい――
くそっ。
『後ろへ二機、廻り込んで来る』
聡子の声が言う。
ピピ
それだけではない。
『前からも来るわ。二機』

●台湾南〈演習海域〉
人民解放軍　０５５型巡洋艦〈南昌〉

「〈蒼鮫01〉および〈蒼鮫02〉、上方より、標的の後方へ廻り込みます」

対空戦闘管制席から管制員が報告した。

「続いて〈蒼鮫03〉、〈蒼鮫04〉、標的の針路前方より接敵。さらに、〈山東〉を発艦した〈蒼鮫05〉および〈蒼鮫06〉、その後に続きます」

「よし」

副司令官がうなずく。

対空戦闘管制席の大型ディスプレーでは。戦闘空中哨戒に出していたもう二機のJ15と、新たに空母〈山東〉から発艦させた予備のJ15二機が、画面上を進み始める。

画面上、北東方向から艦隊へ接近して来る赤い二つの飛行物体シンボル。

これに対して二機のJ15が今、上空をすれ違ってから急降下旋回で後方へ廻り込み、手前から新たに向かう四機は二機ずつペアとなり、正面から対向して接近する。

挟み撃ちだ――

「ふふ」副司令官は腕組みをした。「いかにアメリカ軍のステルス機でも、目視圏内で六機が相手になれば手も足も出るまい。取り囲んで袋叩《ふくろだた》きにし、血祭《ちまつり》にあげろ」

●台湾南〈演習海域〉上空

F35B　デビル編隊二番機

『前から、さらに来る』

聡子の声が言う。

ピピッ
ピピ
その通りだ。

声に重なり、ＥＯＤＡＳの警告音が『新たな目標を探知』と知らせる。

前方から押し寄せる海面。

（────！）

目を見開く。

ＨＭＤの前方視界には、左右に少しずれて重なる形でポツ、ポツと四角に囲われた黄色い点が四つ並んで現われる──水平線のやや上だ。

来た。

（──低空まで降下しているけれど）

私たちより、少し高い──

茜は顎を引き、前方の水平線に注意は残したまま、目を横へ動かして右後方へ注意を向ける。

ピピ

ピピ

ＥＯＤＡＳが接近警告音——

ピピピピ

ピピピピ

後ろに、廻り込んで来る。二機か……

前からも来る。

どうする。

そこへ

『舞島さん』

聡子の声が告げた。

呼吸は速いけれど、おちついた声。

『いい？』

「——？」

『わたしが合図したら。今から言う機動をして』

「え」

『大丈夫』

（………!?）

いったい――

茜は視野の中で、右横の一番機を一瞬だけ見た。

何をしろ――って……？

「あの」

『大丈夫』

だが茜に訊き返す暇は与えず、聡子は畳みかけた。

『F35に来て、まだ格闘戦訓練なんてやっていない。でも、あなたなら出来る』

ピピピピピピ

●台湾南〈演習海域〉

人民解放軍　055型巡洋艦〈南昌〉

「〈蒼鮫01〉、〈蒼鮫02〉、標的二つの後方にそれぞれ占位」

管制員が声を上げた。

「二機ともアフターバーナー全開で食らいついている模様。間もなく、一マイル以内へ接近します」

おう

おぉ

戦闘指揮所の全員が、対空戦闘管制席の大型ディスプレーに注目する。

画面上の二つの赤い飛行物体シンボルは、二機のＪ15に後尾へ食らいつかれても進行方向を変えない（逃げ切る自信でもあるのか）。

しかし、赤い二つのシンボルに対しては、その前方からも四機のＪ15が迫って行く。

進路は、もう塞がれている——

「こういう場合」

作戦図台の横にいた幕僚の一人が言う。

「航空隊の演習を何度も見たが。こういう場合、あの赤い二つは左右に分かれて横方向へブレークし、逃げるしかない。だがそうすれば、三機ずつが後尾に食らいつき、どんな逃げ方をしてもミサイルを撃ち込まれて食われる」

「なるほど」

「あのＦ22二機は、今度こそ最期《さいご》か」

「────」

学龍臣は、独りで政治士官席に座り、腕組みをしていた。

騒がしい──

先ほどから戦闘指揮所の将校や幕僚たちは、興奮した様子で情況画面に見入っているが。

あの二つは。

あの二つの飛行物体──

（────）

学は眉を顰めた。

なぜ、わが艦隊へまっすぐに接近して来る……？

何が目的だ。

二機は、先ほどは空中機雷に攻撃を受け、赤外線感応塗料を浴びせられて、もう姿を隠すことは出来ない。今は六機の戦闘機に前後を挟まれ、袋の鼠《ねずみ》だ。

（なぜ逃げない……？）

とうに、フィリピン方向へ逃げ帰っていていいはず。

演習を偵察に来て殺されて、どうする。

「いや……ひょっとしたら」

学龍臣は、対空戦闘管制席の方を横目でちらと見て、つぶやいた。

「あれは本当に」

「は？」

隣の司令官席から、艦隊司令官が訊き返した。

「何か、おっしゃいましたか。政治士官」

「あれは」

学は管制席の情況画面を顎で指した。

「あそこにいるのは本当に、アメリカのF22だと思うか」

「どちらにせよ、あの二機はもう袋の鼠でございます」

艦隊司令官は言った。

「撃墜したら、ただちに残骸《ざんがい》を引き上げましょう。アメリカのステルス技術の秘密が、手に入ります。国家主席もお喜びに――」

「〈蒼鮫〉編隊が、標的をロックオン」

管制員がまた声を上げ、会話を遮った。

「ロックオンに成功しました、攻撃するぞ」

11

●台湾南〈演習海域〉上空
Ｆ35Ｂ　デビル編隊一番機

ピピピピピピピ
（――ロックオンされた）

音黒聡子は視線を上げる。

うるさいほどの警告音。

ＨＭＤ視野に赤い〈ＡＡＭ　ＬＯＣＫ〉という警告メッセージが出て、明滅する。

キャノピーのフレームにつけたバックミラーへ目をやる。

右後方、鋭い戦闘機の前面形が小さく浮かび、アフターバーナーの火焔《かえん》を白く瞬《また》かせながら肉薄して来る――

ピピピピピピピピッ

来る。

ミサイルを撃たれるか。

目を凝らす。

今だ……！

右手で操縦桿を摑む。

「プルアップ」

聡子は酸素マスクのマイクへ怒鳴った。

「ナウ！」

●F35B　デビル編隊二番機

『ナウ！』

イヤフォンに聡子の声。

今か。

合図が来た。

「――くっ」

茜は歯を食いしばり、息を止めると左手でスロットルレバーを一気に手前――アイドル位置へ。

カチン

引き付けた左手の親指でスピードブレーキのスイッチを引き、同時に右手で操縦桿を叩きつけるように手前へ引いた。

ぶわっ

「ぐわ」

身体がシートに叩きつけられる――

目の前で、水平線が下向きに吹っ飛ぶ。

ざぁあああっ

白い空が上から下へ。

(――二五〇)

歯を食いしばりながら、心の中で自分へ言い聞かせる。

二五〇ノットだ。

Gがかかる。

さらに歯を食いしばる。

機体は吹っ飛ぶように上昇しながら、みるみる背面に――

視線を上げる。

（⁉）

何か、真っ白い閃光を曳《ひ》く細い物体が、すぐ頭の上をすれ違って行った。

ブンッ

ギシシッ
ミサイルとすれ違った衝撃波で機体は一瞬、激しく揺れたが。

推力をゼロにして最大の上《あ》げ舵《かじ》を取った機体は、宙で背面になりながらみるみる減速、次の瞬間には茜の視野の速度スケールがするする減って『２５０』を切る。

二五〇ノットを切るまで待つこと。

ついさっき、機動のレクチャーをしてくれた聡子が強調した。

この機体のフライトコントロール・システムは精緻《せいち》に出来ていて、対気速度が二五〇ノットを一ノットでもオーバーしていると、ＳＴＯＶＬモードになってくれない。

だからＨＭＤの速度スケールが『２５０』を切るまで、ＳＴＯＶＬスイッチは押すな。

（――今だっ）

茜は背面姿勢のコクピットで、左手を伸ばしてグレアシールド左側のＳＴＯＶＬスイッチを叩きつけるように押した。

ピッ

〈ＳＴＯＶＬ〉

途端に

ぐばっ

茜の背中の後ろでリフトファン吸気扉が開き、突風の中に立てた壁のように凄まじい空気抵抗を発生した。

同時に尾部ノズルが偏向して斜め下を向いていく。その様子がＨＭＤ視野の右下にも小さな図形で表示されたが、茜には見ている余裕は無い。

グルッ

「――ぎゃあっ」

シートに再び叩きつけられ、悲鳴が出た。

何だ、この回転運動――!?

ずざぁああっ

すべては一瞬だった。

白とグレーの視界が激しく下向きに流れ、気づいた時には頭上から濃いグレーの水平線が降って来て、茜の眉間の先でぴたり、と止まった。

ざんっ
「――ええっ⁉」

何だ。

どうなっている。

茜は息を呑む。

すぐ目の前、水平線に重なって白黒写真のような戦闘機のシルエットが、無防備にも後尾をさらしていた。その双発ノズルが白い閃光を吐く――アフターバーナーか。

「――――」

これは。

J15か。

たった今、真後ろからミサイルを撃って来た……？

目を見開くが
『パワーを全開』

聡子の声が叱咤《しった》した。

『加速。追いつけっ』

●台湾南〈演習海域〉

人民解放軍　０５５型巡洋艦〈南昌〉

「な」

対空戦闘管制席の管制員が、画面を見ながら一瞬、絶句した。

「何が起きたんだ……!?」

「どうしたっ」

副司令官が屈みこむ。

「F22をやったか」

「い、いいえ」

管制員は『信じられない』という表情で、画面を指す。

指先が震えている。

「な、何が起きたのか——標的二つが、〈蒼鮫〉編隊の真後ろへ瞬間移動しましたっ」

●台湾南〈演習海域〉上空
F35B　デビル編隊二番機

「くそっ」

茜は左手のスロットルレバーを前へ出し、最前方へ叩きつける。

その左手でSTOVLスイッチを叩くように押し、OFFに。

ピッ
〈STOVL　OFF〉

背中でタービンが唸りを上げ、リフトファンの扉が閉じて行く。

ゴンッ
逃がすか。

茜は前方の機影から目を離していない。

視野の中で操縦系がSTOVLモードから通常モードへ遷移《せんい》する様子が、記号や図形で表示されるが、目をやる余裕もない。

キイイインッ
尾部ノズルがまっすぐになり、スロットルレバーを最前方へ出してあったので自動的にアフターバーナーが点火する。

ドンッ
また背中を叩かれるような、加速G。

追いつけ。

逃がすな。

（聡子さん――）

しかし聡子さん、なんという技を――

Ｆ35のテクニカル・オーダーには、たったいま教わって実行した機動方法など、どこにも載っていない。

いったい、どうやって宙でひっくり返って後方の〈敵機〉の真後ろについたのか。

（いや、今は考えている場合じゃない）

視野では、前方から手繰り寄せるように白黒の機影の後姿が近づく――いや、こちらが追い付いていく。

マスター・アームスイッチ、ＯＮ。

左の指で、兵装を生かすスイッチをつまんで、引き上げる。

ピッ
〈MASTER ARM〉

黄色いメッセージが浮かんで明滅する。

その文字に重なり、J15戦闘機の尾部と背中が迫って来る。みるみる追い付いていく
――間合い一〇〇〇、いや八〇〇フィート。こちらの位置がやや高い、二枚の垂直尾翼の間に涙滴《るいてき》型のキャノピーが見える。さらに追いつく。

近い。

左の親指で、兵装選択を〈機関砲〉に。

ピッ
〈GUN〉

HMD視野の中央に、機関砲射撃用の照準レティクルが浮かび、自動的にレーダーが起動して、すぐ前方のJ15戦闘機との間合いを測る。

この時点で初めて茜のF35BのAESAレーダーはパルスを出して、直前方の機体をまさぐった。

(――今、気づいたか)

HMD視野いっぱいに近づいた双発・双尾翼の戦闘機は。コクピットでロックオン警報

が鳴り響いたのだろう、操縦者の驚愕《きょうがく》を表わすかのように機体がびくっ、と跳ねるように揺れた。

キャノピーの下で、ヘルメットの頭がこちらを振り向くのが見えた。

茜は右手の中指をトリガーに掛ける。

（当てる必要はない）

右手首をほんのわずか、こじり上げると。

中指でトリガーを絞った。

ヴォッ
茜の左肩の後ろから、二五ミリ機関砲の射弾が真っ白い閃光と共に前方へ伸びると、中国製戦闘機のキャノピーのすぐ上をかすめて薙《な》ぎ払《はら》った。

当たっていないのにキャノピーは砕《くだ》けて弾《はじ》け飛び（粗悪品か……？）、次いで射出座席が作動して搭乗員を宙へ吐き出した。

「くっ」

衝突せぬよう、茜は右手で機体を傾け、主を失ったJ15戦闘機を追い越した。

操縦されなくなったJ15は、二〇〇フィート下の海面へたちまち沈み込んで行く。

海面へ突き刺さるところは、追い越したので見えない。

ほとんど同時に、頭上を数機の戦闘機がすれ違う。

『よくやった』

聡子の声。

『このまま逃げる』

●台湾南〈演習海域〉

人民解放軍　０５５型巡洋艦〈南昌〉

「何が起きているのか、よくわかりません」

対空席の管制員は、通信用のヘッドセットを手で押さえ、言った。

「〈蒼鮫01〉と〈蒼鮫02〉が、共にレーダーから消失。〈蒼鮫〉の全機が混乱しているようです」

「混乱？」

副司令官は。今度は対空戦闘管制員の襟首を摑む。

「おい、どういうことだ。Ｆ22は撃墜できたのかっ」

「撃墜は、報告されていません。〈蒼鮫〉の全機が混乱していて、通信が」

「スピーカーに出せ」

副司令官は怒鳴った。

「何が起きている。戦闘機同士の交信をスピーカーに出せ」

「は、はい」

管制員が卓上で操作すると。

コンソールの頭上のスピーカーに、ノイズと共に声が出た。

『ば、ば――』

激しい呼吸音。

いくつもの声が交錯する。

『化物《ばけもの》』

『あれは化物だ』

『緑色に光る化物だっ』

●台湾南〈演習海域〉上空
F35B デビル編隊一番機

「舞島二尉」

聡子は無線の送信ボタンを押すと、舞島茜へ言った。

「わたしたちが島へ行くところを、見られるわけにはいかないわ」

『はい』

賢い子だ——

聡子は、左真横をちらと見る。

さっきは。口頭で短くレクチャーしただけで、わたしが苦心の末に編み出した〈必殺技〉を理解し、教えた通りにやってみせた。

舞島茜——過去に〈政府専用機乗っ取り事件〉の渦中、尖閣上空で十機のＪ15を相手に独りで闘ったという。赴任して来るときに機密ファイルを見せてもらい、知った。

島へ行くところを見られてはいけない——

わたしの言葉の意味は分かるはず。

『あれを、やるのですか』

「その通り」

聡子は、左横に並ぶＦ35Ｂのコクピットで、茜が左手で上方を指す仕草をしたので、うなずいた。

「もう〈正当防衛〉の要件は成立してる。やるわ」
●台湾南〈演習海域〉
人民解放軍　０５５型巡洋艦〈南昌〉

「何をやっている⁉」

副司令官は戦闘指揮所の作戦図台を振り向くと、艦隊運用指揮官をはじめとする幕僚たちへ怒鳴った。

「〈蒼鮫〉四機に、Ｆ22を追撃させろ。逃がすんじゃないっ」

「は」

「はい」

「はいっ」

だがそこへ
「ミサイル警戒！」

横から別の声が割り込んだ。

大声だ。

「ミサイルが来ます」

「――――!」

「――――!?」

「!?」

声を上げたのは。〈南昌〉の誇る346型フェーズドアレイ・レーダーの管制席に着く対空警戒監視員だ。

「ミサイルが接近」

管制卓の大型ディスプレーを見ながら報告する。

「本艦の北東三〇マイルに、ミサイル出現。弾数二。接近中」

「副司令、F22の位置です」

対空戦闘管制員も振り向いて報告する。

「赤外線で捉えたF22の位置に、ミサイルが出現しました」

「さらにミサイル出現」

対空警戒監視員も声を上げる。

「さらに出現。弾数二。計、弾数四」

「撃って来たと言うのかっ」

副司令官は顔を赤くする。

「わが艦隊をか。馬鹿な」


「ぜ、全艦隊」

艦隊運用指揮官が「はっ」と気づいたように指示を発した。

「対空警戒態勢。全艦、第一種戦闘配置を取れ」

「了解。第一種戦闘配置」

「第一種戦闘配置」

「対空戦闘、用意っ」

次々に指示が復唱され、次いでサイレンが鳴り始めた。

ヴィイイッ
ヴィイイイイッ

「た」

副司令官が対空警戒監視席へ駆け寄ると、目を剝《む》いて訊いた。

「対艦ミサイルなのかっ？　飛んで来るのは」

「い、いえ――」

監視員はコンソールのキーボードを使いながら、頭を振る。

「――違うようです。ミサイルの種別、判明」

「何だ」

「解析結果――ＡＩＭ１２０。アメリカ製の中距離空対空ミサイルです」

同時に
「ミサイルは上空へ向かいます」

別の管制席からレーダーのオペレーターが告げた。

「ミサイルは本艦へは来ません、四発とも上空へ向かいま――あっ」

「何」

副司令官の訊き返す声に重なり
『こ、こちら〈千里眼01〉』

戦闘機同士の交信をモニターしていたスピーカーに、別の声が出た。

速い呼吸の声だ。

『緊急事態、緊急事態。ミサイルが本機へ接近。緊急回避に入る』

「な、何」

副司令官は目を剝く。

「ミサイルは、上空のAWACSを狙《ねら》っているというのかっ――!?」

さらに

『こちら〈千里眼02〉』

また別の声が告げて来た。

『ミサイルが本機へ接近。これよりチャフを撒き緊急回避。一時的に空域を離脱します』

「――――」

学竈臣は政治士官席で腕組みをしていたが。

戦闘指揮所の喧騒《けんそう》を見ながら、ゆっくりと立ち上がった。

天井スピーカーからは、二機のKJ2000――早期警戒管制機がミサイルに狙われ、緊急回避機動で逃げ出して行く様子が告げられる。

学は眉を顰めた。

AWACSを。

ミサイルで追っ払ったか――

「――――」

「政治士官」

立ち上がった学寵臣を、隣の席から艦隊司令官が見上げる。

「どうなさいました」

「うん」

学は、司令官に「構わなくていい」と手振りで告げると。一段高くなっている政治士官席から下り、壁際の対空戦闘管制席へ歩み寄った。

席では管制員が「Ｆ22をロスト」と叫んでいる。

「どうした」

「は」

学が尋《たず》ねると、管制員は大型ディスプレーを指した。

「たった今、〈千里眼01〉と〈千里眼02〉がミサイル回避のため緊急急降下旋回に入りましたので、赤外線探知をロストしてしまいました」

「うむ」

学はうなずく。

確か、KJ2000のIRST――赤外線センサーは機体の腹についている。

「それは、見失うだろうな」

「はい」

「最後に二機が探知された位置は」

「は」

管制員はディスプレー上の一点――艦隊周辺情況図の中の一点を指す。

「ここです。本艦の北東二〇マイルの位置」

「そうか」

学はうなずき、腕組みをする。

「…………」

長身の男は、何か思いついたように視線を上げ、天井を見た。

●055型巡洋艦〈南昌〉　航海艦橋

「これは政治士官」

〈南昌〉の航海艦橋は海面から一八メートルの高さだ。

学が独りで艦橋へ入って行くと。

戦闘服姿で中央に立ち、双眼鏡を手にしていた艦長が、驚いたように振り向いた。

第一種戦闘配置だ。

闇夜の海上を見渡す艦橋でも、士官たち全員が戦闘服の上に救命胴衣を着用し、緊張した面持《おもも》ちで配置についている。

「どうされました」

「何か見えるか。艦長」

学は、あまりあてにしない態度で訊いた。

「水平線の上だ」

「い、いえ」

学よりも年上の艦長は頭を振る。

「何も見えません」

「ちょっと、出るぞ」

学は左舷《さげん》側のウイング・ブリッジへの出口を指す。

「外の様子が見たい」

●055型巡洋艦〈南昌〉　航海艦橋
ウイング・ブリッジ

艦橋の左右へ張り出した、見張りのためのウイング・ブリッジには潮風が吹きつけている。

（―――）

学が出て行くと。見張り員一名が風に吹かれ、夜間用双眼鏡を顔に当てて海面を監視していた。

見張り員と並んで、学は水平線とおぼしき辺りを見た。

暗いな。

新月の夜は、すべてが黒い。

水平線がどこなのかもわからない――

そこへ
「政治士官」

後から〈南昌〉の航海長が、ウイング・ブリッジへ出て来ると学の隣に緊張した様子で立った。

「政治士官、第一種戦闘配置です。危険があるかもしれません。中へ」

「いや」

学は遠くへ目をやりながら、頭を振る。

「この艦が攻撃されることは、たぶん無い。大丈夫だ」

「？」

学は左後方の、水平線とおぼしき辺りを見続ける。

あの二機が、最後に探知された位置からそのまま飛行したとすると。

あの辺りを通るはず――

何か、見えないか。

目を凝らすと
「――あっ」

双眼鏡を覗いていた見張り員が小さく声を上げた。

「あれは⁉」

（………⁉）

学も気づいた。

左舷後方の、水平線。
何だ。
目を細める。
何か光った。
緑色の――？
何だ、あれは……
それが見えたのは、数秒だけのことだ。
緑の燐光を発する、ひどく小さなものが水平線の上に現われると、横向きに走った。
二つ。
疾《はや》い。
漆黒の闇の中、緑に瞬きながら水平線上を走り抜けると、たちまち消えてしまう。
「何だ、あれは――」
「おい、何だ、今のは」
航海長が見張り員に訊く。
双眼鏡で見ていたのなら、形状が分かるだろう、という感じで問うた。

「形が分かったか」

「い、いいえ」

見張り員は若い水兵だ。

双眼鏡を顔につけたままで頭を振る。

緑に光る物体は、もう水平線の向こうへ行ってしまったのだろう。

〈南昌〉から見える範囲に姿を現わしたのは、ほんの数秒か――

「飛行物体だったと思いますが」

双眼鏡を覗いたまま、見張り員の水兵は興奮したような息遣いで言った。

「今のは、まるで――」

「まるで、何だ」

「は。まるで」

水兵は、つぶやくように言った。

「今のあれはまるで――日本のアニメに出て来るJAM《ジャム》です」

「?」

「………?」

エピローグ

●茨城県　小美玉市《おみたま》
航空自衛隊百里基地　アラートハンガー

二か月後。


『――政府は新型コロナウイルスの感染法上の分類を、これまでの「2類」から「5類」へ引き下げる決定をしたと発表しました』

スタンバイルームの隅《すみ》に置かれたTVが、朝のニュースを流している。

『間もなく、官邸で常念寺総理の会見が行なわれます』

「――――」

飛行服姿のまま、黒い革張りのソファで画面を眺めているのは細身のパイロットだ。

袖《そで》の階級章は三等空尉。頬杖《ほおづえ》をつく横顔には、まだ少年のような雰囲気がある（年齢は二十代の前半か）。

左胸の航空徽章《きしょう》の上には『S　KIZUKI』のネーム。

見るとはなしに、画面を眺めていたが。

若いパイロットはちら、と斜め上へ視線をやると、おもむろに立ち上がった。

窓の外、飛行場を覆《おお》う層状の雲の底から、雨が降《ふ》り出しそうだ。


「どこへ行くんだ、城《きずき》」

ソファのもう一方の端で、膝《ひざ》にタブレット端末を置いている飛行服姿が訊《き》いた。

このパイロットも若い。

今朝のアラート待機は珍しく、三等空尉の同期生同士の組み合わせだ。

「またハンガーか」


「──雨が降りそうだ」

城、と呼ばれたパイロットはぼそりと応《こた》えた。

「機体を見ておく」

●アラートハンガー　格納庫

「――――」


重たいドアを押し、スタンバイルームから隣接する格納庫へ足を踏み入れると。

広い空間だ（スクランブルが発令されないうちは静かだ）。

体育館のような湾曲《わんきょく》した天井の下、二つの蒼《あお》い流線形が機首を揃《そろ》えて並んでいる。

ブルーの濃淡が絡《から》み合うような洋上迷彩。

単座のコクピット。

機首は鋭《するど》く、その下側に鮫《さめ》の口のようなインテークがある。

細身のパイロットは、手前側の機体へ歩み寄ると、その周囲をゆっくりと歩き始めた。

今朝、自分にあてがわれたF２戦闘機の外形を細部まで――時にはミサイルランチャーを手で摑《つか》んで取り付け具合を確かめるなどしつつ、目視点検した。

一回りすると。機首左側に掛けられた搭乗梯子《ばしご》を上り、コクピットへ入った。


「――――」


電源は入っていないので、計器画面はすべて黒い。

コンソールの各スイッチの位置を確かめてから、前面風防に掛けておいたヘルメットを手に取った。

〈PECKER〉——とTACネームをペイントしたグレーのヘルメットを、ひっくり返して点検していると

「城三尉、いるか」

機首の下から声がした。

「はい」

知っている声だ。

パイロットは返事をして、射出座席から立ち上がると、梯子を下りた。

自分を呼んだ飛行服の男に、差し向かいで敬礼する。

「班長」

「うむ」

一尉の階級章をつけた三十代のパイロットは、向き合って答礼すると、告げた。

「城、お前、今朝《けさ》の待機が明けたら司令の部屋へ行け」

「司令の部屋——ですか」

「そうだ」

飛行班長の一尉はうなずく。

「辞令が出ているぞ」

「辞令……？」

怪訝《けげん》そうな表情をした若いパイロットに、飛行班長の一尉は「心配するな」と笑いかけた。

「心配はいらん。異動の辞令だが、悪い話じゃない」

「――」

「詳しいことは、司令に伺え」

「――はい」

「あぁ、一つだけ」

一尉は、若いパイロットの面差しを見て、訊いた。

「城。お前、船酔いはしないだろうな？」

船酔い……？

城という名の若い戦闘機パイロットは、考えるように斜め上へ視線をやった。

「船は――あまり乗ったことが無いので」

「そうか」

飛行班長はうなずいた。

移動の辞令が出たことを、直属上司の班長が、わざわざアラートハンガーまで本人へ伝えに来た。

通常は無いことだ。

所属している百里基地の第七航空団で、注目される人事なのだった。

「操縦センスの良い奴《やつ》は、三半規管が鋭いので、乗り物酔い——船酔いをしやすい。心配と言えば、そのくらいなんだが」

「…………？」

●東京　永田町

総理官邸　会見ルーム

「それでは」

乾首席秘書官が、スタンドマイクの前に立つと、記者席へ向けて告げた。

「これより内閣総理大臣が入場し、会見を行ないます。質問は、総理の発表の後に受け付けます」

ざわっ

会見ルームは二〇〇名余りを収容する空間だ。しかし十数列もある記者席は満席で、通路や、後方の壁際に立っている者もいる。

TV局の撮影班があちこちにカメラを設置している。

その全員が、空間の右前方へ一斉に注目した。

常念寺貴明《たかあき》が入場して来た。

まだ四十代の若い総理大臣は、壇上の国旗に一礼すると、演壇に立った。

居並ぶカメラの方へ、視線を向ける。

軽く咳払《せきばら》いをする。

「――国民の皆さん」

●総理官邸地下

NSSオペレーションルーム

オペレーションルームのメインスクリーンには、NHKの地上波放送を出している。

『国民の皆さん』

会見が始まった。

今、常念寺貴明がカメラの放列の向こうにいる国民一人一人へ向けて、政府の決定を発表するところだ。

『本日は、内閣総理大臣として、政府の重要な決定について発表いたします』

「――――」

門はオペレーションルームの空間の中央に立ち、スクリーンを見上げていた。

見上げながら無意識に、頰《ほお》の不精髭《ぶしょうひげ》を右手の甲《こう》で触った。

ここ二か月というもの。

例のバクテリアが東沙島へ届けられてから、不眠不休に近い状態だ。

幸い、東沙島の海洋生物研究所では、シックス・β《ベータ》バクテリアの増産に成功した。

間に合ったのだ。

今では台湾・日本をはじめ全世界の製薬会社、それに食品メーカーの工場がフル操業して〈シックス・βサプリ〉の量産にかかっている。

「総理は」

元気だよな――

腕組みをして、門は思った。

大量生産された〈シックス・βサプリ〉が、厚労省によって国民へ無料配布され、新型コロナウイルスの新規感染者数が激減し始めると。堤美和子厚労相は気力でもたせていた身体《からだ》が限界に達したのか、過労で倒れ入院してしまった。

技官の仮屋真司《しんじ》は、あの自衛隊の〈特別輸送任務〉の一週間後、人民解放軍が引き揚げた空路を通って東沙島へ渡り、それきり帰って来ない。


「始まるわね」

障子有美が門の隣へ来ると、並んでスクリーンを見上げた。

「総理。アメリカとの調整、よくやってくださった」

「うん」

『皆さん』

スクリーンの常念寺は、カメラ目線で口を開く。

『この度、新型コロナウイルスの抑制に効果を持つアミノ酸サプリメント、〈シックス・βサプリ〉が政府による配布で国民の皆さんに行き渡り、一定度以上の効果が確認できたことから、わが政府は新型コロナウイルスの感染法上の分類を、これまでの「２類」から「５類」へ引き下げることを決定いたしました』

「――」

「――」

●太平洋　渥美《あつみ》半島沖
護衛艦〈いずも〉　航海艦橋

『この措置により』

通信コンソールの画面に、衛星放送が映っている。

今朝は総理の会見が行なわれるというので、艦長の島本一佐が特別に許可をして、TV放送を艦橋でも見られるようにした。

島本艦長、南場副長、出崎航海長が揃って画面に注目した。

『新型コロナウイルスは』常念寺総理が続ける。『今後は、季節性インフルエンザと同等の取り扱いとなります。現在、新規の感染者数は「ゼロ」が二週間以上続いており、わが国以外でも世界中で〈シックス・βサプリ〉の増産と配布が始まっていることから、世界を席巻《せっけん》したコロナウイルス禍《か》も、ようやく終息に向かうものと確信しております』

「──────」

「──────」

画面では、フラッシュが盛んに瞬《またた》く。

会見場に詰めかけた記者からの質問が始まった。

『中央新聞の景山《かげやま》です』

男性の記者が手を挙げ、立ち上がって質問を始めた。

『総理。総理がご自分の功績のように強調される〈シックス・βサプリ〉ですが。いま「世界中」と総理はおっしゃいましたが、隣の中華人民共和国では、このサプリを摂取することを全面的に禁止しています。違反して、口に入れた者は逮捕され投獄《とうごく》されるという厳しさです。日本よりもずっと科学技術が進歩している中国が、このように人民に対して禁止しているということは。これはきっと、このサプリには何か悪いものが入っている、放っておくととんでもないことになるぞ、ということではないのですかっ』

するとと
『そうだっ』

別の新聞社やTV局の記者たちが勝手に立ち上がり、口々に叫び始めた。

『そうだ』

『きっと、悪いものが入っているに違いない』

『世界中の人間にサプリを呑《の》ませて、何をしようとしているんだっ』

「――マスコミは」

島本艦長が、腕組みをして息をついた。

「相変わらずだなぁ」

「そうですね」

南場副長がうなずく。

「手を焼きましたからね。あの晩は」

「うん」


今回、〈いずも〉は三日前に横須賀《よこすか》を出港しているが、単艦での訓練航海だ。渥美半島沖の遠州灘に出て、岐阜基地から飛来した二機のＦ35Ｂテスト機を受け入れ、六日間の日程で最終の〈洋上運用評価試験〉を実施している（これが済めば、Ｆ35Ｂは部隊編成が始まるという）。

今回は艦隊を率いてはいないので、群司令の鴨頭海将補は乗艦していない（横須賀で会議に出ている。『電磁カタパルト付き新型護衛艦』の建造と調達を本省に上申するか、自衛艦隊司令部で意思統一を図るらしい）。


「そういえば」

島本は気づいたように顔を上げた。

「あの二人は、どうしている」

「二機とも、いま早朝フライトから帰って来ました」

出崎航海長が左舷《さげん》側を指《さ》す。

「朝から飛んでいます。二か月かかった運用評価試験も、そろそろ終盤です」

「そうか」

島本が目をやると。

ちょうど二つの黒い機体が、飛行甲板《かんぱん》後部の着艦スポットに停止していて、エンジンを止めるところだ。

●護衛艦〈いずも〉　飛行甲板

「ちょっと、ジェリー」

音黒聡子は一番機のエンジンを停止すると、機首横に掛けられた乗降梯子を駆け下りて、甲板横にいた作業服の男に手招きをした。

ヘルメットは脱いでいるが、潮風が強いので髪は結んだままだ。

「ちょっと、ジェリー、ちょっと」

「何だ、サトコ」

茶色の作業服の男は、四番スポットに停止したF35Bの機体へ歩み寄ると、黒い飛行服の女子パイロットに招かれるまま、一緒に機体の下部を覗《のぞ》き込《こ》んだ。

腹部ウェポンベイは、〈HOVER〉モードで垂直着艦したので、開いたままだ。

「どうした」

「空中で〈HOVER〉モードにすると、ときどきSMS画面がフリーズするのよ」

「ウェポンベイが開くと、なるのか」

「そうなのよ」

音黒聡子はしゃがみこんだまま、黒髪を後ろで縛った頭をF35Bの兵器倉の中へ入れ、AIM120Cミサイルの弾体を懸架した内部構造の一部を指す。

「この辺のセンサーとか、配線が怪しい。ここと、ここも――ねぇ、ちゃんと塩害対策のコーティングとかしてあるんでしょうね」

「それは、ちゃんとしてある」

作業服の男は、銀髪の頭でうなずく。

しゃがみこんだ姿勢で、聡子の指した箇所《かしょ》を一つ一つ、指でなぞっていく。

「ここも、ここも、このセンサーもカリフォルニア沖でテストして、耐腐食コーティングは完璧に仕上げてある」

「じゃあ、何で画面がフリーズするのよ」聡子はまた頭の上を指す。「カリフォルニア沖と遠州灘じゃ、潮《しお》が違うんじゃないの。潮が」

「潮？　同じ塩化ナトリウムだろ」

「コーティングとか、再検討してよ」

音黒聡子は、遠慮のない言い方だ。

二か月前、〈任務〉から無事帰還した時。ジェリー下瀬へは挨拶《あいさつ》代わりに「わたしのことはサトコでいいわ」と言った。

それ以来、この話し方だ。

「いいからロッキード・マーチンへ言ってよ。あなた偉いんでしょ」

「そうは言ってもなぁ」

初老の技師は唸《うな》る。

「同じ潮だろうが」

すると
「んだば」

聡子はアーモンド形の大きな目を吊《つ》り上《あ》げて、睨《にら》んだ。

「こんなんじゃ運用評価試験、終わらねがっ」

「聡子さん」

後方の五番スポットから降機してきた舞島茜が、機体の腹の下を覗き込み、心配そうに声をかけた。
「聡子さん、また喧嘩《けんか》やめてください、聡子さん」

了

著者注・この作品はフィクションであり、登場する人物および団体名は、実在するものといっさい関係ありません。

一〇〇字書評

切り取り線

購買動機（新聞、雑誌名を記入するか、あるいは○をつけてください）

- □（　　　　　　　　　　）の広告を見て
- □（　　　　　　　　　　）の書評を見て
- □ 知人のすすめで
- □ タイトルに惹かれて
- □ カバーが良かったから
- □ 内容が面白そうだから
- □ 好きな作家だから
- □ 好きな分野の本だから

・最近、最も感銘を受けた作品名をお書き下さい

・あなたのお好きな作家名をお書き下さい

・その他、ご要望がありましたらお書き下さい

住所	〒				
氏名		職業		年齢	
Eメール	※携帯には配信できません		新刊情報等のメール配信を 希望する・しない		

この本の感想を、編集部までお寄せいただけたらありがたく存じます。今後の企画の参考にさせていただきます。Eメールでも結構です。

いただいた「一〇〇字書評」は、新聞・雑誌等に紹介させていただくことがあります。その場合はお礼として特製図書カードを差し上げます。

前ページの原稿用紙に書評をお書きの上、切り取り、左記までお送り下さい。宛先の住所は不要です。

なお、ご記入いただいたお名前、ご住所等は、書評紹介の事前了解、謝礼のお届けのためだけに利用し、そのほかの目的のために利用することはありません。

〒一〇一－八七〇一
祥伝社文庫編集長　清水寿明
電話　〇三（三二六五）二〇八〇

祥伝社ホームページの「ブックレビュー」からも、書き込めます。

www.shodensha.co.jp/bookreview

祥伝社文庫

TAC《タック》ネーム アリス デビル501突入《とつにゅう》せよ 下

令和 5 年12月20日　初版第 1 刷発行

著　者　夏見正隆《なつみまさたか》
発行者　辻　浩明
発行所　祥伝社《しょうでんしゃ》
東京都千代田区神田神保町 3-3
〒101-8701
電話　03（3265）2081（販売部）
電話　03（3265）2080（編集部）
電話　03（3265）3622（業務部）
www.shodensha.co.jp
印刷所　堀内印刷
製本所　ナショナル製本
カバーフォーマットデザイン　芥 陽子

 ISBN978-4-396-35028-4 C0193

祥伝社文庫　今月の新刊

門田泰明
重役たちの勲章

数多久遠
機巧のテロリスト
北のSLBMを阻止せよ

夏見正隆
TACネームアリス　デビル501突入せよ（上）

夏見正隆
TACネームアリス　デビル501突入せよ（下）

俺こそが次期社長だ！　信じられるのは己のみ。頂点を目指してのし上がる男たちの闘い。強烈な熱量、迫力で贈る傑作ビジネスサスペンス！

核ミサイルが四〇発黒潮に——日本を狙う悪魔の作戦か？　海自機雷処分ダイバー、特別警備隊が緊急出動する迫真の軍事アクション！

アンノウンを撃墜せよ！　台湾諜報部からの情報によるスクランブル——。F15を駆る女性パイロットは山陰沖で謎の無人機と遭う。

F35Bが敵地に進入する！　世界の命運は二機の最新鋭戦闘機に託された。対ステルス機に特化した、高性能防空網が待つ海へ。